新时代文学批评丛书

吴义勤　主编

"新笔记":
批评语言的气质

傅逸尘　著

山东文艺出版社

图书在版编目（CIP）数据

"新笔记"：批评语言的气质 / 傅逸尘著 . -- 济南：山东文艺出版社，2024.3
（新时代文学批评丛书 / 吴义勤主编）
ISBN 978-7-5329-7055-1

Ⅰ . ①新… Ⅱ . ①傅… Ⅲ . ①中国文学—当代文学—文学评论—文集 Ⅳ . ① I206.7-53

中国国家版本馆 CIP 数据核字（2023）第 242611 号

"新笔记"：批评语言的气质
"XINBIJI"：PIPING YUYAN DE QIZHI

傅逸尘　著

主管单位	山东出版传媒股份有限公司
出版发行	山东文艺出版社
社　　址	山东省济南市英雄山路 189 号
邮　　编	250002
网　　址	www.sdwypress.com

读者服务　0531-82098776（总编室）
　　　　　0531-82098775（市场营销部）
电子邮箱　sdwy@sdpress.com.cn

印　刷	山东华立印务有限公司
开　本	710 毫米 ×1000 毫米　1/16
印　张	16.25
字　数	205 千
版　次	2024 年 3 月第 1 版
印　次	2024 年 3 月第 1 次印刷
书　号	ISBN 978-7-5329-7055-1
定　价	66.00 元

版权专有，侵权必究。如有图书质量问题，请与出版社联系调换。

开辟文学批评的新时代

——"新时代文学批评丛书"总序

吴义勤

党的十八大以来,中国特色社会主义进入新时代,中国文学也翻开了崭新的一页。置身新时代新征程,面对丰富的史诗性伟大实践,广大作家胸怀"国之大者",牢记初心使命,深入生活,扎根人民,与时代共振,与人民共情,用心用情用功书写新时代的中国故事,展现中国人民昂扬的精神风貌,谱写了新时代文学的辉煌篇章。

文学批评与文学创作是文学发展的车之两轮、鸟之两翼,一个时代的文学发展既需要广大作家的笔耕不辍、创新创造,也需要批评家的积极呼应、理论引领。在新时代文学不断攀登高峰的历史进程中,新时代文学批评也发挥了至关重要的作用,取得了丰硕的发展成果,形成了独特的新时代文学批评景观。习近平总书记高度重视文学批评工作,近年来就繁荣新时代文学批评发表了一系列重要讲话,做出了一系列重要指示批示。我们策划这套"新时代文学批评丛书",就是要全面学习贯彻落实总书记关于文学批评的讲话与指示批示精神,一方面旨在呈现新时代文学批评的基本样貌、发展成果,另一方面也希望从中获得推动文学批评发展的经验和启示,为推动新时代文学理论批评建设和新时代文学繁荣提供有益的镜鉴。

本丛书遴选的作者都是长期持续坚守在新时代文学批评现场并卓有成就的优秀批评家。从年龄结构上，他们涵盖了"60后""70后""80后"，这也是当下文学批评的主力军；从批评对象的文学门类上，覆盖了小说、诗歌、散文等多个当下最具影响力的艺术门类，可以说是对新时代文学的全面阐释和研究。通过这套批评丛书，读者一方面可以深入了解新时代文学批评的丰富实践，同时可以通过文学批评了解新时代文学发展的基本风貌和历史特征。

在内容上，本丛书侧重于遴选研究新时代文学的评论文章，以对新时代十年来具有代表性的作家作品、有广泛影响的新文学现象、引人关注的文学热点事件以及文学发展中存在的症候性问题为主要研究对象，是对围绕新时代文学展开的文学批评成果的一次全面梳理和集中展示。我们希望以出版批评丛书的方式，深入总结文学批评发展的历史经验，同时吸引更多研究力量来增强对新时代文学研究的力度和深度。

本丛书的出版要感谢山东出版传媒股份有限公司副总经理李运才、山东文艺出版社社长徐迪南，他们提供了非常多的支持和帮助，也提出了许多富有建设性的意见和建议。新世纪之初，我曾和山东文艺出版社共同策划出版了一套"e批评丛书"，在学术界产生了良好的反响。今年，又再次在山东文艺出版社出版这套"新时代文学批评丛书"，可谓是一种极为特殊也极为难得的缘分，也体现了山东文艺出版社多年来一直积极参与、支持中国当代文学批评事业发展的出版精神。在此，我代表丛书编委会向山东文艺出版社表示衷心的感谢并致以崇高的敬意。

两套丛书虽然出版时间不同，但在内容上又有着一种延续性和整体性。"e批评丛书"着力呈现的是二十世纪九十年代文学批评的发展成果，也是当时年轻的"60后"批评家的一次集体亮相。"新时代文学批评丛书"更侧重于展现新世纪尤其是新时代以来的文学批评成果，参与作者既包括了"e批评丛书"中的部分作者，又吸纳了"70后""80后"等新生批评力量。两套丛书虽然侧重点不同，但形成了一种巧妙的呼应，构成了一种互补关系，具有了批评史意义上的"整体性"，某种意义上，它们就是一种特殊形态的近三十年来中国文学批评的发展史。

当然，对于新时代文学批评成果的总结展示并不意味着我们回避当下文学批评存在的问题。新时代以来，随着时代语境和文学生态的不断变化，文学批评面临着更为复杂严峻的形势和挑战，文学批评如何更好地发挥作用，真正成为助推文学发展的"磨刀石"和"利器"？这是所有文学批评者面临的共同课题和任务。出版这套丛书，我们一方面意在梳理总结这一时段文学批评发展的成果和经验，同时也希望能够从中析出当下文学批评发展存在的一些问题，以史为镜，为未来更好地推动中国文学批评发展，更好地发挥文学批评引导创作、推出精品、提高审美、引领风尚的作用提供启示和帮助。

新征程是充满光荣与梦想的远征，新时代文学正在我们面前浩浩荡荡地展开，作为文学发展的重要一翼，中国文学批评也正在砥砺前行，积极开辟一个文学批评的新时代。

是为序。

"新笔记"：批评语言的气质

题 记

  倘若文学剖析肩负着批评的使命，它也有着乌托邦的维度："顾及感觉和文字形式就是拒绝以纯粹工具性的方式对待文学，抵制把语言用作商业和官僚文书。"这是文学批评与生俱来的一种气质。

  弗雷德里克·詹姆逊说："一种哲学之所以能吸引我们，是因为它解答了我们的问题并给予了我们解决问题的方法。但这还只是最基本的，解答和解决方案很快就会过时，真正使我们兴奋的不是这些，而是对用于解答疑难问题的新语言的需求一下子变得引人注目起来。这种新语言的句法规则使新思想成为可能，并可以使人感知到新局面的景观，旧世界的迷雾仿佛逐渐散去。"

——特里·伊格尔顿、马修·博蒙特《批评家的任务》序言

"新笔记"：批评语言的气质

目录

001   "失踪者"：文学史的遗漏与文学场的角力
        ——"写真实"语境里的李存葆和《高山下的花环》

034   最后的先锋：猜想孙甘露
        ——从《呼吸》到《千里江山图》

054   战争背面的别样风情与生命暗影
        ——徐怀中长篇小说《牵风记》的"超验主义"叙事话语

072   "后新时期"：一个文学"王潮"的绝响
        ——读《王干文集》之文学批评记

107   革命历史元叙事与现代性想象
        ——朱秀海长篇小说《远去的白马》读记

123   小说的当代性与在场的"零度现实主义"
        ——读董夏青青中短篇小说随想，兼及当下小说创作的观念与方法

138   《装台》：幽暗处的一抹人性之光

146   武侠谍战：超现实的魅惑与传奇
        ——海飞长篇小说《江南役》读记

158 荒漠中青涩的诗意与理想
　　　　——张者短篇小说《山前该有一棵树》读记

162 吊诡：历史与现实在虚空中和解
　　　　——王甜短篇小说《雾天的行军》的哲学意味

169 北回归线、稻田的丰盈与清瘦
　　　　——范稳长篇小说《太阳转身》读记

175 没有结局的小说与"漂泊者"的命运及状态
　　　　——读徐则臣中短篇小说记

187 建构内心的困境与挣扎
　　　　——马晓丽小说的一种读法

201 痛感叙事的思辨意涵与存在之境
　　　　——王凯小说论

213 "反英雄叙事"的精神内面
　　　　——西元中篇小说读记

226 在荒诞、反讽中的理想主义
　　　　——朱山坡"长篇小说"《蛋镇电影院》读记

240 写出幽微无言的生活之深
　　　　——黄咏梅短篇小说集《走甜》读记

"失踪者":
文学史的遗漏与文学场的角力

——"写真实"语境里的李存葆和《高山下的花环》

一、我与李存葆的文学机缘

我没经历过让李存葆创作《高山下的花环》时痛苦煎熬的1980年代初,那个年代被许多过来人称作文学的"黄金时代";也没见证过李存葆和《高山下的花环》在1982年年底,及至后来的三四年间有如"王炸"般的高光时刻,因为我的出生还要在一年之后。不过,二十年后的2003年,我有幸获得了李存葆签名赠我的文化散文集《大河遗梦》[①],这是他的转型之作。彼时,我还是解放军艺术学院文学系的大一学员。

时至今日,我仍然记得当时诚惶诚恐的情景和急遽加速的心跳。对我而言,李存葆不仅是军艺的副院长,还是一个享誉全国的巨大的文学存在。在军艺图书馆二楼靠窗的那个座位,我迅速地读完了这部大气磅礴的作品,并写出了我最初的两篇稚嫩的"文学评论"之一,另一篇是关于马晓丽长篇小说《楚河汉界》的。不久后,它们都发表在《文艺报》上。就这样,我的"文学批评生涯"从李存葆和马晓丽那儿开始了。2005年,《大河遗梦》获得第三届鲁迅文学奖;同年,《楚河汉界》入围了第六届茅盾文学奖。

时光荏苒,又二十年后的今天,我应何平教授邀约写作这篇带有文学

---

① 李存葆:《大河遗梦》,解放军文艺出版社2002年版。

史意味的"重勘"文章,如此文学生命与学术研究相交叉的机缘,是二十年前刚开始接触军旅文学的我所无法想象的。此时的李存葆,已经渐渐淡出"文坛",其文学史的背影也开始模糊不清。梳理有关当年他和《高山下的花环》的文字,让我唏嘘不已。当然,我所唏嘘、感喟的不仅仅是李存葆和《高山下的花环》的文学史命运,还有那个让众多文学才俊和亲历者怀恋的"黄金时代"。它的虚幻影像背后所潜伏的严酷与危机,曾给作家们带来惶恐与无奈,也积蓄着探寻与突破的力量,短短数年间便汇聚成大河般奔涌的文学思潮。

二、"重勘"的疑虑与期许

进入21世纪之后,不少杂志开设专栏,"重返八十年代",或"中国当代文学再评价",抑或"当代文学六十年",等等。文学批评界开始重新梳理新时期文学,对一些产生过重要影响的作家作品及文学现象进行再评价与重估,在文学史视野里研究和检讨,以期获得历史性的再认知,为文学史写作与大学的当代文学学科建构打下坚实的基础。也就是说,参与者因多数与高校有关,其出发点与视角向文学史与当代文学学科建构倾斜是显见的,也是必然的。程光炜教授在《文艺争鸣》"当代文学六十年"栏目主持人语中直言:"2005年以来,我们曾经在《当代作家评论》《文艺研究》《南方文坛》等重要杂志上开辟了'重返八十年代'的栏目","这项工作,是当代文学'历史化'的前奏和铺垫","重建当代文学与现代文学、古典文学之间的历史关联,在学理上逐步完成相对完整的叙述,使当代文学不仅是一个可批评的对象,同时也是一门历史脉络看得清楚的学问"。[①]

何平教授于2022年在《小说评论》开设的这个"重勘现象级文本"栏目,初衷大体上有两个,一是重新标示作家作品的文学史位置,二是识别文本

---

① 程光炜:《当代文学六十年·当代文学与口述史研究专辑》,《文艺争鸣》2013年第6期。

的"当下"价值。换言之，重新考察现象级文本是对其历史作用的再确认，不仅影响到文学史建构，也是文学参与当下公共生活的历史性表征。"重勘"大概也是"重返"的延续，略有不同的是对"当下"文学的意义。我个人觉得，前者是可以实现的，后者能否达成则要打上一个问号。而我更看重的，或者说有所期许的恰恰在于后者。

文学史的写作终归是一种"历史化"的企图，"当下"价值的重估或再认知倒有可能对正在行进中的文学立起一个参照的路标，产生不无"焦虑"的影响。"重勘"与"重返"的过程是一个复杂的存在，无论持怎样的立场，采用哪一种方法与视角，直面曾经鲜活的生命在文学场中的挣扎与搏击、衰落与荣光、隐匿与常青时，那种灵魂的拷问与情感的纠缠，都让我们对时间与空间生出一种莫名的惶恐与疑惑。曾经深信不疑的"真理"与价值也在恍惚中动摇，或者不再确定。并非出于历史的虚无，而在于我们的青涩与冲动，激荡在生命之流中的只能是那个时代的背影。

1980年代的十年，准确地说是1985年后的五年间，一批青年先锋作家将世界文学几乎所有现代与后现代流派和方法统统操练了一遍；但三十年后的今天，中国文学除了无边的"现实主义"，似乎什么痕迹都没留下。因此，"重返"与"重勘"所针对的并不是文学本身，或者说不是"文学性"意义上的文学本身。我们的话语更多的是缠绕在政治与意识形态之中，争辩的很多东西在我这样年龄的人看来甚至都超乎常识。也因此，我才会对识别所谓现象级文本的"当下"价值疑虑重重。也就是说，1980年代的文学文本对"当下"文学是否还有价值？如果没有，那我们的"重返"与"重勘"的方向又在何处呢？这是我写作此文时要提醒自己的。当然，我能理解，文学史总归是要不断地改写，不见得就是为了重新逼近事实与"真理"。这有点儿像西西弗斯反复推动的那块巨石，隐含着一种无望的惩罚。我这样讲并不是在否定"重返"或"重勘"，由于不同的写史者立场不同，重新审视的时候，就不仅仅是多了几重批评视角。观念上的差异与相左，或许也会让某些早已模糊或褪去颜色的文学现象与作家作品，焕发出新的面貌与意义也未可知。毕竟，对沈从文、张爱玲等作家的再发现、再认识，就是1990年代"重写文学史"的结果之一。

程光炜教授在《怎样研究新时期文学》一文中丝毫不掩饰这种担忧，

"文学史暗藏着各方面的利益,一不留意就会碰触最强的反弹。还有那些文坛的陋习陈见呢,这些,都必须得小心翼翼地绕过。例如,这40年中,究竟有无'文学史上的失踪者'?哪些人可列入其中?又如,关怀现实人生的文学和关注写作本身的文学,谁对于未来的读者更具启示和意义?一个问题会牵扯出一百个激切争论、质疑,所谓平心静气地对话,并不存在合适的文化土壤。连一篇公允适当的作家论,也很难平顺地问世,更遑论稍微宏大深入的文学史反思。一定程度上,这就是许多人面对新时期文学40年时最真实的历史处境。"[①] 不过,有一点是可以肯定的,这就是"文学场"的重塑。当然,我的初衷是还原,但这一过程中的复杂因素导致这样的期许似乎很难实现。

三、危机四伏:"黄金时代"的"文学场"

"文学场"就是"文学生产场",这是法国社会学家皮埃尔·布迪厄的文学观。布迪厄指出:文学场在社会场域中的特殊位置决定了研究文学场除了要考虑文学作品、作者和读者因素,还须关注赞助商、出版人、监察机构等行动者和社会制度的影响力。重构文学场的位置空间,需要重现被传统文学史忽略的诸多细节。在布迪厄看来,文学作品的价值不只来自文本的互文性,也不仅源于它所反映的外部社会,只有在文学场中,文学作品的价值、作者的法定权威与文学内在传统之间、与外部社会场域之间的作用力才是清晰可见的。[②] 基于这种观念,我在将李存葆和《高山下的花环》作为文学现象进行"重勘"的时候,首先要还原建构一个当年的文学场,在这个场域里进行我的研究与分析,这样得出的判断或许才是相对可靠的,或言之是接近历史本相的。

《高山下的花环》发表于1982年《十月》杂志第6期。1980年代被许多过来人誉为文学的"黄金时代",我的导师朱向前教授于2011年出

[①] 程光炜:《怎样研究新时期文学》,《当代作家评论》2018年第5期。
[②] 参见赵一凡、张中载、李德恩主编:《西方文论关键词》,外语教学与研究出版社2006年版,第583页。

版的批评文集，书名干脆就叫作《"黄金时代"的文学记忆》[①]。他在序言中借用了王蒙所欢呼的"文学的黄金时代"作为核心意象，指向的那种亢奋、高昂、思想活跃、激情澎湃，几乎是经历过那个时代、从事文学活动的人们集体的情绪与记忆。我翻看了多本论及新时期文学的研究专著或文学史，它们的描述让我认为这种情绪与记忆并非虚妄。比如王铁仙等所著的《新时期文学二十年》[②]，在概述新时期之初的文学时，虽然也论及解放思想、实事求是的局面不是轻而易举可以实现的，文学的春天是经历了一个相当长的过程才真正到来的；但四次文代会前后的文学界，正经历从复苏走向繁荣的阶段，封闭的思想门户的开启、历史是非的澄清，唤醒了长期沉寂的创作活力，明确了社会主义文学的前进方向，思考与表现人民命运的权利真正归复于人民的文学，新时期文学大踏步地走向繁荣。由思想解放运动所催生的文学春天，确实到来了。随后便是我们耳熟能详的"伤痕文学""反思文学""暴露文学""改革文学"等思潮，气势如虹、席卷文坛；人道主义、现实主义回归，中期的"寻根文学""先锋文学"等，让人眼花缭乱、应接不暇。这样的景观难道还不足以称之为"黄金时代"吗？

这是1970年代末、1980年代初真实的文学场吗？这部新时期文学史不知是篇幅的限制，还是我们都懂的规避策略，它所忽略的、在布迪厄那里被强调的"重构文学场的位置空间，需要重现被传统文学史忽略的诸多细节"，我却在许志英、丁帆主编的《中国新时期小说主潮》[③]中读到了极为详细甚至有些烦琐的描述。这部小说史与王铁仙等所著的《新时期文学二十年》完全不同，它详尽地描述了1970年代末、1980年代初文学界高层的复杂对立与严酷斗争，甚至将对立的人员名单毫不忌讳地罗列出来。公开发表的文章就不说了，那些内部的会议、谈话、当事者日记，还有各种文学活动的记述，即便在今天看来仍然有种不寒而栗的感觉。它重

[①] 朱向前：《"黄金时代"的文学记忆》，作家出版社2011年版。

[②] 王铁仙、杨剑龙、方克强、马以鑫、刘挺生：《新时期文学二十年》，上海教育出版社2001年版。

[③] 许志英、丁帆主编：《中国新时期小说主潮》，人民文学出版社2002年版。

点描述的三个阶段的冲突足以让人咀嚼和回味。

第一个阶段，主要是1979年至1980年，冲突的焦点是如何看待当时文艺界的思想解放，如何看待当时的文艺界特别是中青年作家在思想艺术上的大胆探索等方面；第二个阶段，冲突主要是在1981年围绕着批判资产阶级自由化，特别是批判《苦恋》的问题展开的；第三个阶段，主要是在1983年至1985年间，冲突主要围绕"清除精神污染，反对资产阶级自由化"的问题，这是在新时期之初"惜春派"和"偏左派"之间最为严重、规模也最大的一次冲突。而李洁非在其《典型文坛》一书中所钩沉的张光年在那一时期主持中国作协工作时的经历，尤其是那些鲜为人知的个人化的细节，不可谓不惊心动魄。李洁非写道："文革"后的中国文学，似乎一元复始、乾坤再定，实际则暗藏、酝酿更深层次的冲突。1979年下半年起至1981年，歧见逐渐表露出来。一是怎样看待十七年文艺，二是怎样看待当前的文学现状。分歧背后是要不要"思想解放"，周扬、夏衍、陈荒煤、张光年、冯牧等主张对文艺宽松一些，宽容一些，让它好好地复苏，不要伤了刚刚长出的嫩苗。而另外的人，却忧心于"毛主席革命文艺路线"是否会被破坏、否定、摒弃，问题则集中在如何看待伤痕文学、反思文学上。伤痕文学的发轫之作——刘心武的短篇小说《班主任》就是在张光年甫任《人民文学》主编时发表的，时间是1977年第11期；而卢新华的《伤痕》发表在《文汇报》上的时间，则是1978年8月11日。张光年于1981年8月8日记述，胡乔木在怀仁堂做总结讲话的后段为写作题材划禁区（十年、十七年"左"的错误），说再写下去，就会走向反面。李洁非随后写道，显然，与现今文学史的评价完全不同，那时，伤痕文学、反思文学都被视为负面的文学现象；这种评价一直保持到1985年年初的第四次作代会，伤痕文学才获得正面的官方文学史地位。在1981年间进行的对《苦恋》的批判事件则将张光年逼到了退无可退的境地。表面看，双方围绕着作品的优劣褒贬问题，实际上，是究竟能不能、应不应该接受批判的方式，这样的批判隐含着什么、喻示着什么。张光年于3月2日记道，"黄钢借《太阳与人》电影事件向中纪委写报告，要求调查出笼经过，追查支持者"。8月17日召开作协书记处联席（扩大）会，张光年记道，"艾青发言，指斥白桦是持不同政见者，是骗子。陈企霞不同意这样讲,反驳时情绪激动"。李洁非写道,同样作为"过来人"的张光年、陈荒煤们,能够举起"反对"的手,是可贵的,也令人看到了希望。唐达成则说,1981年,很多人都还是"惊弓之鸟,心有余悸",这样做需要正义和良知,需要直面风险的勇气。张光年及其领导下的中国作协,在这样艰险的情境里坚持了三个月之久;而最终结束此事件的居然是时任中共中央总书记的胡耀邦。9月25日下午,胡耀邦在中南海召集文艺界人士座谈会,并发表讲话,要求"解除顾虑,鼓起干劲"。但到1982年下半年和1983年,文坛重新卷入大的动荡,这就是批现代派和因"异化"问题批周扬。①

回到关于"黄金时代"的真实与虚幻的判断。真实的"黄金时代"确实存在过,但时间应该是1984年召开的中国作家协会第四次全国会员代表大会之后。李洁非在《典型文坛》中说:"在紧接着到来的1985年,文学焕发了可能是自三十年代以来最大的活力,千姿百态,争奇斗妍,文学在生产力解放和艺术创造性发挥上,的确进入一个黄金时代。时隔二十年,八十年代作为中国当代文学黄金时代的事实,被看得越来越清楚。"②但两年后的1987年"反自由化"时,作协四次代表大会,以及胡耀邦、张光年都没能幸免,文学的"黄金时代"再次从新时期文坛消失。所谓"黄金时代"的文学,其真实的历史情境更像是诞生在早春二月。春光已现,粉红与嫩黄的鲜花乍开,料峭寒潮虽在人们的不经意中一股股地袭来,却已无法掩阻思想解放的大潮汹涌澎湃。

"对文学现象的解读必须语境化、历史化,即必须置于社会历史的场域空间之中。从文学场的角度思考文学,意味着从一个空间结构、关系结构中考察文学意义的生产,这是一种原创性的解读路径。文学场是不同的资本持有者角斗的空间,一个始终烽烟四起、鏖战频频的场所。文学场由许多位置及其相互关系形成,具备不同习性和文学资本的行动者进入文学场,争夺位置的占有权。"③我之所以用这么大的篇幅引述和勾勒新时期

---

① 参见李洁非:《典型文坛》,湖北人民出版社2008年版,第224—236页。
② 李洁非:《典型文坛》,湖北人民出版社2008年版,第251页。
③ 赵一凡、张中载、李德恩主编:《西方文论关键词》,外语教学与研究出版社2006年版,第582页。

之初的文学场，就是想在重新面对和考察李存葆及其小说《高山下的花环》的创作时，能够清晰地认知当时文坛的真实情境与状态，因为它对李存葆的创作影响是巨大的，在下面的论述中我会更加详细地予以分析和描述。也就是说，近年来，在"重返八十年代"与"中国当代文学再评价"的过程中，《高山下的花环》被一些批评家所诟病的一些明显的问题，不能不说是跟当时的背景紧密相关的。只有将当时的情景尽可能还原出来，结论才有一定的可靠性。

四、"王炸"的震撼与李存葆的纠结和隐忧

中篇小说《高山下的花环》发表于《十月》杂志1982年第6期，同期配发了时任中国作协书记处书记、著名文学批评家冯牧的评论《最瑰丽的和最宝贵的——读中篇小说〈高山下的花环〉》，以及作者李存葆的创作谈《〈高山下的花环〉篇外缀语》。小说甫一问世，便好评如潮，有如"王炸"般震撼了文坛，一时间洛阳纸贵。批评者有之，但被淹没得几近于无。综合各种资料和信息，其盛况大致如下：中央及各省市报纸争相转载，中央人民广播电台连播，五十余家剧团改编戏剧，多家出版社出版单行本，发行量达千万册之多，并于1983年荣获全国第二届优秀中篇小说奖。时任中共中央总书记的胡耀邦还自费购买了两千册单行本赠送老山前线将士，在文学界一时传为美谈。1984年，由谢晋导演拍成同名电影后再次引发巨大轰动，说家喻户晓并不为过。一部小说，而且还是只有八九万字的中篇小说，在三四年里所产生的巨大的社会轰动效应，这在新时期文学中可能无出其右者。

朱向前先生认为：雷抒雁在1979年5月发表于《光明日报》的《小草在歌唱》，叶文福发表于同年第8期《诗刊》上的《将军，不能这样做》，这两首诗是新时期军旅文学乃至整个新时期文学的先声之作。继而，徐怀中于1980年发表了短篇小说《西线轶事》，可以称为中国当代战争文学的换代之作。而1982年李存葆的《高山下的花环》，则开辟了当代战争文学的战线。它们可称之为"军旅文学破冰三部曲"。"《花环》通过对南线战斗中一支连队的曲折描写，将前方与后方、高层与基层、人民与军

队、历史与现实有机地勾连起来，不仅浓墨重彩地塑造了梁三喜、靳开来、梁大娘、韩玉秀等闪光形象，而且以'调动风波''臭弹事件'为靶子，大刀阔斧地揭示了军队的现实矛盾和历史伤痛，令人振聋发聩。作品结构大开大阖，人物命运大起大落，在紧张尖锐的矛盾冲突中完成人物性格的锻造和故事情节的演进，具有强烈的悬念和可读性。磅礴的激情、粗犷的行文和崇高的悲剧美感，形成了作品崇高悲壮的艺术风格。它以'欠账单'等著名细节真实地传达出了'人民——上帝'和'战士——万岁'的时代强音，博得了亿万观众感动的泪水，为新时期的军旅文学赢得了巨大的声誉。"①

李存葆1946年生于山东莒北县淮河区，1962年初中毕业务农，1964年入伍，1970年由团新闻干事被上调济南军区政治部宣传队（前卫歌舞团前身）任创作员。1979年2月，总政文化部组织全军近二百余名专业和业余的新老作家，赴云南对越自卫反击战前线采访，李存葆参与其中。同年8月，在解放军文艺社的组织安排下，李存葆赴广西采访对越自卫反击战部队三个月，这两次采访采风活动加起来有七个月之久。当年，他便创作了报告文学《将门虎子》，获得解放军文艺创作一等奖。两次赴前线采访，让李存葆收集、积攒了大量素材。情节、故事、人物都有，但他一直纠结着写什么、怎么写。首先，他是想写小说，虽然一直从事新闻宣传，但早年也写过几篇小说，还都发表了，而这些素材显然更适合用小说这种文体来表现。当然，他纠结的其实不是文体，而是如何表现。从1979年到1982年这三年的时间里，李存葆一直在苦苦地思索着。问题的根本症结在于，那个现如今被许多人无限怀想的"黄金时代"，其背后隐藏着复杂的意识形态冲突，用危机四伏来形容亦不为过。

李洁非在《典型文案》一书的《写在前面》一文中写道：戈德曼在《新小说与现实》中评论罗伯·格里耶时说："他发现人的现实已经不能再作为自发的、直接体验到的现实存在于整体结构之中，只有当人的现实表现在物的结构和属性里的时候才能被找到。""当今世界好似一架拥有自动

---

① 朱向前：《李存葆与〈高山下的花环〉》，《军营文化天地》2011年第4期。

调节装置的现代机器。在这个世界里,无论是人与人之间的关系还是人与物之间的关系,都受到这种机械的、不可抗拒的必然性支配。"这些看法,其实源于马克思的一个论断:人是一切社会关系的总和。李洁非认为,对那个时段的文学,也应重视"物的结构和属性"。文学紧紧地与政治、意识形态捆绑,制度力量非常强大,个人微不足道,写什么和怎样写都是规定动作。由此想到,从事中国当代文学研究,固然不妨像通常一样,以作家作品为目标,可是如果希望真正搞懂这段历史,拥有关于它的正确知识,却要从别的角度入手,在背景和总体关系方面下功夫。自特殊性言,当代文学史不是作家史,不是作品史,是事件史、现象史和问题史。① 我认可李洁非的观点,这也是我要在这一节中,以较长的篇幅去还原李存葆创作《高山下的花环》的复杂状态之原因所在。

许志英、丁帆主编的《中国新时期小说主潮》中说,"正如科勒克所指出的:'诗人只能在意识形态期待范围的框框中创新。''伤痕''反思'文学的'历史讲述'并不是随心所欲的,一旦其中的话语立场触犯了主流意识形态的话语禁忌,或者甚至仅仅是引起了后者的'误解',对于它的'话语规约'便将不可避免。当然,'话语规约'并不仅仅针对那些'浮出海面'的'异质话语',由于文学体制的高度严密,那些真正具有挑战性的'异质话语'实际上是难以'出笼'的"②。1981年,《苦恋》所遭受的批判,同为部队作家的李存葆一定是清楚的,而且是身临其境,那种不寒而栗的感觉是一定有的;当然也包括对雷抒雁的《小草在歌唱》和叶文福的《将军,不能这样做》的批判。显然,后来出现在《高山下的花环》,以及1983年李存葆创作的《山中,那十九座坟茔》中的,在揭露与批判过后续上的"光明的尾巴",都与那时"话语规约"的束缚有关。

李存葆当时只是济南军区歌舞团的一名创作员,以他的身份地位及文学修养与思想认知的高度,很难把握《高山下的花环》这样重大的题材,更遑论里面所暴露的种种涉及军队与社会的尖锐的矛盾冲突。李存葆在

---

① 参见李洁非:《典型文案》,人民文学出版社2010年版。
② 许志英、丁帆主编:《中国新时期小说主潮》,人民文学出版社2002年版,第51页。

《〈高山下的花环〉发表前后》一文中坦陈:"《花环》中的人和事,大都有一定的原型。包括读者所比较感兴趣的一些情节和细节:诸如雷军长甩帽骂娘、血染的欠账单、婆媳用抚恤金还账、烈士留下的一件军大衣等等。""某团政治处有位干事,是高干子弟,他在办理调动手续时,部队已经接到了开拔的命令,该团指战员得知此事后炸锅了,大有'兵谏'之势。团党委当即决定,把那位干事下放到尖刀连,让他去血洗耻辱,方平息广大指战员的义愤。""生活交给我的那些素材的'负荷量'是那样沉,那样重,我无法把它写得不疼不痒、你好我好大家好。但照此写了,我则担心有人会说是给军队抹了黑。因此,三年来我一直在思索。"①李存葆写作《高山下的花环》前顾虑重重,左右为难,虽然会经常将他收集到的非常好的情节与故事讲给朋友听,却迟迟没敢动笔。主要原因是他收集到的素材所指向的部队内部以及社会矛盾冲突过于尖锐,以往的军旅文学几乎没有触及过,也就是说没有前车之鉴。

1980年,《人民文学》第1期发表了徐怀中的短篇小说《西线轶事》。《西线轶事》在军旅文学创作上具有诸多突破,尤其是强调了普通战士,甚至像刘毛妹这样吊儿郎当的"落后"人物同样具有"英雄"的潜质。战争一旦来临,他们的普通人性便向"英雄性"转化与升华。换言之,小说在塑造英雄人物的时候完全超越了以往军旅文学的模式与观念,可以谓之"反英雄叙事",英雄人物在没有成为"英雄"之前不但普通,甚至还很"落后",有着比普通人还多的缺点与问题。将《西线轶事》与李存葆要写的《高山下的花环》比较起来,在政治与意识形态方面的分量就不是一个级别的了。所以,《西线轶事》的成功并没有直接促动李存葆的创作。

对李存葆而言,真正的转折点是1982年4月19日至28日,中国作协与总政文化部联合召开的军事题材文学座谈会。李存葆在《〈高山下的花环〉发表前后》一文中说:"会上,我重新学习了胡耀邦同志在一九八〇年二月召开剧本创作座谈会上的重要讲话,和他近几年来有关繁荣军事文学创作的批示。大会期间,胡乔木同志到会讲了话,他就如何繁

---

① 李存葆:《〈高山下的花环〉发表前后》,《新观察》1983年第4期。

荣军事文学创作的问题,做了十分精辟的阐述,使我深受启发。"①李存葆讲得比较概括,更为详细一点的情况是,胡乔木、巴金、刘白羽,或书面或到会都讲了话,总的基调对作家是具有鼓舞性的,甚至希望这次会议成为"文革"结束后军事题材文学发展的一个转折。"由于军事题材文学创作描写的是与整个民族命运、国家前途和人民利益生死攸关的斗争,所以往往最能表现中国人民高尚的情操、伟大的献身精神和坚强的革命信念,因而具有其他题材不可代替的教育作用。""要特别重视英雄人物和社会主义新人形象的塑造;要敢于和善于描写革命斗争中敌我双方的尖锐斗争和人民内部的各种矛盾,表现广大军民如何在克服困难中前进,从而给人以信心和力量。"②

尤其是刘白羽的讲话,让李存葆颇有豁然开朗之感。陈华积在《〈高山下的花环〉的诞生》一文中详细记述了这一情形:刘白羽说,要深刻反映矛盾,构思真实感人的情节,部队内部的矛盾毫无疑问可以进入军事文学创作的领域。只要作者有正确的立场、态度和方法,真实地反映生活,在光明与黑暗的搏斗中能掌握光明的主导方向,在先进与落后的冲突中能掌握先进的主导方向,就会有利于推动生活的前进,有利于军队的建设。③这些观点对李存葆写作《高山下的花环》时,如何表现部队内部矛盾无疑产生了巨大启示,尤其是让他掌握了一个重要的创作方法。

李存葆说:"在写《花环》时,我努力去追求的是,对美的事物,采取实写,重笔浓墨;对丑的东西,进行虚写,点到为止。在揭示矛盾时,寓热情于无情之中。就拿贯穿全篇的'曲线调动'和'反调动'来说,我重点在'反'字上做文章。这样矛盾尽管很尖锐,但它主要展现的是广大指战员的爱国主义和革命英雄主义,从梁三喜、靳开来对赵蒙生的痛斥声中,从雷军长甩帽骂娘的怒吼声中,读者可以体味到炎黄子孙那充满正义感的美好感情。在'欠账单'和'抚恤金还账'的描写中,'欠'是虚写的,'还'是实写的。'欠'是意在不言,'还'能打动人心。'还'

---

① 李存葆:《〈高山下的花环〉发表前后》,《新观察》1983年第4期。
② 段海燕整理:《新时期军事文学记事》,《当代作家评论》1985年第4期。
③ 陈华积:《〈高山下的花环〉的诞生》,《文艺争鸣》2019年第6期。

的实写尽管'悲',却有'壮',能充分展现梁大娘、韩玉秀这样的老革命根据地的人民,对党、对军队、对国家的一往情深;能够描绘出我们民族脊梁的那瑰丽的灵魂。"① 经过这样一番虚实相生的处理,李存葆在深入揭露部队内部尖锐的矛盾时巧妙地避免了"有人会说是给部队抹了黑"的指责。总而言之,这次会议给李存葆带来了正面的鼓励,让他一直惴惴不安、疑虑不已的情绪终于得以平复与沉潜。

另外一个更为直接的触动,便是与《十月》杂志著名编辑张守仁的相会。张守仁在《李存葆的"花环"与我》一文中回忆说,这次会议期间,"大会组织与会作家乘车到河北高碑店去看当地驻军战士打靶学习。大巴车上,与会的济南部队歌舞团创作员李存葆和我坐在一起。我向李存葆约稿。他向我讲了三个题材,……一个是《高山下的花环》,围绕着一个边防连队战前、战中、战后的生活,反映了当时社会上、军队内部存在的种种尖锐矛盾"②。张守仁慧眼识珠,一下子便看好《高山下的花环》,热情地约李存葆去他的新宅长谈。李存葆不但讲了前线的所见所闻,还讲了后来写在了小说中的三个重要细节,就是雷军长甩帽骂娘、梁三喜血染的账单、两发臭弹。听得张守仁眼睛发亮,鼓励李存葆就写这个,敢于如实地揭示部队内部存在的深刻矛盾。会后,李存葆留在北京参加了解放军文艺社举办的小说读书班,只是给小说列了个人物表,便从5月20日动手写,到6月19日完成初稿,并于7月5日至18日改写、誊抄完毕。当天交给张守仁,张守仁连夜审读,喜悦之情难以抑制,断定这是一部难得的突破之作,是一部将给《十月》和作者带来巨大荣誉的力作。第二天张守仁将稿子推荐给编辑部,获得一致好评,决定请中国作协书记处书记、著名文学批评家冯牧同期配评,隆重推出。

张守仁的回忆当不会错,但他的视角一定是有局限的,所以便还有另一种说法。《高山下的花环》完成后,李存葆先将稿子给了《解放军文艺》杂志的编辑,但他们看完后觉得揭露军队内部的矛盾过于尖锐,不敢发。

---

① 李存葆:《从生活到艺术》,见《迎着八面来风》,解放军文艺出版社1986年版。
② 张守仁:《李存葆的"花环"与我》,《星火》2017年第6期。

李存葆这才立刻将稿子送到张守仁家中。我认为这个细节是合理的，因为李存葆参加的读书班是解放军文艺社办的，他就住在北太平庄，在北三环中路36号解放军文艺社的图书楼里写的小说。不过，李存葆在《〈高山下的花环〉发表前后》一文中却没有提及张守仁所回忆的上述细节。

张守仁在上述这篇回忆中也说："文艺界曾经长期被'左'的思潮主宰着，批判运动一个接着一个，《高山下的花环》写了部队内部的阴暗面，指导员曾想当逃兵，靳开来发牢骚说当副连长是个'去送死的官'，牺牲了的梁三喜，死后还留下一屁股债……写部队的作品第一次如此尖锐，谁不捏着一把汗，谁不胆战心惊？所以部队文艺社的编辑对此稿不敢表态，不敢在部队刊物上发表它，这种心情可以理解。"[①] 还有一点是，李存葆是军队的作家，有了作品先考虑军队的刊物是再正常不过的，这一点在接下来的中篇小说《山中，那十九座坟茔》的归属中得到了印证。根据张守仁的这篇回忆文章，我综述一下：《高山下的花环》之后，张守仁又向李存葆约了中篇《山中，那十九座坟茔》。小说的构思、部分细节、大致轮廓，是张守仁和李存葆一起瞻仰了南京雨花台烈士陵园之后，到中山陵前面的松林里商量的。但这一消息走漏了，解放军文艺社《昆仑》编辑部的同志带着介绍信追到了在烟台部队写作的李存葆，一定要拿走这部稿子，让李存葆非常为难。《昆仑》编辑说，此稿再让《十月》发表，社会上将会对部队刊物有种种不良议论。李存葆打电话给正在长春电影制片厂参加活动的张守仁，张守仁考虑到李存葆是军队作家，应当跟部队文学刊物搞好关系，便同意让给《昆仑》。《山中，那十九座坟茔》发表于《昆仑》1984年第6期，结果跟《高山下的花环》一样，1985年获全国第三届优秀中篇小说奖。

李存葆的创作过程，不可谓不殚精竭虑，甚至是挖空心思，苦心孤诣，三年磨一剑，这让我唏嘘不已。李存葆于1979年2月和8月分别赴云南、广西前线采访，收集了大量鲜活的一手素材，如果不是因为当时复杂尖锐的意识形态斗争在文学界的剧烈反应引发了作家的疑虑和纠结，《高山下

[①] 张守仁：《李存葆的"花环"与我》，《星火》2017年第6期。

的花环》这部小说至少应该早两年问世。

五、"写真实"的胆识与矛盾冲突的巧妙设置

在新时期文学中,伤痕文学思潮尚未结束,反思文学、暴露文学、改革文学就已经随后兴起。这些文学思潮的政治或意识形态背景,当然都是新时期之初思想解放运动对极左思潮和"文革"的批判,以及对人道主义的重新阐释。也就是说,那些年的文学所表现的思想与主题,都是在这种社会政治与意识形态统领之下的,文学思潮对社会思想的超越与批判多少都有些虚幻。回头看,包括"黄金时代"的文学,其背后或内里的苦涩一定会让重新梳理历史细节的文学史家们感慨万千。也就是说,超越的其实不是文学本身,而是以往被束缚或自我局限的创作主体的经验和认知。新时期之初,诸多思潮的文学与思想诉求是重新确立"文学是人学"的信念,是回归人的价值与尊严,这一切的核心是文学要回到"写真实"上来。因此,现实主义重回1980年代初的文学主潮,批判精神亦内蕴其中。

从思潮的角度论,《高山下的花环》应该是反思文学、暴露文学的产物。前面曾经提及,李存葆之所以会写作这部小说,是建立在去云南、广西前线采访的基础上的。大量的细节、人物、矛盾、问题让作家激愤难耐、寝食不安,情感与心灵备受煎熬。作家的责任感和使命感是那个时代普遍的观念与理想,做时代和人民的代言人,表达人民的愿望与心声是他们的集体无意识。作品的真实性,或者说作家选择"写真实"的文学道路,几乎是达成其上述理想最为有效,也是最为重要的方式。陈华积在《〈高山下的花环〉的诞生》一文中写道:"李存葆在对采访的原始材料进行梳理时,有两个东西引起他的关注,一是烈士的'欠账单',二是干部子弟的'曲线调动'。"[①]在云南前线采访时,李存葆就得知有些连排级干部牺牲后留下"欠账单"的事情(有的写在纸条上,有的仅口头交代),后来在11军31师主攻部队更是见到了一位排长的遗物"带血的欠账单",上面一一列出父亲患病时欠谁谁多少元,家中房屋倒塌修缮欠谁谁多少元。

[①] 陈华积:《〈高山下的花环〉的诞生》,《文艺争鸣》2019年第6期。

遗书中一再叮嘱：若我光荣捐躯，人死不能赈灭，国家会给抚恤金，把抚恤金全部拿出来还账。但他哪里知道，当时连排级干部阵亡，只有550元的抚恤金，全部拿出来也不够还账！在"欠账单"事件中，还有一个更为撼人心魄的事例，一个烈士的妻子拿着抚恤金，卖掉她结婚时娘家陪送的嫁妆，和婆婆一起，来到部队替丈夫还债。透过这些"欠账单"，李存葆发现，十年动乱时期的穷过渡，极左路线对我们的破坏，使我们的人民，特别是老区的人民很贫穷。写作时，这一极度悲情的现象让李存葆很踌躇，反复琢磨能不能写。

李存葆的另一发现，是一些有私心的干部在战争打响前想方设法把子女调离前线，战争结束后，干部子弟"曲线调动"的事情也越来越多地被暴露出来。《解放军报》于战争结束后的5月7日发文，对这些现象提出过严厉的批评。上述两方面事情，在"文革"后倡导部队文艺要大力宣扬革命英雄主义，歌颂新一代最可爱的人的军事文学创作氛围中，把其中任何一个现象写出来，无疑都会引发"地震"。但另一方面，李存葆对"文革"时期"三突出"的创作模式与"假大空"的文学现象深恶痛绝，有着强烈的破除军事文学条条框框的冲动。在指战员们真诚的激励下，李存葆终于战胜了自己，将那些真实发生的事情呈现到了小说中。

从小说文本中，我们可以清晰地看到，为了强调小说的真实性，作为那个时代刚刚出道的青年作家，李存葆甚至使用了一个多少会让人感到低级、俗气的叙述方式。叙述者与作者同为一人的现场采访，甚至连采访者的身份与作者都相同——"我是济南部队歌舞团的创作员"。之后，小说的叙述者转为某步兵团三营教导员赵蒙生。赵蒙生讲述自己参战前后的经历，并在极其沉痛的情绪中完成对小说中另几个主要人物——梁三喜、靳开来、"北京"，以及梁三喜的母亲梁大娘、妻子韩玉秀的事迹的描述。这时的叙述语言是口述，这篇小说就相当于口述实录文学。一、小说是基于笔者的一手采访；二、叙述人是参战者，讲述的是他自己和牺牲的战友们的经历。这是作者有意为之的，通过这两点向读者强调故事的"真实性"，以此来为后面讲述的令人震撼和惊讶的情节与冲突做足了铺垫。

《高山下的花环》将军队及社会上的这些问题，融合进了"对越自卫反击战"的故事之中。小说的核心情节有两个：一是指导员赵蒙生的"曲线调动",战争爆发后又进一步转化为火线调动。赵蒙生的调动被阻后只能跟随所在连队参战,在战友们连续牺牲后,他的思想意识发生了根本转变,军人血性被完全激发,最后成为战斗英雄。二是连长梁三喜牺牲后的"欠账单"所引发的诸多军队与社会的矛盾与问题。围绕这两个主要情节,作者设置了几组对立的矛盾冲突,将历史与现实紧密地融合在一起,在批判中建构起小说极度煽情的艺术张力,小说由此对广大读者的心理与情感产生了巨大的冲击力。在这两个核心情节里,作者设置了两对重要的矛盾冲突:一对是赵蒙生与梁三喜,包括靳开来;另一对是吴爽与梁大娘,包括韩玉秀。次要一点的还有雷军长与赵蒙生、吴爽。这几对矛盾冲突在两个核心情节精巧的结构里融合缠绕,产生出巨大的、震撼人心的艺术效果,这一点也是在军旅小说中罕见的。

赵蒙生的父母都是老革命,是军队的高级干部,他可谓典型的"红二代"。他从军政治部宣传处干事下到九连当指导员,目的是避开刚调来的雷军长,搞曲线调动回城,背后的操作者则是他的母亲。迎接赵蒙生的连长梁三喜,不知道他背后的把戏,真诚热烈地欢迎他的到来,而且在日常工作、训练、生活中对他关照有加,帮助他在连里树立威信,等等。还有,梁三喜探亲假批下来了,他本来是可以抬腿就走的,但是考虑到赵蒙生初来乍到,对连队还不够熟悉,团里马上又要搞考核,就推迟了探亲。随着时间的推移,赵蒙生搞曲线调动的信息逐渐泄露,这不能不引起梁三喜,包括后加进九连的炮排长靳开来的反感与抵触。

在九连接到即将参战的命令时,赵蒙生的母亲终于办好了他的调令,在他迟疑是否拿着调令一走了之的时候,母亲又将电话打到了雷军长的前线指挥所,矛盾就此彻底爆发。赵蒙生是要脱离火线,调回军部,保全生命;梁三喜和靳开来们则是准备奔赴前线,以生命和鲜血报效祖国。一向忠厚包容的梁三喜火了,直接开骂:"奶奶娘!你可以拿着盖有红印章的调令滚蛋,我可以再请求组织另派一位指导员来!但是,养兵千日,用兵一时!军人,你不会不知道你穿着军装!现在,你正处在一道坎上,上前一步还好说,后退一步你是啥?有的是词儿,你自己去想!你自己去琢磨!"性格直率、脾气暴躁的靳开来不但直接开骂:"奶奶的!只要是共产党坐天下,那老娘们胆敢在部队上前线时把她儿子调回去,看我靳开来不自费告状到北京！"当坐上闷罐车开往前线时，他还威胁赵蒙生，一旦发现赵蒙生有叛变的苗头，他会给赵蒙生一粒"花生米"尝尝。当然，雷军长也火了，不但甩了军帽，还骂了救过他性命的赵蒙生的母亲吴爽，并称要让她的儿子第一个扛上炸药包，去炸碉堡！至此，矛盾冲突开始向另一方面转换，赵蒙生被感化，知耻而后勇，不但没有当逃兵，还在梁三喜和靳开来牺牲后，彻底激发起男人的血性，只身一人，抱着十枚一捆的手榴弹冲进敌人阵地上的地洞，炸死了九名敌人，成为实实在在的战斗英雄。

　　文学批评界或广大读者都把梁三喜、靳开来，还有梁大娘作为小说的主要英雄人物来看待，这当然不错；但从文学性的角度论，我认为赵蒙生是小说写得最深刻和独特的人物，一方面是梁三喜、靳开来这样的英雄在以往的小说里并不鲜见，也可以说似曾相识，在整个小说中无论思想，还是性情并没有明显的变化。这有点类似《林海雪原》中的杨子荣与《红旗谱》中的朱老忠的对比，前者是英雄传奇，后者却是一个成长发展的英雄。将梁三喜、靳开来与赵蒙生进行比较，我们会得出同样的结论。这还在其次，更重要的是，赵蒙生其实是"被英雄"的，他生存在一个两边都具有极大吸引力的磁场中，无论是身体还是心灵，都被剧烈地撕扯着，甚至分裂着。但血与火的淬炼，最终将他锻造成为新时代的英雄，也成为新中国十七年文学史，包括新时期军旅文学中最为独特的一个英雄人物。

　　《高山下的花环》的另一对矛盾冲突，则是由战争结束后梁三喜的"欠账单"所引发的，是由吴爽与梁大娘、吴爽与雷军长两组人物构成的。这对矛盾冲突其实要比上一对矛盾冲突更为深刻与尖锐，它所折射的社会现实与革命历史更广阔深远，其艺术感染力也远远超越了第一对矛盾冲突。吴爽也是苦出身，而且是老革命，战争年代不但救过雷军长的性命，而且也是参战无数，九死一生。但是，新中国成立之后，她开始吃老本，忘记了初心，革命意志衰退不说，生活上甚至腐化了，利用手中的权力和关系谋私利。战争年代里，梁大娘是村妇救会会长、"支前模范"，在养育自己儿子梁三喜的同时，还喂养了生下来就没奶吃的赵蒙生，直到五岁时才送还给其生母吴爽。

　　很显然，这样的人物关系设置太过于巧合了，从文学性的角度看是比较拙劣的，我们姑且不去计较；但它的思想内蕴却是极其丰富的，可阐释性也是巨大的。比如说，吃一个母亲的奶长大，生存环境也是一样的，但出身的不同，决定了两个一起生长的孩子未来前途的天壤之别。而中国文化中最具价值意义的伦理道德——养育之恩也随着时间的推移和地位的悬殊而逐渐消失殆尽。当兵都是改变命运的方式，但赵蒙生在军机关里当干事，梁三喜却只能从基层连队一步步干起。母亲吴爽可以处心积虑地在部队开往前线之际将赵蒙生调离，梁三喜和靳开来们则只能义无反顾地冲向前线。革命者吴爽曾经为了革命而将生死置之度外，不过生存下来后毕竟还有身份、权力、生活待遇以及其他诸多方面的补偿；而支持革命的梁大娘除了贫穷外一无所有，尤其是三个儿子在不同的时期都死去了，他们的死都与革命有关。这就是革命者与支持革命的人民的命运与生存状态的巨大差异。

　　经历了生与死的考验，赵蒙生终于开始反思与醒悟，甚至忏悔："如果不是我下到九连搞'曲线调动'，上级派别的指导员来九连的话，梁三喜怎会休不成假啊！那样即使他在战场上牺牲了，他与妻子不也能见上最后一面吗？再说，战场上梁三喜如果不是为了救我，他也不会……""梁三喜烈士欠下的钱，我有财力悄悄替他偿还。可我和妈妈欠沂蒙山人民的感情之债，则是任何金钱珠宝所不能偿还的呀！"这种反思与觉悟，显然已经超越了个体生命的范畴，也是个人的性格及品德所无法承受的。令读者震撼和感慨不已的是，革命者的巨变反衬了支持革命者的贫困，与那颗滚烫不变的初心相伴随的，还有他们的善良、质朴与理解、宽容，以及民间的文化传统与道德伦理。人死账不烂，离开连队的时候，"只见大娘用瘦骨嶙峋的手，从衣襟缝里掏出一沓崭新的人民币，放在了桌上"，接着，又"摸出一沓发旧的人民币，也全是十元一张的"。玉秀递给赵蒙生一张纸条说："托您给俺办办吧。"赵蒙生感叹道："走了！从沂蒙山来的祖孙三代人，就这样走了！"无论是曾经的历史，还是当下的现实，他们只有付出，却从不希冀着回报。

　　雷军长与吴爽的矛盾冲突也是多方面的，曾经同生死共患难的战友，到了和平建设时期却产生了根本性的差异，尤其是在对待下一代上，雷军长的儿子"北京"被调往前线，直接到父亲所在军的某部九连参战，并因为"臭弹事件"而牺牲。反观吴爽,则千方百计要将儿子赵蒙生调回大城市,甚至在战争即将打响时将电话打进雷军长的前沿指挥所。雷军长说:"现在有人指责青年一代'看破了红尘'。那么,我们这些老家伙中有没有所谓'看破红尘'的?依仗权势,胡作非为,互开后门,损公肥己。"两人孩童时的经历相差无几,吴爽八岁被卖给地主当丫头,雷军长七岁就给东家放牛。后来都从血与火、生与死的革命岁月中走过来,但两个人的思想、情感,还有革命的意志早已不可同日而语。

　　胡风在路翎的长篇小说《财主底儿女们》的序言中说:"如果没有对于生活的感受力和热情,这些固然无法产生,但如果对于生活的感受力和热情不是被一种深邃的思想力量或坚强的思想要求所武装,作者又怎样能够把这些创造完成?又怎样能够在创造过程中间承受得起?正是和这种被思想力量或思想要求所武装的对于生活的感受力和热情一同存在的,被对于生活的感受力和热情所拥抱所培养的思想力量或思想要求,使作者从生活实际里面引出了人生底悲、喜、追求、搏斗和梦想,引出了而且创造了人生底诗。""真实性愈高的精神状态(即使是,或者说尤其是向着未来的精神状态),它底产生和成长就愈是和历史的传统、和现实的人生纠结得很深,不能不达到所谓'牵起葫芦根也动'的结果,那么,整个现在中国历史能够颤动在这部史诗所创造的世界里面,就并不是不能理解的了。"① 这段话用在评价李存葆创作《高山下的花环》时的精神状态,以及小说发表后所产生的社会影响方面似乎很合适,虽时隔近八十年,却并没有违和感。朱向前先生说:"《高山下的花环》表现出了作者秉笔直书的严肃态度和'敢为天下先'的无比勇气。李存葆义无反顾地蹚过政治雷区,整个社会中被压抑已久的呼声在作品中得到了释放与传递。"②

　　事实上,作者和编辑在小说发表前都意识到了作品可能引起的社会反响,这主要是因为小说所呈现或揭示的军队内部,也包括社会现实的矛盾与问题的尖锐程度,对极左思潮的批判力度,以及它的悲剧性的艺术感染

---

① 路翎:《财主底儿女们》,安徽文艺出版社1995年版。
② 朱向前:《李存葆的过去和现在》,《北京文学》2004年第8期。

力等方面，都是以往文学所不曾有过的。然而，作者和编辑都无法预测主流意识形态，具体到相关的政治部门能否允许如此情形的存在。作者和编辑所承受的巨大压力，恰恰反证了当时的政治语境与意识形态对文学艺术的严厉与苛刻。作者和编辑没有意料到的是，由于小说揭示的这些矛盾冲突与时代精神呼求以及民众心理期待契合同频，所引发的共鸣，不仅仅超出了作者和编辑的想象，也溢出了小说文本之外，而漫漶成为一种为全社会所普遍关注的社会现象。不得不说，李存葆写作《高山下的花环》是需要胆识的，他终于还是喊出了那声在人们心底积郁已久的时代强音。

六、"光明的尾巴"：规避现实政治风险的叙事策略

颜琪这样论述《高山下的花环》："《花环》在当代军旅文学史上的地位显著，学界通常将它与徐怀中的《西线轶事》并列为新时期军旅文学开创阶段的两座高峰。相比较之下，《花环》的历史感更加深邃，思想容量更加厚重，其所反映的生活世界远远超出了军营，的确堪称对整个中国社会现实及其历史命运的'整体把握'。它的主旨，正如大家所看到的，就是表现一群小人物所具有的'位卑未敢忘忧国'的崇高情怀与担当精神，这种情怀和担当，绝非刻意做作之举，而是出自内心深处的自然流露，故堪称中华民族之生命机体中最有韧性、最为持久、最为强劲的前行推动力。"[①] 这当然是相当正面的评价，应该说代表了当时文学艺术界，甚至整个中国社会对这部小说的主流认知；但是，我前面详尽地论述过，1980年代初期中国社会的意识形态，包括文学艺术界，极左思潮及官方中"左"的势力还是非常强大的，对文学艺术界的各种批判是随时都有可能发生的，这是任何一位想要有所作为或言之试图突破的作家、艺术家都不能不思虑再三的事情。尤其是此前刚刚发生的《苦恋》事件，尚未尘埃落定。

---

① 颜琪：《"崇高"主题下的"滑稽"——谈〈高山下的花环〉影视改编问题》，《文艺争鸣》2011年第8期。

李振在《"光明"如何成全"创伤"》一文中写道:"从某种意义上说,《高山下的花环》比《犯人李铜钟的故事》走得更远。它所讲述的,与其说是对越自卫反击战的故事,不如说是一个高级干部如何腐败退化,以权谋私,大搞不正之风,高干子女纸醉金迷、骄横自私与农民子弟如何在思想和感情上格格不入,或当年的革命者如何忘恩负义把人民的疾苦置之脑后的故事。"[1]这是另一种角度的解读。如果当年有人公开做出过类似的分析,那这问题可就严重了。也就是说,这样一部思想尖锐的小说何以让几乎所有的人都接受呢?尤其是让那些意识形态的负责者以及文学艺术界存有"左"的思想的高官们也能允许其存在呢?

李存葆采取的最重要也最有效的方式,就是在揭露和批判的同时,要留下一个"光明的尾巴",以规避现实政治的风险,这几乎是当时此类作品共同的叙事策略,或言技巧。李振在上文中论述了这一策略,并称之为"成功"的经验:"一般的文学史叙述中,伤痕、反思等一系列文学潮流在显示着其接续、拓展、深化的同时,时代的创伤如影随形,贯穿其中,亦被视为文学实现'突破'的重要标识。时至今日,我们依然能够感受到其中鼓舞、振奋的气息,却也不得不去面对这种叙述对一个时代的文学过于乐观甚至是简单粗暴的理解与评判。20世纪80年代初一些文学作品对时代创伤的揭示往往很尖锐,暴露与批判的问题也颇为敏感,但这并没有阻碍它们的面世甚至获奖。于是,从这些作品中,我们不难发现属于80年代的某种叙事技巧或是'成功'经验,它为作家们竞相仿效,并形成了特定的叙事模式。""回顾那个年代的创作,'光明的尾巴'是很重要的一个标准。如果缺少了代表主流和本质的光明面,不管一部作品所触及的问题是否足够严重,不管它对现实的描述是否真实,往往都会被很轻易地否定。"[2]

《高山下的花环》整体叙事基调的设置,诸多的细节,也包括批判的矛头主要是指向"文革"的。小说的上半部分,第一个核心情节之中,赵

---

[1] 李振:《"光明"如何成全"创伤"》,《南方文坛》2019年第4期。
[2] 李振:《"光明"如何成全"创伤"》,《南方文坛》2019年第4期。

蒙生的"曲线调动"、高级干部腐败退化、以权谋私、不正之风、子女纸醉金迷等，都是"文革"和极左路线导致的结果。甚至导致"北京"牺牲的臭弹也是1974年"文革"时期制造的。而靳开来冒着违纪风险砍甘蔗解决饮水困难而最终牺牲，战后居然连个三等功也没能立上。团里人是这样说的："靳开来此人，思想境界一贯不高，是个牢骚大王。战前提他当副连长，他说让他去送死！再说，他是为一捆甘蔗死的，严重地破坏了三大纪律八项注意且不说，死得不值得嘛！"这一番言论就更是突显了极左思想的危害之深。赵蒙生作为"红二代"，可以说是"文革"和极左路线导致的干部腐败退化、以权谋私的直接受害者，他的母亲吴爽则是最典型的代表。小说批判的锋芒不可谓不尖锐，尤其是在战场上，这样的细节自然被夸张放大，所产生的震撼效果就可想而知。但李存葆采取了"光明的尾巴"的叙事策略，"成功"地规避、化解了现实政治的风险，赢得了社会各界的一致好评与赞誉。

在小说的后半部，也就是第二个核心情节里，李存葆的煞费苦心与刻意经营达到了极致，这在新时期反思文学及暴露文学众多作品里，也属罕见。这部分的矛盾与冲突主要是由梁三喜的"欠账单"引发的，是革命历史的纵深与乡村现实进行更加深刻的延展。小说将前半部分的批判锋芒转向了历史的纵深与现实的广阔，显然已经溢出了对"文革"和极左的批判范畴，显示出文学叙事的史诗性品格。这里插句题外话，我觉得这个中篇小说是完全可以写成鸿篇巨制的，目前虽然有九万余字的体量，但仍然显得叙述很局促，场景写得过于简练，时间与空间都没能得到充分延展，尤其是它的史诗性内蕴受制于篇幅而无法达成。前面我曾论述过，"欠账单"不仅仅是暴露乡村贫困的现实，也不仅仅是为了在与吴爽母子的对比中彰显革命老区人民的善良、纯朴、宽容的品质；而是突显了革命政权建立后，革命者与曾经支持革命的人民的疏远与隔膜，甚至于忘记。在这一主旨的背后，隐藏着复杂的伦理与道德层面的思辨与诘问。这一点似乎被当时的批评者所忽略，论者更多的是从正面的角度阐释作者将人物的革命历史与现实关系巧合地嫁接，避免了阶级的对立。

那么，李存葆又是怎样通过"光明的尾巴"来化解批判的外溢效应的呢？

最重要的应该体现在小说的核心人物赵蒙生身上。先不说他的家庭身份让他养尊处优，他的"曲线调动"，尤其是当他的母亲吴爽在战前将电话打进雷军长的前沿指挥所，就将他与梁三喜、靳开来等基层军人们拉开了距离，甚至让他们成为对立面，以至于就连一向忠厚的梁三喜都对赵蒙生劈头盖脸地一顿痛骂。而靳开来更是威胁，一旦发现赵蒙生有叛变的苗头，就会给他一粒"花生米"尝尝。矛盾冲突至此，战友关系的性质已经发生了质变。被迫参战后的赵蒙生，在经历了一系列的血与火的洗礼后，开始反思与顿悟，并在战友们一个个牺牲后挺身而出，凤凰涅槃般转身，置生死于度外，最终成为战斗英雄。因为赵蒙生是贯穿全篇的主要人物，他的结局直接影响着小说的主题与思想走向。所以说，他是小说中最大，也是最"光明的尾巴"。李海鹏在《使"石头动情"的力量从哪里来？——中篇小说〈高山下的花环〉浅析》一文中评价说："小说对连指导员赵蒙生的描写是极成功的，不仅毫不留情地揭露了他的缺点、错误，而且更合情合理、令人信服地写了他的转变。在血与火的战斗中，他终于洗刷了自己心中的污秽，净化了自己的灵魂，成为一名真正的战斗英雄。这在当前描写干部子女的作品中是一个很有意义的突破。正因为他们的精神觉醒过程是时代所决定的，因而也是不可逆转的。他们心灵深处的那种深刻的自我反省和两种人生观的灵魂碰撞，是非常真实、典型而动人的。"①

小说中最大的反面人物吴爽，最终也在雷军长的批评与对以往的回忆中，在梁大娘的苦难、善良与真诚中完成了自我的转化。而在靳开来的三等功立不上的问题上，雷军长也表示要为他争取。李存葆更是通过梁大娘化解了诸多社会问题与冲突，其"光明的尾巴"作用并不逊色于赵蒙生。比如："好啦，现在好啦！听说是毛主席过世时留下话要抓奸臣，托他老人家的洪福，共产党总算把奸臣抓起来了，一个个都抓起来了！往后，庄户口人又有盼头，有盼头啦！"还有，农村的生活有了很大的改变，"公

---

① 李海鹏：《使"石头动情"的力量从哪里来？——中篇小说〈高山下的花环〉浅析》，《青海师专学报》1983年第1期。

家每月发给俺、玉秀、盼盼每人五元钱,合起来就是十五元。加上现在搞责任田,大娘一家三口包的地,收的也不少"。甚至连玉秀改嫁的事也想到了,村里有个姓陈的民办教师,村里人正在撮合俩人,小陈挺愿意,还说要上门来给大娘养老。

林晨在《转型时代的范文——李存葆〈高山下的花环〉新论》一文中的见解值得我们参考,这里特摘录几段:"可以说《高山下的花环》是1980年代中国最具影响的军事题材小说。军事题材,在中国当代文学史上具有独特的地位和意识形态意义,也往往为官方所密切关注并着力推动。""但上述情形并不意味着李存葆就是政治秩序与政治思想的有意识的颠覆者。事实上李存葆更接近于时代潮流的乖巧的跟随者。他将当时已广为流行的'伤痕文学'的书写方式与情感模式挪入军事题材的写作,他面对政治的距离与分寸,从未曾逾越'伤痕文学'的成规。""稍微梳理小说的叙述脉络即可发现,李存葆笔下所有的伤痕都被精确设计为'文革'的产物,而一定限度内的反思'文革',正是那个时代的政治主旋律。""从获奖作品《犯人李铜钟的故事》和《高山下的花环》所透露出的80年代初文学评奖的潜在规约来看,所谓突破是十分有限的,而那些无论在思想内容还是创作手法上真正实现了某种突破的作品,即便没有受到批判也绝无获奖的可能。""只有将对'社会的缺点和阴暗面'的批判置于一个有限的空间内,其表达才是合法的,才具备了获奖或是被认可最基本的前提。"①跳脱彼时彼地的文学场,在一个更为久远的历史脉络中,重新审视《高山下的花环》,不得不感喟起"光明的尾巴",当真是成也"光明",败也"光明"啊。

七、"失踪者":"寻根文学"的挤压?抑或小说家的禀赋不足?

对于近年来的"重返"或"重勘"热潮,程光炜先生认为这是当代文学"历史化"的前奏和铺垫。何以急于将当代文学"历史化"?程光炜先生给出

---

① 林晨:《转型时代的范文——李存葆〈高山下的花环〉新论》,《文艺争鸣》2015年第8期。

的理由是，鉴于现代文学已经成功地"历史化"，而作为中国文学漫长历史链条上一个环节，当代文学不仅是一个可批评的对象，同时也是一门历史脉络看得清楚的学问。①我以为，这一构想可能对大学当代文学学科的建构具有价值和意义，但从文学史的角度看，仍然有过早的嫌疑。这一点程光炜先生自己也讲过，主要的意思是说，文学史暗藏着各方面的利益，现在没有平心静气对话的土壤，连一篇公允适当的作家论都很难平顺地问世，更遑论稍微宏大深入的文学史反思。一方面是被论述的文学史人物还健在，他们曾经就是文学史的参与者，作为文学史的各种思想与派别的斗争似乎已经结束，但延续下来的人脉与复杂的社会关系的影响还无法真正地消弭。于是乎，此时文学史的写作便会有由于各种因素干扰而产生的偏颇或违逆，甚至主观的遗漏与拔擢，这样的文学史自然也是不可靠的。

程光炜先生在《怎样研究新时期文学》一文中就充分地表达了这种主观的遗漏，而且数量居然很庞大，我就不一一列出了。其中提及了李存葆："李存葆也是一个80年代初很红的军旅小说家，《高山下的花环》拍成电影公映后，这部作品的名字传遍了全国。但随着那场战争的硝烟散去后，一种带着寻根意味的战争小说代替了它的位置。文学批评和文学史，很少再提到这位曾经轰动一时的作家。"②为了写这篇文章，我查阅了不下八九部有关新时期文学的史论类著作，有两部在讨论军旅文学英雄人物的时候提及《高山下的花环》，其他五六部干脆没有李存葆和这部中篇小说的踪影，这让我不免感觉有些匪夷所思。个中原委，值得追问。

"一种带着寻根意味的战争小说代替了它的位置"，这大概是一个重要原因。程光炜先生指的是1985年前后发生的寻根文学在军旅文学中的反应。王铁仙等著的《新时期文学二十年》一书中说："寻根文学的发端，似可追寻到发表于八十年代初的汪曾祺的小说。他的小说在当时别具一格，清新悦人，无论题材、人物还是叙事方式、情感格调，都与风头正健

---

① 参见程光炜：《当代文学六十年·当代文学与口述史研究专辑》，《文艺争鸣》2013年第6期。

② 程光炜：《怎样研究新时期文学》，《当代作家评论》2018年第5期。

的伤痕文学、反思文学拉开距离,显示出'陌生化'效果。""如果说伤痕文学主要是政治性反思,反思文学主要是历史性反思,那么寻根文学则主要是文化性反思。这是新时期文学内存逻辑的另一种表达方式,体现了文学认识与创作重心的逐步变迁。"①寻根文学及随后的先锋文学对新时期文学而言显然具有转折性的意义,由新时期之初的政治、意识形态性诉求转而向着文化和"文学性"的理念与想象发展,不但扫荡了此前风头正劲的伤痕文学、反思文学和暴露文学,甚至将现实主义也挤兑得边缘化了。李存葆及其红了三四年的《高山下的花环》和《山中,那十九座坟茔》也没能幸免于难,迅速在文坛销声匿迹。此后,李存葆在写了两篇报告文学《大王魂》《沂蒙九章》之后,干脆转向了文化散文,并于2002年结集出版了散文集《大河遗梦》。此后,他虽称要写长篇小说,却终未能如愿,截至目前再无小说问世。

　　寻根文学真的是导致李存葆隐匿消失的主要因素吗?朱向前先生在论及寻根文学对军旅文学的影响时说:"由'寻根'文学引发的'农民神话'的怦然坠落,使农民军旅作家们猝不及防地面临了双重挑战:一是你怎样正视作为农民子弟的自我?二是你怎样表现你笔下的农民军人?不难想象,他们在一段时间内的失落、彷徨、游移和心理不适是在所难免的。"②回到1980年代初的军旅文学现场,情况似乎远比上述的判断要复杂得多。朱向前先生主编的《中国军旅文学50年(1949—1999)》一书比较详尽地论述了八十年代初军旅作家中短篇小说创作的情况,从中可见某些端倪。这里不引述原文,只作一个综述:进入八十年代中期,社会普遍经历过情绪的宣泄后,一股理性力量成长起来,引导了反思的思潮。一部分军旅作家反观长期以来绵延不绝的"英雄主义"主流,正视并思考其蜕变的痕迹和现实的意义,英雄失落的过程越来越清晰。宋学武、何继青等人的"战争心态小说"已经完全卸下意识形态重负,不再关心"英雄"的壮绩,而是从心理的角度描述战场上的真实状态,将英雄主义观念和主观精神的

---

① 王铁仙、杨剑龙、方克强、马以鑫、刘挺生:《新时期文学二十年》,上海教育出版社2001年版,第81—84页。

② 朱向前:《"黄金时代"的文学记忆》,作家出版社2011年版,第97页。

目的性完全从战场真实中剥离,以冷淡的态度处理敌我关系。这些作家虽然只是短暂地接触甚至完全没有接触过战争,却仍然怀着英雄主义的理想,并清醒面对英雄主义者遭遇到的现实问题与生存尴尬,重新探讨"英雄"的内涵。他们在塑造英雄形象与典型人物时更愿意展现普通人的一面,依照常人的标准正视他们的价值所在与生存缺失,不时透露出人道主义的悲剧意识。当作家们怀疑对"意义"的探寻后,莫言等作家的"新历史主义"小说以崭新的历史和民间立场,摆脱了意识形态话语的束缚,还原被遮蔽的生活。小说主流意识的蜕变、民间视角的萌生,使得文学观念内部发生了深刻革命。这里找不到尴尬的战斗英雄,只有对豪情满怀的民间英雄的赞美,找不到个人价值的失落,只有对奔放个性的充分肯定,表达出作家对生命存在本相的认识,为反思军人的现实生存状态提供了参照。① 上述状况便是李存葆和《高山下的花环》经历了短暂的"王炸"般爆火之后,所面对的军旅文学的形态与情势。时间虽只过去短短的三四年,但文学场的变化堪称全方位和革命性的,与李存葆的文学观念已经相去甚远,甚至说南辕北辙也不为过。直白点儿说,李存葆显然已经无法适应这样的军旅文学了。

  关于这方面的问题,朱向前先生甚至更具体地揭示了事实本相,"'两代作家在三条战线作战'的基本格局,奠基于八十年代初期,形成并鼎盛于八十年代中期,而在八十年代末期开始瓦解,军旅中篇小说强劲的势头受到阻遏并逐渐走入低俗。'式微'的原因,除了大的社会和文学生态环境的改换之外,大致可以归结于军旅小说家自身的如下局限"。朱向前先生列出五条,我认为跟李存葆关系密切的有这样几条:"1. 南线战争的短暂局促和历史烽烟的远逝缥缈,使作家(尤其是青年作家)们的战争生活体验储存有限,难以支持他们在战争领域中更加长久的跋涉;3. 作家们普遍存在的学养上的先天不足,经过几年消耗之后,开始露出了底气不足的内虚症,尤其在文学观念几经革命,小说手段几经改进之后,明显出现'落

---

① 参见朱向前主编:《中国军旅文学50年(1949—1999)》,学习出版社2008年版,第30—38页。

差'；5. 随着青年作家的出道成名和资历加深，纷纷进入专业创作队伍，开始疏离现实军营生活，急速旋转变化的社会和军营现实亦迫使他们不得不进入审视和沉淀的'二度准备阶段'。在题材选择上则出现了淡化军旅色彩的'向外转'（写军营以外）和'向后转'（写童少年经验）的倾向。"① 这样说来，是文学场的内外夹击导致李存葆不得不终止了小说创作，转向报告文学和九十年代的文化散文写作，这实乃无奈之举。毕竟，从创作的角度论，不会有哪位作家会在创作高峰的状态下轻易而突兀地停滞甚至转向。

其实，写作此文的过程中，我一直在思考一个从李存葆因《高山下的花环》而一炮走红、一鸣惊人进而迅速隐匿以来，别人不曾论及，或许终究难以证明亦无法证伪的问题，那就是——李存葆适宜写小说吗？这个问题一是比较尖锐，论辩起来也比较麻烦；二是很容易遭到否定，因为《高山下的花环》和《山中，那十九座坟茔》所引起的巨大反响，以及连续获全国优秀中篇小说奖，已经给出了不证自明的答案。然而在我看来，这是一种简单或者说是机械的思维，仔细品味一番，个中滋味就颇费思量了。

首先，根据相关的资料，李存葆是初中毕业后父母无力支撑他读高中而务农，之后参军当兵的，因参加团部组织的通讯员报道学习班时发表了两篇习作而从炮兵转行为团新闻干事，1970年上调济南军区政治部宣传队担任创作员。这期间，李存葆创作了近千首诗歌、歌词、小说、散文和大中型剧本，大部分作品发表或上演，并有作品获了奖。②1979年，他两赴对越自卫反击战前线采访的事情我们都知道了。从这个资料上看，李存葆的文学创作主要是在1970年担任创作员至1979年这十年间，提及的作品或发表的作品比较笼统，体裁全，数量似乎很庞大，但明显不太确切。"近千首诗歌、歌词、小说、散文和大中型剧本"的说法本身就含混，就算不包括小说、散文和大中型剧本，仅论诗歌、歌词，能达到近千首吗？我有些怀疑，但这里就不再深究了。另外一点，就是没有提及李存葆发表

---

① 朱向前主编：《中国军旅文学50年（1949—1999）》，学习出版社2008年版，第69—70页。

② 参见刘一丁：《李存葆：从〈高山下的花环〉走来》，《浙江日报》2005年2月18日。

了什么小说和剧本，至少没有产生什么影响。那么，我们就基本清楚了，李存葆在创作《高山下的花环》之前的文学状态远达不到专业甚至成熟。再来看，李存葆两次前线采访后写的是两篇报告文学，其中《将门虎子》获解放军文艺创作一等奖。何以用报告文学的形式？当然跟文体的迅捷程度有关，或者上级有要求，他要完成任务。还有一点，可能跟李存葆长期搞新闻报道有关，太熟悉了，手拿把掐，而且来得快。同期前往采访的徐怀中，很快拿出的却是短篇小说《西线轶事》，因为彼时他早已是成熟的著名作家。

徐怀中说，采访时他抢不到前边去，干脆就去采访没人去的功劳不大、也没有"英雄模范"称号的连队。作为小说家，他想的是虚构，而且不需要直接面对炙手可热的"英雄模范"。由于对小说的谙熟，徐怀中迅速地写就并发表了小说《西线轶事》，距他去前线采访也就半年的时间。而李存葆想的是真实，自然也就选择了报告文学的样式。当情感与激情沉潜下来，李存葆意识到采访到的第一手材料中有太多东西还没有呈现出来，此时他才想到了小说。说白了，小说并不是他的拿手戏。他反复纠结的三年，其实未必都是如何表现那些矛盾与冲突，可能也有写小说的才能与天赋都不是特别充分的因素。这一点，在《高山下的花环》和《山中，那十九座坟茔》中，我们能够明显地感觉到。首先就是口述，多少都让我感觉是借赵蒙生之口来掩饰作者文学性语言的不足，如果此说严重了，起码他的描写、叙述与当时的一众军旅作家比较，差距还是相当明显的。尤其是文学性想象，在他的小说中可以说几近于无。写得太实，一句是一句，中间没有任何的空隙，甚至可以说新闻性的语言居多。也就是说，新闻报道严重地阻碍了他的小说思维与文学想象。李存葆后来重拾报告文学写作，相信也跟这一点有关。

八、"写真实"的虚妄与未来

俄国形式主义批评家雅各布森认为，文学之所以成为文学是因为它的"文学性"。而布迪厄的回答却迥异于雅各布森，是"文学场的炼金术"造就了文学。张意在《西方文化关键词》一书中是这样论述的："一个自主和富有生机的文学场,像一个活动频繁的地震带。无论是文学场和外部权力场的斗争,还是文学场内部的代际更替燃起的狼烟,都会从横向或纵向的角度引发文学场的震动和更新。""譬如,20世纪70年代末期的中国逐渐兴起从文学、美学、哲学等意识形态角度反思文化革命的思潮。迄今为止,当代文学场域非常活跃,形成了一次与20世纪初的现代文学场相呼应的现象。从'反思文学''伤痕文学''重放的鲜花'到'知青文学''改革文学''文化寻根文学'等,再到60年代生人作家的'先锋文学',直至被妄称忘记历史的'断裂作家'的70年代生人的创作。""文学场在社会结构中的尴尬处境使它最终仍然受社会权力场的支配,内部的自主原则面临外部政治、经济等力量的侵袭。"① 回顾新时期以来近半个世纪的中国文学,似乎经历了一个轮回,即70年代末的现实主义回归到今天的重回现实主义,不变的是对"生活"的信仰与对"真实性"的笃行。王铁仙等著的《新时期文学二十年》论及新时期文学现实主义回归时说:首先是大胆提倡"写真实"。伤痕文学与反思文学的出现,把长期以来用各种革命旗号掩盖起来的丑恶的真实"表现得赤裸裸到令人害羞的程度",使人们看到了写真实的强大的社会功能和美学力量。作家们以踏实于生活的态度,以充分的现实主义精神强化了文学的真实性,恢复了文学在人们心目中应有的地位和价值。其次是批判精神的发扬。"写真实"本身就意味着对被颠倒了的历史的批判。那些具有高度真实性的文学作品,无一不是对极左路线所造成的各种罪恶事实和荒诞现象的深刻揭露。② 在张意看来:一些文学社会学观念根据单一的"真实性"原则,以及是否有助于历史社会进步的实用功能来判定文学作品,使文艺作品沦为政治工具。实际上,作品指涉的"真实"不过是意识形态的虚构物,而所谓"历史进步",

---

① 赵一凡、张中载、李德恩主编:《西方文论关键词》,外语教学与研究出版社2006年版,第584—589页。
② 参见王铁仙、杨剑龙、方克强、马以鑫、刘挺生:《新时期文学二十年》,上海教育出版社2001年版,第63—64页。

也只是历史理性所臆想的整体、必然的历史规律而已。① 这无疑构成了对新时期文学"写真实"的反拨,我们不去做进一步的讨论。回到李存葆和他的小说,前述关于新时期文学"写真实"的两个方面,李存葆和他的小说都做到了,而且达到了新时期文学之初无人可及的高度。可是,从"文学性"的角度论,又收获了什么呢?或者说贡献了什么呢?当极左思潮销声匿迹,《高山下的花环》还有什么让今天甚或未来的读者青睐的呢?

关于"文学性",周小仪是这样论述的:文学性是俄国形式主义批评家、结构主义语言学家罗曼·雅各布森在20世纪20年代提出的术语,意指文学的本质特征。文学性指的是文学文本有别于其他文本的东西。如果文学批评仅仅关注文学作品的道德内容和社会意义,那是舍本求末:文学形式所显示出的与众不同的特点才是文学理论应该讨论的对象。文学性的实现就在于对日常语言进行变形、强化,甚至歪曲,也就是说,要"对普通语言实施有系统的破坏"。英国批评家伊格尔顿说,一旦语言本身具备了某种具体可感的质地或特别的审美效果,它就具有了文学性。② 从这个意义上说,语言才是文学性的本质特征。当然,我们也可以把语言当作更宽泛的文学修辞,也就是形式层面的各种元素。按照这样的观念和标准,李存葆和他的小说《高山下的花环》在"文学性"层面的缺失就是显而易见,不需要再做详细讨论了。

行文至此,我几乎不自觉地想起了李存葆在军艺文学系的同学莫言。"作为此一阶段中农民军旅作家的代表,脱颖而出弹奏起了'农民军人'主题的变奏。他几乎一上来就跳到了和李存葆遥遥相对的另一个极端——以一种农民的自卑感和自虐感,取代了革命农民式的优越感和自豪感。""当然,莫言主要是通过《红高粱》《透明的红萝卜》等一批非现实军营生活的乡土题材作品来表达他对乡土与农民的既爱又恨的复杂情感,并经由对野性的呼唤与张扬,承接上了一度弥漫在沈从文乡土小说中

---

① 参见赵一凡、张中载、李德恩主编:《西方文论关键词》,外语教学与研究出版社2006年版,第584页。

② 参见赵一凡、张中载、李德恩主编:《西方文论关键词》,外语教学与研究出版社2006年版,第592—593页。

的'野兽气息',目的仍在于'想将这份蛮野气质当作火炬,引燃整个民族青春之焰'。"①一个曾经天马行空、想象力与艺术感觉无边无际的"先锋"作家,在获得诺贝尔文学奖八年之后出版了一部短篇小说集《晚熟的人》,这就是一位大师级作家的文学境况,也是中国当下的文学场创造出的文学实绩。如此说来,李存葆或者他的小说,在场与不在场又有什么要紧的呢?他当年所笃信并践行的"写真实"在几十年后,仍然被无边的现实主义浪潮裹挟着,笼盖四野,如影随形,但未来的命运又会是怎样呢?

我不知道,我真的不知道……

---

① 朱向前:《〈"黄金时代"的文学记忆〉》,作家出版社2011年版,第97页。

最后的先锋：猜想孙甘露
——从《呼吸》到《千里江山图》

一、"混乱"真空中的"病态"与痴迷

在新时期文学批评话语或文学史的论述中，关于1980年代中期崛起的"先锋文学"，其退潮大都被指认为1980年代末。也就是说，短短五六年的时间里，先锋文学风光无限，一时无两。

作为文学思潮，先锋文学的观念与形式主要源自西方现代主义、后现代主义与拉美魔幻现实主义。为什么这批作家会集体性地选择这种文学形式呢？丁帆、许志英主编的《中国新时期小说主潮》这样论述道："西方现代主义文学的思想和哲学机制是产生于两次世界大战后，源于战后人们内心世界的痛苦与失落。先锋作家们也有相似的生活和心理经历。他们在'文革'的荒诞与乌托邦幻想中度过了青少年时代，当他们从'文革'的噩梦中醒过来时，他们深深地感受到了青春被虚掷的痛苦和对于昔日被愚弄和欺骗的乌托邦追求的厌恶与反感，并且也因之而感触到人生的虚诞与荒谬。这种心理机制使他们自然地喜爱上了现代主义文学，建立了与之心灵融会的坚实基础。"① 这里所强调的是哲学思想与文学观念上的共鸣，就总体的大背景而言当然是不错的。但我觉得，还有两个因素不可或缺，甚至说是至关重要，就是我在这节的小标题中提及的：一个是文学界，包

---

① 许志英、丁帆主编：《中国新时期小说主潮》，人民文学出版社2002年版，第1273页。

括社会大环境因意识形态的"混乱"所形成的短暂真空;另一个是先锋文学作家们普遍表现出文学层面的异质性追求与审美,这种特殊的文学状态在某种条件下近乎精神层面的"病态"。这两个方面似乎是先锋文学汇聚成为思潮的更为内在且直接的因素。

先锋文学的年轻作家比他们的文学前辈甚至同代人,都更早地接触了西方现代主义、后现代主义与拉美魔幻现实主义文学,不但没有隔膜,还一见如故、相见甚欢。马原甚至随随便便就能拉起上百部外国文学名著的书单,可见其对西方文学的熟稔程度。形式与语言的探索创新是先锋文学的要义,也是让读者耳目一新的标志。叙述方法对故事情节的超越,让先锋文学一时间有如万物花开,谜一般的奇异姿态为先锋文学赢得了耀眼炫目的光芒。但这并不是先锋文学崛起的理由,因为他们并不能真正脱离1980年代的社会文化思想,政治上的思想解放也没有实现意识形态真正的宽松,包括文化与文学艺术领域的斗争和交锋仍然是风云激荡、暗流涌动。即便在今天看来,先锋文学以集团的方式涌入主流文学期刊仍然是几近于传奇,甚至有点不可思议的。

《人民文学》《收获》《上海文学》等顶级文学期刊不约而同地选择了接受那批年轻的探索者,刊发那些当时看来有些"离经叛道"的作品;不是普通的亮相,而是一种炫耀、一种张扬,甚至有明显的倡导意味;客观上对传统文学或者说居于主流的现实主义文学,造成了难以遮蔽的挑战之势。当时,先锋文学的主题大致可以概括为三个方面:一是历史的虚妄和人生的荒诞,二是绝望的想不通与死亡恐惧,三是孤独与梦幻。客观地讲,这样的内容和主题与当时改革开放的主流社会思想,以及改革文学、文化寻根等文学思潮都拉开了相当的距离。当然,我们要考虑到1980年代文学逐"新"的共识,观念上的自我否定,以及对传统的摒弃,这些方面似与"五四"一脉相承;但关键的因素我以为是思想文化领域出现了一个相对"混乱"的真空。过往的禁忌与回避被打破,完全是文学艺术界的误打误撞,或者说是一厢情愿的"误读"所造成的喜剧性的、带有"反讽"色彩的结果。也就是说,主流意识形态在那一时段里无暇顾及文学界这些年轻作家们的"离经叛道",而那些相对保守的文学势力面对先锋文学时则一头雾水。失语或情绪上的失控,都无法有效阻止先锋文学思潮的波涛汹涌。我不能不感叹,那批先锋文学的年轻作家们是幸福的,也是幸运的。置身于那样一个复杂的文学场,他们居然创造了一个几乎不可能的,甚至是空前绝后的属于文学的"黄金时代"。"噫吁嚱,危乎高哉!"

时间已经过去三十多年,我不知道当年的先锋作家们是如何看待曾经的先锋文学和曾经的自己;但三十多年后的今天,作为一个文学的后辈,翻阅那一代人的作品,仍然让我对他们的文学际遇和创造激动不已,进而对那个激情澎湃的时代,对那些文学探索的先驱们产生一种莫名的崇敬与怀想。我时常在想,假如先锋文学崛起的外部原因如我上面所述,那么,支撑这一思潮的内在动力又是什么呢?我的突出感觉,则是那批年轻作家们存在着文学表达上的"病态"与痴迷,虽然各自的表现不尽相同,却普遍地任性、偏执与癫狂;在精神气质与创造的激情上则与梵高、高更和毕加索更为接近。或许,只有这种精神状态才能够支撑先锋文学那些极端的形式主义探索和语言狂欢,使得他们笔下的人物、故事、情节、叙述、结构等元素跳脱传统小说文本,成为一种虚无的或者不及物的存在。从创作论的角度考察作家的身世与性格等因素,亦可看出,大凡有成就的作家在内在精神与性情,甚至人格方面多少都会有迥异于常人之处,这是为文学史所证明了的。我之所以想强调这一点,是因为天赋异禀对作家包括艺术家,有着毋庸置疑的决定性作用。关于这方面,我们的批评与研究触及得还太少。

然而,即便在新时期文学的范畴里,五六年的时间也略显短暂。由于先锋文学很难说是一种主义或流派,每个作家的文学观念与自身艺术特质并不相同,甚至存在很大的差异。他们是彼此独立的个体,每个人探索的文学向度与风格也大相径庭,无法形成一种思想观念相对一致的思潮与主义式的合力,其影响力和可持续性自然就减弱了许多。于是,到了1990年代初,在不无世俗化的"新写实"小说的冲击下,先锋文学迅速偃旗息鼓,销声匿迹。在我看来,先锋文学的终结者其实是波涛般汹涌的大众化、世俗化和娱乐化思潮,而这股思潮是商品社会或言市场经济的伴生物。这是时代发展的必由之路,是它决定了文化思潮与文学艺术发展的向度。随后,多数的先锋文学作家便受大众文化的魅惑,返回各自的生活经验,甚至转而投身世俗化的小说写作。对长篇小说文体的共同选择不能不说跟这一情态有关，虽然多少还保持着一种先锋的姿态，但向大众文化与"现实主义"妥协的意味却是昭然若揭，这不能不让我为之唏嘘喟叹。

二、先锋另一极——语词上的飞翔

先锋文学的鼎盛时期，马原一时风头无两，他的"叙述圈套"像南方的梅雨一般在文学界弥漫，他也似乎有了一股当代小说"叙述教父"的范儿。与马原对应的另一极则是孙甘露的"反小说"与反叙述，语言狂欢与精神漫游，这让他在先锋文学的诸作家中不但是一个独特的存在，事实上在文学探索的道路上也是走得最远、最极端的一个，以至于连模仿者都鲜有。

不论借鉴自哪里，文学观如何，先锋文学的作家们各怀绝技却是毋庸置疑的。从文学本质的角度论，孙甘露"先锋"得更决绝，甚至可以谓之"先锋"的"先锋"。文学是语言的艺术，形式上无论怎样探索变化，语言仍然是文学的本质。但即便是在世界文学的大格局里审视，真正在语言上达到至臻之境的作家也鲜见踪影。而中国的先锋文学作家里真正执着于语言的也只有孙甘露。马原、格非、余华、苏童、残雪、洪峰等，他们更多的是在叙述圈套、故事意义，以及荒诞、反讽、迷宫、含混、碎片等后现代主义倾向上进行各自风格的探索，这与孙甘露的"反小说"、反叙述似乎还有着相当的距离，甚至不可同日而语。读孙甘露的小说，从内容的角度很难获得确切的认知，它是一种不无虚妄的存在。想通过人物与内容进行小说意旨的解读只能是一种虚幻的妄想或空洞的企图。因为他的语言几乎是不及物的，是在思想精神与情绪想象中飘浮，甚至就是在汉语语词上优雅华丽地飞翔，很难捕捉到它相对确定的意味，它的意味就是飞翔本身。

对语言的迷恋使得孙甘露的小说具有了一种"病态"的美学与意绪，在小说这样一种叙述性的文体中可以说是匪夷所思，或言之"莫名其妙"。读者很难明白作家在说些什么，尤其是在人物面目模糊、没有故事和情节的情形下，就连阅读本身都需要相当的勇气与耐力。我想，某些时刻，写作中的孙甘露也一定处在一种忘我的状态里,一种弗洛伊德谓之的"颠狂"状态也不是不可能的。他的小说是情绪的倾泻、诗意的恣肆、语言的狂欢。"巴赫金把'包括一切狂欢节的庆贺、仪式、形式'统称为'狂欢'。这个意义上狂欢是不分演员和观众的演出,所有人都不是作为观众观看,而是积极的参加者,参与到狂欢中。'严格地说,狂欢也不是表演,而是生活在狂欢之中。'狂欢式的生活,是'脱离了常轨的生活','某种程度上是翻了个的生活'。"①也就是说,写作中的孙甘露就是巴赫金所描述的"狂欢"状态,那是属于孙甘露的"节日"。他显然不是为了读者而写作,他甚至根本就不会想到读者,他只是沉浸在一种只在他才有的语言的创造之中,那完全是"脱离了常轨的生活","某种程度上是翻了个的生活"。这样的创作状态一定是与梵高近似,而在敏感的精神气质上则更接近普鲁斯特。

在先锋小说家中,孙甘露独特的反叛性与创造性无疑是引人注目的。在文学专业圈外,他几乎找不到读者,他的难以重复与不可模仿在很大程度上是因为别人缺乏他那种形式主义追求的极端勇气。他的小说在制造着小说的新法则或无法则、小说的新疆域或无疆域,他叙述的内容是零散化的和语词分裂式的,人物、情节、环境,一切都处于不确定之中。不仅想象背离存在,符号也背离想象,叙述语言在一定程度上背离了叙述内容,成为自律自为的语言之流。给读者上了"小说能写成怎样"的一课,表露了回避现实与冷漠生活的姿态,同时也意味着对大众读者的拒绝,这样的小说实验最后难以为继也是情理之中的事。②

这样的语言恣肆和"颠狂"的创作状态,如果说在早期的中短篇小说中还好理解,但在长篇小说中仍然进行这样的语言"狂欢"是我无法想象的,也是我有限的文学阅读中不曾有过的。我说的就是花城出版社1993年6月出版的长篇小说《呼吸》。在《呼吸》中,孙甘露已经有所收敛与

---

① 〔日〕北冈诚司:《巴赫金:对话与狂欢》,河北教育出版社2002年版,第267页。

② 参见王铁仙、杨剑龙、方克强、马以鑫、刘挺生:《新时期文学二十年》,上海教育出版社2001年版,第218—226页。

回撤,他笔下的人物有了身世的交代,来时的情景不甚清晰,甚至有点突如其来,但去向是分明的。与其他先锋文学作家的转向不同,孙甘露仍然保持着他当年的先锋姿态。作为先锋文学最为独特的作家,孙甘露没有向大众文学、世俗文化妥协,仍然坚持着他之前的风格,对语言的刻意追求也没有根本性的转变。

孙甘露在《窗和风景:一堵墙向另一堵墙说什么?》[①]中说:"我出没于内心的丛林和纯粹个人的经验世界,以艺术家的作品作为我的精神食粮,滋养我的怀疑和偏见。"从这个角度论,我以为孙甘露无疑是三十多年前先锋文学思潮"最后的先锋",这一点也涉及他最新出版的长篇小说《千里江山图》[②]。换言之,在讲述革命历史时,那种旁观冷静、不动声色、不带叙述者情绪的"零度叙事",使得孙甘露的先锋姿态依然清晰可见。

三、"自画像"——《呼吸》阅读笔记

1. 被低估的文学性价值与文学史意义

在《呼吸》之前,我只读过孙甘露几个影响巨大的、确立了他在先锋文学作家中独特地位的中短篇小说:《信使之函》《请女人猜谜》《访问梦境》等。近读他的长篇小说新作《千里江山图》,并且想要为之写点什么东西的时候,始知他还有这样一个极其重要的长篇。读过《呼吸》,我甚至觉得,中国当代文学史家们对它重视得不够,或者低估了它的文学性价值与文学史意义。我相信,随着时间的推移,这一点会日益彰显出来。

《呼吸》我读了两遍,是一种断断续续的状态,好在它没有通常小说的故事情节,甚至连不可或缺的细节也不是很多,这样就不担心阅读的中断,也不需要往回翻去进行必要的情节与人物关系的衔接。与《千里江山

---

① 孙甘露:《窗和风景:一堵墙向另一堵墙说什么?》,《文学角》1989年第3期。
② 孙甘露:《千里江山图》,上海文艺出版社2022年版。

图》比较，反差太大，很难相信是出自同一作家之手。换言之，"反小说"、反叙述的孙甘露居然在近三十年后，苦心经营起反映红色革命历史的地下党题材，这种类乎谍战小说的写作比普通小说更强调情节与细节的真实准确，也更讲究结构榫卯的衔接无误，这无论如何都让熟悉孙甘露的读者、批评家，甚至像我这样此前对孙甘露了解不多的年轻一代读者，颇感疑惑。

《呼吸》我之所以读了两遍，并不是要写文章的缘故，而是孙甘露那绵延不绝的思绪与充满抒情与哲思的语言，深深吸引和诱惑着我，让我在阅读中断、重新进入时陡生惶惑。十几年来的批评式阅读经验里，我似乎想不起来哪一部小说让我如此这般地沉浸与迷恋。掩卷沉思，却想不出《呼吸》都写了些什么，或者小说究竟想要表现什么，漫漶在脑海中的只有孙甘露那绵长、诗性、抒情的语言洪流，以及与哲理相混杂的丰厚意味。《呼吸》不仅弥漫和延宕着先锋文学的遗绪，甚至可以认定为是矗立到最后的先锋文学的旗帜。只不过，它茕茕孑立的身影掩映于大众文化与世俗化的文学思潮中，面目变得模糊不清。

2. 罗克与五个女人

《呼吸》写的是罗克与五个女人的情感与性爱的经历，一个男人所希求或期待的不同类型与感觉的女人，一段悠闲而迷惘的短暂时光。背景应该是20世纪八九十年代交替的时候，用罗克的第一个情人尹芒的话说，一个"闹哄哄的时代"。时间跨度刚好一年，"从夏季到夏季，一个完整的年轮，刻在一株无形的生命之树上"。小说没有多少实际生活经验的叙写，而是通过语言游走于情感与思想之境。"他们互相植入，嫁接，在每一时刻都经历着眷恋，不为逼人的热浪所动。他们每天都要见面，像得了强迫症那样渴慕对方的肉体，甚至在电话中谈论着隐私，夹杂着著名的、不朽的废话，那三个字被重复了上亿次，已经到了无法不从唇间吐出的地步。"每个女性都有着自己的家庭、文化及作为女性的个性化特征，她们诱惑、抚慰了迷茫困顿中的罗克，也从罗克的身上满足了自身的需求。孙甘露似乎并不在意他们之间在现实生活中的必然逻辑关系，虽然面对的是陌生的女人，但罗克也不需要过程，只要一接触，就会得到对方的青睐，欣赏、爱慕、需求都有。但除了第一个情人尹芒，罗克有想与其结婚的念头，其他也只是一种情人关系，比萍水相逢要深入一些而已。让人疑惑的是，五个女人却没有一个想跟罗克结婚，她们都认清了罗克的性情与本质，最终都选择了离开。

瘦弱的罗克当过四年兵，但小说中似乎看不出一个军人的气质与秉性。刚回到地方也没有正经工作，游手好闲，如同梦游症患者一般；蓄着长发，要不就理一个光头，双手插在裤兜里，一副放荡不羁、功成名就的样子，沉浸在无穷尽的声色欢娱之中。"他把他的一生看成是一次长假。慵懒是他的标志。他把每一天都看作是最后一天。"在结识了第三位情人，郊区小学的美术教师刘亚之后，罗克才在她的帮助下，进了刘亚之所在学校附近的一家电影院画海报。过了大约半年时间被赶出，也是在刘亚之的引荐下，又去了一家地处闹市的百货商店。这样的一种精神与行为的状态可以说是那个年代的真实写照，一部分青年正处于精神迷惘与思想混乱的时期，而真正改变中国社会的市场经济大潮尚未开启。

也就是说，问题青年罗克身上的问题其实是时代的病灶。小说写出了混乱迷茫的时代背景下，一个病态青年的精神困境，即便有五位美丽女性的抚慰都无法消除他内心的灰暗与颓废。罗克一直想当个作家，这可能与父亲是著名的戏剧家有关，虽然没写出什么作品，但说他是个文学青年应该没问题。"无论遇到什么人照例要将他的作家梦陈述一番，他并非想博取风雅的艺术家的美名，纯粹是基于一个固执的念头，'别人行我也行。'"这个梦被刘亚之打破："她认为像罗克这样见异思迁没常性的五分钟热情持有者，不适合干这种令屁股生疮的傻事。"

在第五位情人区小临看来："罗克是一名不朽的失败者，他的千秋万代的业绩就是一错再错。他的无可避免的最终形象就是一个道德完善的奴才，但他尚不能安全抵达这一归宿，他是一个在途中徘徊的人，一头荒原之狼，一个试图以搏杀拯救灵魂的内心幽闭的流放者。"所以，罗克的身心只能纠缠在女人的身上，只有在与女性的交往中，他才能展现他的才华与魅力，以及他的存在感、社会价值与意义。罗克对女性的感觉显然是敏感的，也是超越世俗大众的，甚至是诗性的。在他的感觉里，"女性是梦态的具有日常的抒情气息。她们从不以超凡入圣的性质出现。总是活生生的无法回避的，从来也不会与任何概念相吻合。她们就像风景中的一缕光线，转瞬即逝而又使人魂牵梦绕难以忘怀。""关键是她们在记忆中保持着稳定的形象，这种稳定性趋向于罗克的需要和情感上的欲求。"第二位情人项安这样评价罗克："一定有许多女人喜欢你沉思时的模样。""你总是这样吗？跟一个人待着却想着另一个人，甚至还不止一个。"第四位情人尹楚则说："除了与女人混在一起，他是一个没有他自己所谓的那种圈子的人，他跑到哪儿暗地里都想扮演国王，但他总是而且永远只能是一名油嘴滑舌的弄臣。他的懦弱和儒雅就像一对孪生兄弟，表面上非常相似，致使旁边的人无从辨认而将两者混为一谈。"罗克唯一光彩照人的地方也被涂抹上了灰暗的底色。

跟每一个女人在一起时，罗克都会不由自主地想起尹芒，尤其是在经历了这么多女人之后。即便是与区小临在一起时也是这样："这一次她变得苍白了，像风景边缘的一抹不易觉察的笔触，她的出现和存在仿佛只是为了使罗克依依不舍地怀恋她，痛惜地抚摸这种清凉，让离愁别绪冉冉升起后化作一种平面的静物以便于永久地观赏。罗克以一种傻瓜的方式向自己询问尹芒离去时的每一个细节，那情感消亡时的种种场景无一例外地被纳入了绵绵无尽的缅怀之中。"在区小临的家乡，碌碌无为的罗克被无所事事的苦闷所困扰，他给尹芒的姐姐尹楚写信，仍然是在思念尹芒："在这个我异常陌生的地方，我特别想念尹芒。我有一种奇怪的感觉：仿佛我匆匆地来到此地，就是特为怀念她的。我正在仔细研究我周围的一切，看看究竟是什么东西勾起了思念之情。"当然，这种情绪也许跟尹芒客死异乡有关，但更为重要的是，尹芒是他的指引者。"梦游症患者罗克发现自己已经成了传说中的哭泣之神。他曾在夏日里放弃了她，就像他怀着悲痛回到他的爱恋之旅的开端。"最终罗克还是回到了尹楚家："他们似乎明白无误地知晓这若即若离的无望爱情，巡行在各种猜测和谅解之间。这是另一种感情，它比仇恨更持久，比欲望更强烈，比依恋更隐蔽，比痛苦更凄凉，一旦它来到他们中间，便在那里永久地驻存。那是一种冲动，亘古不变，没有结局却又磐石般坚毅，而在某些时刻它又像滴落在面颊上的雨滴沁人心脾，温柔无比。"

身心疲倦的罗克内心开始发生变化："遁世的念头开始不时地光顾他，

但是他又挑选不出离群索居的上佳去处。""正是由于爱情的创痛才使他扮演起思想者的角色。哲学是纯粹的，这种纯粹刚够罗克从艺术化的怨恨中脱身而出。""他总在思考着，眷恋着另外的人、另外的时间、另外的地点，所以他总是显得心不在焉，不能专心致志，以致最终失去眼前的一切，进入新的一轮恍惚。"作为先锋文学作家，孙甘露在小说里虽然不注重塑造人物，但在《呼吸》里，罗克的形象还是显现出来了。

3. 想象与语言的诗意狂欢

虽然我在谈论罗克的时候极力想还原生活场景与过程，但孙甘露却不给这样的机会。他显然不重视故事与情节，而是通过细节所展开的想象，通过语言的诗意铺张，对人物情感、心理、思想等诸多方面，展开他独特的、不及物的描摹与吟诵。

罗克的思想或思绪，会在任何一个时刻向外漫漶，想象也如同南方的阴雨一般细腻而绵长。比如，他在图书馆与项安相遇："对罗克来说，日常的等待具有一种强烈的暗示意味，它既是对渴望永恒的一种讽刺，又是对片刻体会的劝谕。在他看来，图书馆是一个象征。它是无数时代人们艰苦或随意写作的缩影，同时，它也是伴随着一切写作的绵长沉寂的一种写照。它使古往今来形形色色的记事和个人陈述在静默中簇拥在一起，成为图书馆的一种日常情景，它是一处心智的迷宫，一处充满危险而又美不胜收的福地，一个布满标记而又无路可寻的迷惘的乐园，一个曲折的情感泄洪道，一个规则繁复的语言跳棋棋盘，一个令人生畏的灵魂寄宿处，一个小件知识饰品加工场，一个室内公园或者一个由书架隔开的散步回廊，一个纸张、油墨、文字构成的生命的墓园。"

孙甘露的想象与比喻极其丰富，他这样写罗克偷看父亲的藏书："当它们不被人翻阅时是多么典雅多么衣冠楚楚仪表堂堂啊。它们成了睡眠者，一如那些著名的作者。多少次少年罗克趁父亲外出时潜入书房，犹如越过一排石头垒成的栅栏，越过夹在书间的手指，越过草帽、落叶和其他事物，抵达这性欲的碑文。他曾经抚摸过这些象形文字，感受诗篇和皮肤所受到的伤害，仿佛目睹爱情的一次遂愿之旅，如同蜂房和一次期待中的起航。"他通过想象与暗喻，带给读者可以意会的空间无与伦比，比如写与项安分手这一段:"几分钟之前,罗克在漆黑一团的楼道里聆听着项安下楼的沉闷的脚步声,直到她走出门外,最终完全为镶嵌着雨声的寂静所吞没。在黑暗之中道别时,他们都失去了将手伸向对方的兴趣,就像一本烂熟于心耳熟能详的书籍,已经再也没有翻阅的兴致了。它的封面已经因抚摸变得皱纹丛生,磨损的边页,空白处留下的个人批语,不慎撕毁的某些篇章,在无数次阅读中在欣喜的领悟中画下的表示深有体会的横线,它的版权页标明的无可更改的身世,扉页上的赠言,封底列出供人一目了然的它的概要。他无法设想是否会将它插入感情的书架中,如果有谁还想阅读的话,只有期待它的再一次印刷了,而这一册无论如何已是不堪卒读了。"这是典型的先锋文学时期的孙甘露的想象性叙述,也是语言的狂欢。虽然小说整体的先锋性已经难以挽回,但曾经的遗绪却仍然顽强地在字里行间回响。如此瞬间感觉的叙写,即便是鼎盛时期的先锋作家也无人能及。下面是写罗克与尹芒第一次性事:"当罗克将尹芒的一绺黑发顺向她耳后,他是在不经意间推开了情欲之门。这个雪花飞舞的南方之夜是可以被指认的,它在他们内心的供词中赫然陈列。当尹芒完全出现在罗克面前,他的诧异要远胜于他的欣喜。"

写项安的心理、情绪和欲望的时候,又是一次语言的狂欢:"她守着这空荡荡的房间,犹如守望着雨中的一片非洲沙漠。空气的湿度使她回想起每次渴望的瞬间。在丰溢滑润的思想丛林中迷途般绝望地呼喊,等待着粗暴的罗克来临,心室打开了鲜红的窗户迎接血液风暴的闯入。它将有力的搏动传遍每一处神经继而使它们紊乱和迷狂。体内的热气球在茵茵绿草之上充气升空,像一只断了线的风筝,一个酩酊大醉的酒鬼,一个语无伦次的失败的讲演者,一本电影胶片最后五秒钟的放映。一种窒息之爱在周身回荡,她的情感就像一扇没关严实的窗户,暴风骤雨无情地涌了进来。点点凉意令人宽慰地沁入肌肤,像风湿症的酸痛渗入骨髓,隐隐约约的快意在空气中滚动,犹如星云包围着天文照片中的绿色行星。"语言的铺排到这里还没有完,考虑到此文的篇幅我只能忍痛割爱。

从文学的形式或语言的本质而言,孙甘露的作品更接近诗,许多段落只要分行,就是非常好的诗;而且它不是逻辑的叙述,它有着许多诗的元素,阅读的感觉可能会比小说的形式更好。过多的诗性语言一定程度上阻滞了小说叙述的速度与进程，在没有情节的场景中氤氲漫溢的情感与思绪，会让读者时常跳脱叙述而不知所措。

罗岗与孙甘露对话时说："程永新的书中（指《一个人的文学史》）收了一封马原给他的信，他说读了你的《访问梦境》，感觉在语言上的想象力和感觉都很不错，但他也表示你可能'一下子就把小说写进了死胡同……为什么有意和读者过不去呢？'马原的话，说好说坏，其实都和你的小说语言有关，这种语言引起人们更多联想的是'崛起的诗歌'，而不是传统意义上的小说。"孙甘露回答说："这个问题是要害。我当初是把诗歌当作小说来写的，受叙事体或者史诗传统的蛊惑。其后，我是把小说当诗歌来写的，此种方法为一部分人所赞扬，为另一部分人所诟病。""当然，更重要的问题是在另一个方向上的，一个向内的层面，涉及我的写作及语言的更内在的动力，最初它是弥漫性的，为我的感性和体验所引导，为逐渐的思考所意识。"①

许志英、丁帆主编的《中国新时期小说主潮》这样评价孙甘露小说的语言："语言的狂狷者最烈的当属孙甘露，他不仅让小说中的语言切断了与现实世界的一切联系，而且让语言具有空前的'所指的滑移'的功能，从一个词蔓生出无数的词，近义的、反义的，从而构筑一个封闭而圆满的文本的世界。"②

4. 作品的内涵，或作家写作的隐蔽意图

通常情况下，读者总想知道或者总想弄明白小说写的是什么；作为批评家，则会更进一步探究作品的主旨、作家写作的隐蔽意图，甚至于它的价值与意义等。其实作品未必都内蕴着读者所期待的内涵，作家写作时也未必已经高于读者进行了内涵的预设。

我尽管读了两遍《呼吸》，却也没达成对上述社会意义与文学层面的清晰认知与理解；我更关注的是小说的样式与诗性的语言，以及所呈现出

---

① 罗岗、孙甘露：《"作家，在本质上是要把内心的语言翻译出来"》，《当代作家评论》2009年第2期。

② 许志英、丁帆主编：《中国新时期小说主潮》，人民文学出版社2002年版，第384页。

的情感的苦闷、焦虑、无奈以及情爱的丰富性，甚至还有作家的哲学思辨。当然，我们也还是可以探究作品的主旨，揣测作家写作的隐蔽意图，甚至探寻作品的深层意涵。比如，孙甘露在与罗岗对话时说："这是十八年来一直困扰我的问题，一个意象，时代的症候，需要时间向我们显现，'总体性'的时代结束之后，对此的反应无意识地、悲剧般地带有总体性的残迹。表现对它的擦拭，还是表现因擦拭而产生的新的踪迹？这个新踪迹大概就是你说的'漂泊离散'吧。"①这里，孙甘露所强调的是一个大的时代过去后所遗留的"踪迹"，《呼吸》所内蕴的就是主体内心与精神的"漂泊离散"，信仰的涣散与无所依托，以及生活的困顿与无聊，人生的虚妄与精神家园的颓圮。

我突然想到贾平凹的《废都》，也是初版于 1993 年，小说写 1980 年代末西京一众知识分子在社会转型期，精神、价值的倾斜与断裂的背景中，病态的欲望与颓废的生活，可以说是对刚刚逝去与正在行进中的时代交替，进行了穷形尽相的写照。"迅速发育的市场经济所带来的金钱至上观念和人文精神失落，正使知识分子破天荒地开始怀疑所从事的工作的价值和意义，自愿放弃千百年来所一直充当的社会基本价值准则维护者的角色。这是一种深层的精神迷茫和价值悲哀。"②在这个意义上，我觉得《呼吸》与《废都》有着惊人的相似，两部小说写的都是知识分子或准知识分子，人物生活的时代也相同，作品出版的时间更是同一年。两位作家的创作风格与文学观念有着较大的差异，但都属于同一时代有着巨大影响的作家。

我们不能简单地说《废都》是贾平凹的"自叙传"，但小说中的人物、故事或情节一定是他所熟知，甚至是他所经历的，而在思想精神与情感性情上与他会有更为密切的关联，尤其是他写作时的情绪与处境，直接影响着这部作品的精神向度，这在小说初版的《后记》中有详尽的叙述。那么，《呼吸》呢？孙甘露说："罗克实际上是有原型的，是我认识的一个朋友。

---

① 罗岗、孙甘露：《"作家，在本质上是要把内心的语言翻译出来"》，《当代作家评论》2009 年第 2 期。

② 许志英、丁帆主编：《中国新时期小说主潮》，人民文学出版社 2002 年版，第 983 页。

当然也糅合了我个人的经历和想法。但他居住的环境、成长背景、家庭关系都是综合了不同人的影子的。""罗克主要还是虚构的人物,不然会有人对号入座了。""写《呼吸》是在1989年开始的,那一年我30岁,时代动荡,我的个人生活里也出现一些动荡。《呼吸》是在写80年代末我所观察到的一代人的内心,在写外部世界对人的关系、人的处境带来的影响。从这个意义上讲罗克身上的确也有我的影子。罗克是城市中的一个漫游者、一个观察者、一个内省的人。他并没有热切投身于具体的生活,但他所处的社会环境、他的感情经历都让他的内心发生变化。""其实是一种反英雄。罗克就是波德莱尔和本雅明意义上的游荡者。他的孤独、游荡、观察、被边缘化的状态,其实就是城市人的一种特征……罗克就是这么一个中国特定社会历史时期中的一个小资产阶级、一个城市青年。""所以罗克可以看作是我精神上的写照。在某一个年代里,日常生活的状态是这样。但我主要并不是描写这种状态。并不像巴金的《家》《春》《秋》,从家庭关系去描写社会的变化。《呼吸》是一部内省录,主要还是讲述那个年代社会生活、家庭关系和感情世界的动荡对人的内心的影响,是一部自省式的小说。然而这一切变化对主人公自己来说并不是那么明确的。而且在主人公那样的年龄,实际上正由一个自然人渐渐向一个社会人转化。再加上那种感情关系,本来就是一种说不清道不明的关系,一种很混合的东西。"[1]

在胡凌虹所作的访谈文章中,孙甘露还透露说:"只有个人经验、生命体会中最特殊的部分,才是可写的东西,本质上一个小说家只能写他生命中最重要的部分,他有切身经验的部分。那些什么都能写的人不是本质意义上的作家,而是一个受雇的工匠。"[2]

---

[1] 吴桐:《先锋是一种态度——对话孙甘露》,《江南》2015年第6期。
[2] 胡凌虹:《孙甘露:缓慢地铸造小说最险峻的风光》,《上海采风》2014年第2期。

四、"零度叙事"的红色革命历史

1. 革命历史叙事的四度结构

近年来,革命历史叙事与脱贫攻坚、乡村振兴题材的现实主义写作(主要是长篇小说和长篇报告文学)一道呈井喷趋势。究其实,当是一条线段的两端。革命历史叙事是脱贫攻坚、乡村振兴题材的现实主义写作的前提,或称来路;脱贫攻坚、乡村振兴的现实主义写作则是革命历史叙事的延续,这是中国近百年历史发展的必然结果,它们所呈现的是几代中华儿女为实现中华民族伟大复兴而进行的艰苦卓绝斗争的丰富过程。基于这样的历史与现实,应该有史诗性或长河般小说巨著产生的。

进入新时代,这一拨革命历史叙事与十七年时期"红色经典"的根本不同在于,"红色经典"小说作者多为革命战争历史的亲历者,近距离地回叙曾经的血与火的斗争场景,那种真切的感受无疑为小说还原历史的本真面貌提供了经验性保证,尤其是作家带着生命体温与情感热度的写作激情,使得其作品激荡着一股青春血液的沸腾;但那批作者多数文化程度不高,即便是当过随军记者或通讯员的也寥寥无几,文学的想象空间、思想的深度与形而上思考的局限,使得"红色经典"难以超越宏大的革命战争历史本身。

21世纪初年,"红色经典"的梅开二度,显然是出于大众文化的娱乐化需求在消费革命历史,改写的不仅仅是作品本身,甚至还出现了对革命历史的歪曲与丑化。1990年代末出现的"新历史小说"对革命历史的重新解读,甚至颠覆性再阐释,虽然拓展了革命历史的叙事空间,增加了小说在人性层面与哲学意味的复杂性;但在某种程度或某种意义上是消解了革命历史的崇高本质与合法性,个别作品更是将革命历史污名化。近年来的革命历史叙事多数都是正史讲述,尤其是很多小说的素材来自真实的革命历史事件,大量史料的采集与挖掘,保证了历史讲述的真实性;而作家已经是历史事件发生后的两代,甚至三代人了,不同的文学观念以及时间与空间所带来的陌生化效应,成为小说叙事超越历史本身的前提。革命历史叙事不再如"红色经典"那般注重历史真实性的还原,而被作家赋予更深刻的思想与形而上的思考，呈现出更为复杂与多向度的美学倾向。孙甘露和他的长篇新作《千里江山图》属于后者，即第四度的革命历史叙事。

2. 先锋文学是否终结于革命历史叙事？

我一直在想，或者说我一直不明白，十几位先锋文学作家何以在1990年代初，集体选择了向大众读者妥协，放弃文学的先锋性探索，回归现实主义方法或世俗故事。我想到了刘震云，他虽然不在先锋作家之列，但他的小说有着自己独特的文学性追求，其影响力在中国文学界亦当列前茅；可是他却在相当长的时间里甘心做冯小刚的"御用编剧"，这大概就是市场的魅惑、资本的力量。也就是说，先锋文学的真正"终结者"应该是文化市场。没有投降或接受市场宰制的似乎只有孙甘露，因为在《呼吸》之后他一直没有长篇小说问世。问题是，孙甘露适合写革命历史吗？他的先锋文学写作是否也要至此终结呢？这个话题的意义显然不能局限在孙甘露和他的长篇新作《千里江山图》，而是一个涉及更深远且宽泛的中国当代文学创作的理论问题。

我想，作为批评家，或喜爱孙甘露先锋文学作品的读者，在读《千里江山图》时的心态一定是复杂而不确定的，没有谁能够将孙甘露的小说跟革命历史叙事联结起来。即便我很喜欢《呼吸》，我仍然认为孙甘露的语言风格从根本上讲是不适合长篇小说的，因为长篇小说毕竟是强调叙述的文体，它的长度决定了故事情节、人物、细节，还有结构的重要性；而孙甘露的小说是不太关注这些要素的。当然，就更不要说《千里江山图》这种类型色彩鲜明的长篇小说，它与孙甘露的先锋文学几乎风马牛不相及。所以我想，带着疑惑、不信任的情绪，当然也有强烈的好奇去读这部小说的批评家和读者，不会只有我一个人。

再极端一点说，我就是冲着孙甘露的名字才去读这部小说的。我想知道，《呼吸》之后过去了近三十年，孙甘露会拿出一部什么样的小说，1985年前后的先锋文学是否会终结于这部小说。

3. "先锋乎？"——孙甘露的几种小说姿态

类型化：《千里江山图》的情节并不复杂，但由于地下工作的隐秘与复杂，小说便呈现出神秘、紧张、惊险的形态。故事始于1933年除夕前的上海，中共地下党在菜场图书馆召开会议布置重要任务，因叛徒出卖而遭国民党淞沪龙华警备司令部军法处侦缉队和租界巡捕房的联合搜捕。潜伏在巡捕房的同志从四楼窗户跳下示警，进入会场的十一名地下党员有六人被捕。国民党特务为了捕获中共地下党高级领导，并破坏正在实施的重大秘密计划，释放了被捕的六名地下党员，地下党内部则陷入相互猜疑的混乱之中，"千里江山图"重大计划的实施危在旦夕。上级临时委派的陈千里转道来上海之后，开始了艰难的内部叛徒甄别清除工作。陈千里不但机智勇敢，还武艺高强，可谓孤胆英雄。他几乎凭借一己之力，不但甄别清除了叛徒，还带领着危机中的地下党组织，粉碎了敌人的各种阴谋。虽然牺牲了一部分地下党员，却成功地完成了上级交给的"千里江山图"的重任，将中共高级领导安全送出特务密布的上海，为中国革命创造了美好的未来。这样的情节概述其实对小说是很大的伤害，我之所以这样拙劣地介绍，是想让读者知道，作为小说主体，这样的故事或者说事件几乎是不可能摆脱类型小说模式的，除非你回到20世纪五六十年代的"红色经典"。但那种旨在还原生活本身的叙事，对于没有亲身经历过革命历史的后辈作家而言，其难度是相当巨大的。在《千里江山图》里，孙甘露写故事和情节了，而且写得跌宕起伏、悬疑丛生，伏笔与隐匿的设置、细节的榫卯对接都精准圆融，丝毫感觉不到生涩与慌乱，完全不像一个类型小说的新手。

孙甘露也不注重人物塑造与心理描写，十几个地下党员虽然都有名姓，但也只是名姓而已。陈千里这个人物因为角色的重要，孙甘露也只是给了他更多的笔墨，没能逃脱类型小说人物脸谱化的命运。倒是国民党特务头子叶启年写得更丰满一些，他的大学教授的文化背景，他的心机与深谋远虑，他的沉稳冷静、心狠手辣，使他成为此类小说中不多见的一个"圆形人物"。孙甘露显然也不想还原1930年代的上海，也不想用过多的笔墨来呈现这些地下党们的生活状态，他们只出现在几个必要的场景之中，而不是生活在那样的场景中，这也是类型小说的特征之一吧。我不由得想到了李英儒的《野火春风斗古城》，与《千里江山图》比较就是完全不同的形态，前者既有故事和生活，也塑造了金环、银环和杨晓东等抗日英雄形象。

叙述语言：《千里江山图》没有了孙甘露早期小说那种诗性语言的狂欢，也没有了思绪漫无边际的弥漫，与之完全相反，小说极其简练与节制，且呈现出一种冷静客观的叙述与描写的样态。如果遮盖上作家署名，没有人会想到这部小说出自孙甘露之手。这一转变也许并非孙甘露的本意，我相信他是不会轻易放弃已经成为个人标志的语言风格；但这一次不同，题材的特殊性，甚至文学类型本身都逼迫他要换一套叙述语言，而这套语言，我想孙甘露以后轻易不会再用了。其实，在这部小说里，这套语言是适宜的，或者说成功的；但它不属于先锋文学的孙甘露，或者说，它的意义与价值都与先锋文学的孙甘露无关。

问题的关键在于，我何以要将孙甘露的小说定牢在先锋文学呢？罗兰·巴特在《写作的零度》中论述过这个问题："风格作为个人的封闭步骤，它与社会无关却被社会所明了，它绝不是一种选择的产物和一种有关文学思考的产物。它是仪礼中的个人部分，它从作家的神秘内心深处升起，却翱翔在作家的责任之外。"[①] 也就是说，在这部小说里，孙甘露的叙述语言显而易见地不是从"神秘内心深处升起"，深重的历史责任感让它无法自由地翱翔，几乎不可避免的滞重压抑显而易见。《千里江山图》的叙述语言只能局限在类型小说的意义上说是成功的，放在孙甘露的先锋文学的序列里就不免黯淡无光了。

"零度叙事"：孙甘露写作这样一部红色革命历史作品，对于当年那些年轻的革命者，当然是抱着极大的热情与崇敬的态度，尤其是作品中无法掩抑的"信仰"的光辉，那种置生死于度外的精神与气度，都证明着孙甘露对这些革命者的缅怀与致敬。但小说的叙述却是冷静、不动声色，尽量压抑作家主观情绪的，可以称之"零度叙事"，一种罗兰·巴特的"写作的零度"的叙述立场。虽然与孙甘露先前的先锋文本有了很大的距离，却仍然隐藏着曾经的先锋姿态。无论是当代文学史上，还是当下的同类题材写作中，如孙甘露这般叙述立场的小说是不多见的。

[①]〔法〕罗兰·巴特：《罗兰·巴特随笔选》，百花文艺出版社1995年版，第4页。

让我印象深刻，甚至说令我震撼的两个细节，出现在整个故事即将结束的时候：其一是陈千里与卫达夫在顾家宅公园门口分手时，陈千里对卫达夫说："我马上就要上那艘货船，到吴淞口等候。你也可以跟着我去坐坐大轮船。"卫达夫朝陈千里微笑，说老易这里更需要他。在那一瞬间，陈千里是想把卫达夫拉出魔掌，但卫达夫微笑着拒绝了那也许是唯一的逃生机会。面对着生死，卫达夫却是那样的淡然，孙甘露只用了一个"微笑"。其二是，为了做"鱼饵"，陈千里安排几位国民党特务熟悉的地下党员去塘桥镇上的一家小饭馆，他们明知道不久后就会被捕，也许还会牺牲，却都心甘情愿进入敌人设好的"陷阱"，而且心中充满豪气，无所畏惧。陈千里曾对梁士超说："老梁不用去江边，他们认为你离开了上海。"梁士超却说他也要去，塘桥镇上出现的人越多，特务就越相信他们的"鱼饵"起作用了。陈千里望着黄浦江岸，天地变得越发黑暗。他知道那些同志马上就会被敌人逮捕，还有弟弟陈千元。但为了"千里江山图"计划，为了把中共高级领导浩瀚同志安全地送往瑞金，陈千里再次翻身上船，抹去脸上的水，望了一眼船舱，命令船工把渡船转向苏州方向。小说结局如此这般冷静，没有丝毫渲染抒情的味道。

罗兰·巴特在《写作的零度》中说："在任何现时的写作中，都有双重请求：有着断裂的运动和临靠的运动，还有着任何可变性位置的布局，这种布局的基本含混性在于变革必须在其想破坏的东西中获得它欲得到的东西的形象本身。文学的写作就像全部的现代艺术一样，同时带有历史的异化和历史的梦想：作为必要性，它证实了各种言语活动的分裂，这种分裂与阶级的分裂是分不开的；作为自由性，它是这种分裂的意识和欲超越这种分裂的努力本身。"① 在这里，罗兰·巴特强调了"言语"的双重性，既受自身阶级的依附性的局限，又试图挣脱这种束缚，进行更为自由的超越。孙甘露在选择这个题材的时候，一定会在这个层面百般纠结，既要寻找到适宜这一题材的叙述方式，又要在一定程度上保持甚至彰显自己的风格。这是他的文学的最根本性存在，而且它源自作家的内心深处，几乎无

---

① 〔法〕罗兰·巴特：《罗兰·巴特随笔选》，百花文艺出版社1995年版，第47页。

法遮蔽。

物的旁观：《千里江山图》的第一个大情节，中共地下党在菜场图书馆召开的布置重要任务的会议之前，地下党员一个个出场，其叙述视角是旁观的，尤其是对物和环境的冷静精细的描摹，颇有法国"新小说"代表作家罗伯·格里耶小说的味道。

罗伯·格里耶的小说《模特》中有一段描写："在桌子后面，壁炉上方挂着一面长方形大镜子。我们在镜中瞥见窗户的一半（右边的一半），而在左边（就是该窗户右边），是带镜衣柜的形象。在衣橱的镜子里，我们再次看到窗户，这一次是整个窗户，而且是正面形象（这就是说右边的右窗扇，左边的左窗扇）。这样一来，在壁炉上方就有三个窗扇，它们并排相连，几乎没有间隙，而且各自独立（自左至右）：左面窗扇呈正面，右面窗扇呈反面。"孙甘露没有罗伯·格里耶那么极端，但作为小说的叙述者，他似乎站在一个隐蔽的地方，远远地观看，甚至观察着人物出场地方的建筑与环境。如电影的长镜头一般，平行地移动，一个场景一个场景地精确描写，造成叙述的紧张与神秘感。尤其是对时间的强调，更增强了这种类型化小说的气氛。

结语

长篇小说《呼吸》之后近三十年，孙甘露仍然保持着先锋文学的写作姿态，说他是中国先锋文学的"最后一个先锋"并不为过。从《呼吸》到《千里江山图》，先锋文学终于消失了吗？下这样的判断和结论，似乎有点武断，也近乎残酷。但是，如果那一天终于来临，又或者告别的仪式也干脆不再上演，我真的会为此而感到失落，甚至黯然神伤……

战争背面的别样风情与生命暗影
——徐怀中长篇小说《牵风记》的"超验主义"叙事话语

一

　　文学创作伊始,作为军旅作家的徐怀中先生似乎就走着一条与众不同的道路。1957年出版的长篇小说《我们播种爱情》和1981年发表的中篇小说《西线轶事》应该是他的代表作,但这两部在军旅文学史上颇有影响的作品都没有正面描写战争。这或许和他在部队时的身份、经历有关,但他的文学观念与审美旨趣也起了至关重要的作用。按徐怀中先生自己的说法,他是喜欢孙犁的作品与风格的,甚至每次写小说前,都要将孙犁的作品找出来读一读,感受一下他那既生活化又唯美抒情的语言和鲜活细腻的细节。也就是说,他走的是孙犁的"荷花淀派"这一脉。在新近出版的长篇小说《牵风记》①里,徐怀中先生更是将这一文学风格发展到了极致。千里跃进大别山只是小说的背景,不见了战火和硝烟,浓墨重彩书写的是战争背面的景致,是对悲剧美学的深入探索。残酷与血腥被浪漫情怀与审美目光所遮掩,人性的高洁与卑下、英雄与匪性、传统文化与现代文化,多种自然色彩的交织与缠绕,彰显出战争背面的别样风情与生命暗影。

　　我当然知道,这既是徐怀中先生既往文学风格的一种延续,也是他几十年来对文学不懈探索与思考的结晶。在《牵风记》里,浪漫奇崛的想象、奇观化的历史场景、细腻入微的写实笔触,共同建构起一个"有情"的世界。战争是封闭的炼狱,徐怀中先生要在其中试炼人性,甚至是神性,最终指

---

① 徐怀中:《牵风记》,人民文学出版社2018年版。

向的是超越意向。"超越意向经常是一种紧张的精神探索,一种重大价值观念的严峻审议,一种信念的提出与皈依,一种彼岸世界的确立与憧憬。它包含一系列自省、拷问、冥想、苦恼、忏悔、放逐、启悟等等精神行为。"[①] 汪可逾这样一个美丽的生命,十九岁就消逝了,生命的短暂和怀念的悠长构成了一种反差,反衬出美的永恒。小说开篇缘起于合影照片上汪可逾的微笑,那无人能解的神秘感,奠定了小说的审美基调。无论是古琴,还是水溶洞中持续千万年的地质演化,都隐喻着时间和空间的超越。尤其是那些跳脱故事、阻断情节和时间链条的大段议论和知识介绍,使得小说的时空充满了可能性。

小说叙事的内核是对生命的自然之美的极力赞颂与张扬,是对人性的终极价值的思考与观照,尤其是将人放逐到自然本性之中,然后又赋予其初心与神性,安放肉体也安放灵魂。这是一个理想主义的叙事文本,是一种超越具体历史语境的新的建构和想象,是一种浪漫审美精神的张扬。这有点类似于书法运笔中的偏锋或侧锋,使得线条气象万千、瑰丽奇谲,作品也因此呈现出中正伟岸之外的别样韵致。这种战争叙事与文学风格在中外战争文学中都是不多见的,尤其是在中国当代军旅文学中更是独树一帜,彰显了徐怀中先生几十年来对文学形式的先锋性探究、对生存和死亡的形而上思考、对战争和人性的终极追问。故事虽然并不复杂,矛盾冲突也谈不上多么激烈而跌宕,字数亦不算多,却写出了大河般宏阔辽远的感觉,显露出硕大丰沛的精神容量。除了执着而强烈的文学自信,小说中颠覆传统伦理与文化价值观念的旨意也是显而易见的。正是这种颠覆性的写作伦理和超越性的审美意向,使得中国当代军旅小说终于超越了底层叙事、世俗经验的藩篱,得以进入精神和灵魂叙事的存在之境。

二

有研究者从性格的角度将艺术家分成两类:一种是严谨沉静而善于思

[①] 南帆:《冲突的文学》,江苏大学出版社2010年版,第73页。

考，作品优雅蕴藉；另一种则奔放冲动而感觉敏锐，作品充溢着生命的活力。我知道，这样的分类并非科学，艺术家或作家都是复杂的存在，不可能这样简单地概而论之。但我们时常会以假设的方式进行判断，假设艺术家分成两类，可以分成这样两类。若以诗人论，我觉得杜甫与李白当是极为典型的。那么徐怀中先生属于哪一类呢？多数读者一定会将其认定为前者，曾经我也是这样认为的。但这一次在《牵风记》里，徐怀中先生却大尺度地超越了他因性格而形成的风格，甚至突破了李白式的浪漫与豪放，而进入了一种超验的迷恋状态。从这个角度论，我认为这部小说不是浪漫主义，离现实主义就更远，我觉得倒是比较接近"超验主义"。

我不知道徐怀中先生是否了解或者研究过兴起于1930年代美国新英格兰地区，后来成为美国思想史上一次重要的思想解放运动——超验主义。这场运动以爱默生为首，强调人与上帝之间的直接交流和人性中的神性，解放人性，提升人的地位，使人的自由成为可能。在具体的人的生活中，强调直觉和人的价值，反对权威，主张个性解放。"相信你自己"这句爱默生的名言，成为超验主义者的座右铭。后来波及文学，梭罗、霍桑与梅尔维尔都是这股思潮的重要作家。《牵风记》虽然主要写的是战争的背面，但还是超越了战争的现实。置残酷的战争进程于不顾的叙事策略显然是有意为之，因此，小说中的战争状态或言氛围相对是淡漠甚至缺失的，起码我读后会觉得人物不是生活在战争中。关于这一点，或许会产生歧义，我以为，即便是写战争的背面，也是要在战争的状态与氛围里进行才好。没有了战争的状态与氛围，小说中大量地讨论音乐、摄影、书法艺术及时空、地质等科学问题就不免有些突兀和虚妄，而人物在战场环境下的大量艺术化行为更会令人产生轻浮之感。小说的女主人公汪可逾是作者极力塑造的美的化身，正是因为烟火气的匮乏而始终悬置于稀薄的空气中。也正是在这种状态里，我才觉得《牵风记》与超验主义，无论在表层的生活细节方面，还是内在的思想精神上，尤其是在汪可逾这个人物形象的塑造上，都有着惊人的一致性。

《牵风记》将知识分子的形象置于前景，处处凸显文化的力量。汪可逾出身于北平一个颇有名望的书法世家，写字是有润格的，而且很贵。小说中，她的出场本身就是很神奇的。她突然出现在了慰问演出的现场，挽救了一场本已经尴尬结束的演出。通过演奏古琴，让那些文化素养较低的群众和官兵听得如醉如痴，甚至入了迷、着了魔。即便中途汽灯故障，演出暂停，观众还能够回家喂奶、喂草，再接着回来继续听。在等待汽灯修复的过程中，齐竞与汪可逾在黑暗的舞台上探讨古琴演奏技法和相关问题，这本身也是奇景，显露出齐竞这位解放军指挥员的不同寻常的精英文化背景。这种情节设置本身是有违日常生活经验和逻辑的，却将文化的魅力烘托到了极致，小说的精英底色、优雅气质由此铺展开来。更为神奇的是，这场演出最终于半个世纪之后，引发了军史专家们的兴趣。专家们本是前来探访研究大扫荡，却被这场演出所惊到，因为"老人们对当年战斗中许多生动感人的细节记忆很模糊，掏不出他们几句话了。而要成年未成年的一个北平女学生，以她尚不娴熟的技艺弹奏了几支古琴曲，老人们却至今难以忘怀，连种种细节都能讲得出来。那位汪姑娘怎样席地而坐，怎样将古琴架在双腿上，又怎样缓缓抬起右腕，以右手中指尖弹拨出一个空弦音"。仔细玩味这段描写，懂古琴的人其实明白汪姑娘的演奏远远谈不上高深精妙，却给在场者留下了刻骨铭心的记忆。文化、知识、音乐、审美、教养，凡此种种打破甚至是颠覆了人们对战争的固有印象和认知。这种认知是超越日常经验，甚至超越世俗逻辑的。齐竞也好，汪可逾也好，他们除了军人的身份，骨子里知识分子的气质都是极浓重的。汪可逾的职务是文化教员，她的横空出现给这支部队带来了深刻的变化。她宛若赤子般毫无心机，透明阳光，处处显露出优雅和高贵的精神气质。中国当代战争小说鲜有浓墨重彩塑造知识分子形象的优秀作品，《牵风记》对战争中知识分子形象的塑造、对他们心理和灵魂的深刻解析，将文化、教养之于战争、军队、社会和人的意义提升到了前所未有的高度。

"文学的意义之一就是坚持以审美的观点看待世界。审美当然不可能也不该成为人们生存方式中唯一的尺度，但是，文学坚持说人们不该完全遗忘这个尺度，即使是种种沉重的生存问题试图迫使人们遗忘。虽然人们在这个世界上听到形形色色的发言，但是，作家的一个使命即是反复用自己的声调发出审美召唤。无论是对人们的精神结构还是对社会文化的总体图景，审美的存在都是一个极其重要的平衡。"①徐怀中先生呼唤并倾力建构战争文学中的审美存在，甚至不惜颠覆以往战争历史中的实然图景，就是为了敞开一个新的文学世界、印证一种新的叙事逻辑。他念兹在兹的正是文化的力量，是那种超越了战争，甚至超越了时空、直抵人心的审美的魅力。

三

徐怀中先生在访谈中说，1962年他在西山八大处就完成了这部小说的初稿，因故一放就是六十年。最初的人物、故事及风格都与现在相去甚远。②问题主要不是出现在小说风格上，而是思想与精神上，文学理念、美学与哲学的追求上。这些方面的差异在与《我们播种爱情》和《西线轶事》的比较中是极其明显的。汪可逾这一人物形象无论与徐怀中先生有何关系，已经超越了历史中的现实。这一人物形象在徐怀中先生的脑海里发酵的时间太久，因而亦真亦幻。我想，甚至包括小说里的一些细节，徐怀中先生恐怕已经难以分清真实与虚构，进而向着超验主义的方向愈走愈远。

小说的故事并不复杂，或者可以说没有故事，有的是大量的鲜活的细节。在战斗部队，尤其是在刘邓大军千里跃进大别山那样残酷的战争环境里，汪可逾与齐竞的邂逅本身就是一个奇迹。而他们之间关于艺术的探讨与互动、生活中的相互欣赏，无疑构成了一种别样的爱情奇观与"战地浪漫曲"。细究起来，汪可逾与齐竞在求学经历与艺术修养方面还不能等量齐观。汪可逾只有十二岁，儿时开始研习古琴，达到相当的高度是可以理解的，书法造诣有一定的程度也说得过去，而在太行二中求学期间一年到头尽跑"扫荡"了，等于说没学到什么东西。这些艺术上的修养与齐竞比起来可就是小巫见大巫了。齐竞"就读日本帝国大学艺术系，主修莎士比

---

① 南帆：《冲突的文学》，江苏大学出版社2010年版，第12页。
② 参见丛子钰：《"小说应该是生机盎然的"——访作家徐怀中》，《文艺报》2019年1月21日。

亚，兼学油画、人体艺术摄影。中国'左翼作家联盟'东京支盟创办了文艺杂志《东流》，推出具有进步思想的小说、散文，齐竞便是经常撰稿人之一"。齐竞虽然会情不自禁地与汪可逾讨论艺术问题，但总体上还是有所保留与收敛的，免得咄咄逼人，以大欺小。但两人在艺术上的相通与对彼此的欣赏是不言而喻和难以掩饰的，这是他们爱情的基础，但这个基础不能保证爱情的牢固。矛盾冲突是有的，但也谈不上激烈与跌宕。

两人的冲突不是性格造成的，也不是日常生活中的龃龉，而是因女性贞操的丧失与否所产生的。这一点，因为齐竞的出身与留学经历，以及艺术修养而让我惊讶不已，甚至匪夷所思；但是，齐竞的狭隘与自私也反衬了汪可逾的天真无邪与自然美丽，只不过这样的处理似乎有些浅显与单薄。曹水儿是男人的另一面，也可以说是齐竞立身于野战部队的得力干将。曹水儿身上的英雄性对于齐竞来说也是一种间接的映照，这与他究竟是儒将还是武将并无关联。曹水儿集英雄与匪性于一身，敢作敢当，这正是现实中的齐竞所缺失的。他的存在有如镜像，将汪可逾与齐竞内心的真实与虚伪、情感的美丽与卑下清晰地折射出来。

四

汪可逾第一次出现在小说中，是给"野政文工团"的一个小分队在九团的慰问演出救场。战士们要求出来一个坤角，小分队说没有女演员；但战士们发现了两个扮演鬼子兵的演员是女的，便起哄让她们出来。小分队认为这是对她们的侮辱，不肯出来。当时还是团长的齐竞把战士们训了一通，然后命令现场总指挥宣布演出结束、部队解散。这时，只有十二岁的北平学生汪可逾抱着古琴在观众后边一边喊，一边来到了舞台前。汪可逾脸上挂着一丝天然的微笑，这个微笑后来一直保持着，并具有了象征性的经典意义，不仅仅是少女的天真与纯情，还有徐怀中先生对自然美的执着与倡导。彼时的汪可逾虽然只有十二岁，毕竟被那个时代的进步风潮所裹挟，所以还不曾跳脱现实的语境。而齐竞虽然惊讶和欣赏汪可逾，但她毕竟还只是一个学生、一个少女；但五年后，当汪可逾正式向齐竞报到时，齐竞也被深深地打动了。

按说不论什么出身，到了部队，尤其是野战部队，都要服从部队的要求；但徐怀中先生却欣赏，甚至也可以说是放纵汪可逾的个性。于是，汪可逾就可以在开门的时候"高高地举起臂膀，手按到房门的上沿把门推开，随后背对房门，轻轻向后蹬一下，咣当一声，房门合上了"。汪可逾的床铺简直就是"皇家禁地"，不许任何人坐她的床单。交团费时，汪可逾总是用一块白色小手帕托着钱，完了收回手帕，洗洗再用。晚上睡觉发现两只鞋子摆放不整齐，一定要爬起来把鞋子摆正才安心入睡。房东贴错了对联，汪可逾宁愿自己重写一副也要给改正过来。而与同志见面问一声好就不那么简单了，惹出了许多麻烦，但她至死也不曾改变，且从来不管别人是否回应她一句问好。这样的个性与自我在和平的环境中还比较好理解，但在野战部队，在战争中，恐怕是极为罕见的。

关于流言蜚语"身上穿了七八个洞，只能给人牵马，身上只有一个洞，不愁没有马骑"，汪可逾弄明白后的表现让我感到难以理解，她既没有觉得尴尬，也没有羞愧，更没有生气或大怒，而是"一阵大笑，笑得前仰后合无法控制。意识到一个女同志这样毫无顾忌地放声大笑太过分了，她连忙用双手捂住了口"。这个细节表现了汪可逾怎样的性情？这是所谓的自由与解放？徐怀中先生似乎并不介意这些。当然，这个细节比起后面被齐竞拍裸体照的情节而言就是小巫见大巫了。

部队连续强行军遭遇狂风暴雨，连背包最里层都浸透了水，谁都没有了干衣服换。战士们脱光了转成圈用火烤衣服，女同志只能以体温焐干衣服。汪可逾也是累垮了，什么也不顾了，在一家门洞里支起门板，光着身子睡下了。不想睡过了头，天大亮了还没醒。结果被时任旅参谋长的齐竞给遇上了，从挎包里掏出相机一阵狂拍。当齐竞从取景框里发现他的拍摄对象睁大了眼睛默默地注视着他的一举一动，一下子定格在那里的时候，汪可逾居然说："首长！洗印出来，不要忘了送照片给我。"齐竞以为这是汪可逾在向他兴师问罪，没想到，汪可逾一边平静地穿衣服一边将上边的话又重复了一遍。随后齐竞发现相机里面没有胶卷，有如抓到了救命稻草，却被汪可逾嘲讽道："哦！我明白了，又曝光啦！"说完咯咯咯咯笑个不停。

读完这个细节，我第一感觉是可能生活中真的发生过这样的情景，但生活中的真实并不一定能构成文学或艺术的真实。换言之，即便生活中真实地发生了的事件或情景，未必就能够成为小说中的真实，因为它要受到总体环境与背景的制约。在那样紧张严酷的战争里，居然能发生这样的情景，按照传统的现实主义小说观念，确实是难以想象的。如果将齐竞和汪可逾的求学经历对换一下倒是更让人能够理解一些。而事实上，汪可逾所受的教育是再传统不过的，她何以能够如此坦然地面对她的上级领导，虽然他们之间已经有了爱情的意会，但两性间即便是发生了肉体上的关系也难以如此裸体相对，这是更真实的境况。进而，拍裸照成为一个事件，参谋长齐竞遭到广泛诟病，险些丧失了升任旅长的机会。

　　如果单纯从审美的角度，尤其是从电影画面的角度论之，这个细节似乎有可能成为电影史上的经典镜头；而渡河北返时汪可逾组织动员一船的妇女脱光全部衣服，连衬衣、内裤也不留就产生了更加震撼的效果。《这里的黎明静悄悄》中也只有几个女战士裸体洗澡，但这里可是数十上百位，而且岸上有几个方队的等待渡河的战士，可谓是众目睽睽。十七八岁的汪可逾对裸体非但没有丝毫的羞涩和恐惧，感觉似乎还有点儿恋癖，不但率先脱光了衣服，还泰然自若地站在船头，让女民工们一个个张口结舌。对此我多少有点儿质疑，为什么非要脱光呢？是，从战争的实际需要而言，这样的举动或许能够从理论上进行解释，但循着中国传统文化的底线而来，至少可以让人物穿着内裤，有的甚至还披着外衣遮挡着身体，反正是参差不齐吧。我觉得这样写已经足够了。我以为这两个细节已经超越了审美的范畴或文学性，这也是我为何被迫采用一百多年前的哲学思想与文学观念——超验主义来分析《牵风记》的重要原因，因为除此而外，我不知将这些细节放在什么框架里讨论才合适，才合理。

　　进入大别山的头一个晚上，汪可逾所在的八里畈区工作队共二十七人遭遇当地民团的偷袭，她和另外六个姐妹在跳崖后被俘。那六个姐妹都被敌人强暴了，而汪可逾受到严重脑震荡。当齐竞委婉地问她是否也被强暴的时候，她开始反击："是谁赋予你这样的特权？凭什么我应该被你所笼罩？凭什么我只能受你的摆布？凭什么我必然要为你占领？而且还要预先签立城下之盟，保证自己白璧无瑕？"最后，在这场两人之间最严重的冲突中，汪可逾断然否定了自己此前与齐竞建立起来的爱情与友谊，说：

"齐竞！我从内心看不起你！"至此，汪可逾完成了她作为超验主义形象所承载的所有要义，自然、自我、自由，强调人的价值，主张个性解放，反对权威，留给我的是一个清纯、自在、真诚、唯美、个性、透明、阳光的青春少女的形象。她宛若赤子般，毫无心机，面对首长齐竞与强大的文化传统无所畏惧与顾忌，展现出战争年代几乎不可能有的中国女性的别样风情。随后在曹水儿的保护和陪伴下，汪可逾开始了一段被放逐也自甘放逐的时光。既是躲避齐竞，也是躲避敌人，更是躲避自己人的舆论。在战争进行到最为紧张的当口，两个人选择了"出世"，小说因此而具有了某种宗教的维度（神女与护法的故事，最终连军马"滩枣"也完成了天葬，而汪可逾则通过一系列"仪式"，成功达至了"彼岸"）。

汪可逾在山洞中等待死亡的时光，是她由凡人而成仙成圣的过程。从古至今巨大时空的流淌和转圜，在这个山洞里得到了浓缩和印证，而具体的人和事、生与死在永恒的美面前都是渺小的、短暂的。其实他们距旅部并不远，但汪可逾已经不再想齐竞，这种决绝的态度更加彰显她身心的纯净。这个过程里的汪可逾内心是平静的，她甚至已经忘记了战争正在进行，他们每时每刻都处在危险中，她的思想和身心进入了超凡脱俗的另一重境界。此时的古琴，既是物的存在，也是精神与灵魂的外化。古琴虽然已经无法演奏，但在那光光净净的琴面上，她仍然能够感觉到那些伴随她少女时代的琴曲就在耳边回响。这时的汪可逾早已经超越了肉身的生死，而进入绝对精神与灵魂的境界。

在无弦的演奏中，"群山万仞，江河纵横，海天一色，薄雾流云，月落日出，乌啼蛙鸣。平平常常司空见惯，石破天惊闻所未闻。出自古史典籍诸子百家，或纯属玄思异想天马行空。凡此悠悠不已物是人非，无不在呼应着七根琴弦的颤动荡漾，无不涵盖于乐曲旋律的起承转合与曲折跌宕之中"。如果说此时的汪可逾尚在人的层面游荡，此后则完全进入仙与圣的境界，"这个北平女学生经历几度烽火岁月，以及战争史上最残酷的所谓'剔抉扫荡'，却依旧保持了她特有的人生姿态。或许是预感到行将离开这个世界，她一步步有序地完成了一尊女性人体雕塑，为自己画上了一个完美而永不腐朽的句号"。这个过程中的诸多仪式，进一步增强了宗教的氛围；而在小说结尾处，齐竞自杀，最终完成了自我救赎，则呼应了汪可逾向死而生的宗教意味。

然而，汪可逾终究是生存在一个强大的残酷战争的背景里。她所有的一切，无论是肉身，还是精神与灵魂，以及她那些惊世骇俗之举，只能留下一道生命的暗影，让活下来的人们咀嚼不尽、怀想不已。

五

小说中的齐竞本来是一个近乎完美的人物，既有作为军事指挥员的英雄与智慧的一面，又有文化人甚至艺术家的儒雅与风流的一面。遗憾的是，他终归没有跳脱传统与世俗，恰恰面对的又是汪可逾这样一个超越世俗与现实的"自由女神"，于是，他那些在平常人看来并无大错的细节与思想被彰显得不无卑下，甚至丑陋。也就是说，在徐怀中先生的笔下，他是一个被批判的角色。在塑造齐竞这个人物的时候，徐怀中先生又回到了我们相对熟悉的现实主义的小说伦理。

齐竞应该是一个很自我的知识分子，弃文从军当然是出于爱国情怀，而天赋异禀则成就了他光辉的军事生涯。在与汪可逾的爱情中，他始终是小心翼翼的。本来五年后追来的汪可逾有如一颗子弹将齐竞击中，他却在日记中写道："从即日起，必须时刻警惕自己了！"事实也是这样，在与汪可逾并不很长的相处中，他处处关照着汪可逾，但并不越雷池一步。那次拍了汪可逾的裸照也是在特殊的瞬间里进入了艺术的情境，与男人的偷窥和色情无关。他始终躲在某一个角落或暗影里，欣赏、把玩着这个毫无心机的少女，让自己总是处于一个进退皆宜的境地。所以，当汪可逾被俘后，他才能置身事外，居高临下地审视汪可逾是否同那六个姐妹一样被强暴。

汪可逾是否被强暴，小说没有明确交代，只是说汪可逾因头部受创而昏迷不醒，无法确认，甚至她自己也弄不清楚。其实这件事是无须追问的，覆巢之下安有完卵。但齐竞需要一个确认，一个汪可逾的亲口证实。这大概便是知识分子的通病，既自欺，也欺人。我觉得，在塑造齐竞这个人物的时候，徐怀中先生下笔是很重的，在与汪可逾的对话中，齐竞的虚伪与卑下，甚至丑陋暴露无遗。问题是，这样一个具有留洋背景的进步文艺青年，却因为骨子里对女性贞操的偏执而毁灭了汪可逾美丽的少女人生，从逻辑的角度似乎有些不通。但现实就是这样无情，或者说传统文化中某些糟粕的力量就是这样的强大。颇具反讽意味的是，齐竞偶遇到汪可逾的裸体时，居然不顾曹水儿的提醒，执拗地要去拍照，并差点酿成风波，但最终他却不能接受汪可逾或明或暗的被玷污。齐竞在贬损西方人体摄影艺术理念时，可以滔滔不绝，这本身就是一种巨大的反讽。齐竞是纯粹站在男权的立场上进行审美的。在他的视野里，要么是纯粹的美，要么就是毁灭；要么是完璧的汪可逾，要么就是一具尸体。这种偏执使得他甚至不能放过自己，包括他不能接受当副职，甚至最终选择自杀。"在中国作家的作品里，你就很少看到那种真正意义上的忏悔伦理，也很少看到彻底意义上的忏悔行为……真正意义上的忏悔，本质上是肯定性的行为，而不是否定性的行为，因此，它并不指向消极的'解脱'，而是指向积极的完成和升华。换句话说，忏悔是希望，而不是绝望；是再生，而不是死亡；是担当，而不是逃避。"① 从这个意义上讲，齐竞的死，是忏悔，是赎罪，也是一种自我完成。

《牵风记》的批判性还体现在，审美之外还有审丑的向度存在。只有与丑相对照，美才能更加清晰地被确认。齐竞内心深处对女性贞操的执念是一种丑，对汪可逾造成的迫害和他极度自私的心性是一种丑，甚至已经成为恶。对曹水儿风流"丑行"的正视甚至是浓墨重彩的书写，这虽然也是一种"审丑"的过程，却反衬出了历史的乖谬和人性的光芒。美与丑同样需要审视，这种审视源自作家的目光和立场。事实上，无论审美还是审丑都能迸发出惊人的精神力量。齐竞在现实中活了那么久，最终反而要想方设法寻死。齐竞也是一个镜像，从自己这面镜子中，他看到的是丑陋的心性和认知的局限。就如同那部遭遇汪可逾的裸体，却因为没有胶卷而没能留存底片的相机，这里已经预示了他无法真正拥有和留下汪可逾的悲剧命运。美与丑，在战争中都要经历最严苛的考验，这关乎理想主义的美能否最终超越战争，生命的伟力能否得以张扬，文化或曰文明之美的种子

---

① 李建军：《重估俄苏文学》，二十一世纪出版社2018年版，第48页。

能否被珍惜和保存下来。小说的结局是悲剧性的,无论美丑,最终都没能逃脱毁灭的宿命。这种复杂、真切、尖利的痛感使得作品的主题更加深刻。

齐竞在汪可逾遗体前的虔敬与忏悔具有强烈的形而上意味。齐竞视力不好(此前似乎不曾提起),他观望许久,没有看到汪可逾的遗体,倒是辨认出那株大树是银杏树。此处有点儿语带双关,更重要的是凸显他与汪可逾不在一个精神层面上。此时,泪眼模糊的齐竞开始意识到,在这个北平女学生面前,他所背负的情感和精神债务远高于大别山的主峰。说汪可逾以她的死最最严厉地惩处了他不假,但说同时也便原谅了他的一切就不免有些自作多情或一厢情愿了吧?齐竞感觉自己成了一个纸糊的人,飘飘忽忽的,终于又一次扑倒在地。事实上,在汪可逾的遗体前,齐竞已经失去存在的重量。尤其是距离汪可逾的遗体矗立的那棵巨大的银杏树很近了,齐竞发现各种昆虫只能在周围转圈圈,却不能爬到树干上去。而作为人民解放军中的大知识分子,齐竞竟然一时心虚,以为不仅地上爬着的虫类,也不仅是天上飞着的鹰鹫,同样也应该包括他本人在内,都必须遵守这个不成文的规矩,只能在古老的银杏树周围打转,而不可越雷池一步。至此,年仅十九岁,参军两年的北平女学生汪可逾完成了从人到神的升华。此刻正是"秋冬之季,又染作金黄金黄,优雅而灿烂"。当然不仅仅是银杏,因为汪可逾与银杏树已经融为一体了。"汪参谋一条腿略做弯曲,取的是欲迈步前行的那么一种姿态。她显然是意犹未尽,不甘心在两亿五千万年处迟滞下来,想必稍事休整,将会沿着她预定的返程路线,向零公里进发,继续去寻找自己的未来。"

令人意想不到的是,小说中真正具有哲学思辨意味的话语,出自没有文化的勇士曹水儿。他在听汪可逾谈论关于光年的话题时,突然有了感悟,冒出一句哲人才有的话语:"我们这个世界上枪啊炮的,打来打去,比照你讲的光年来看,磨磨唧唧的这点事情,算得了什么?"这话与古老的银杏树一起迎接着未来,这未来未必是仅仅属于人类的。

六

与汪可逾一样，在九旅，骑兵通信员（也是齐竞的警卫员）曹水儿也是一个另类。他不仅仅勇敢，有担当，肯于负责，还有着异于常人的禀赋，富于传奇色彩，属于浪漫主义的产物。如果说齐竞是审美者，曹水儿便是美的守护者。在对待汪可逾的态度上，曹水儿与齐竞是完全不同的。齐竞多少都有些俯视欣赏的意味，曹水儿则是仰望虔敬的姿态，这当然与他的身份和文化程度有关，但这不是最本质的原因。作为"草莽英雄"，他身上没有知识分子的狭隘与自我，他的心胸是坦荡与敞开的，甚至在面对死亡的时候，也是如此。这些质素正是看似完美的齐竞所匮乏的。

在面对汪可逾的裸体时，齐竞出于一种冲动，直奔汪可逾。曹水儿则是提醒齐竞："首长等一下！等一下！"而且即刻止步下来。曹水儿对汪可逾有一种不自觉的敬畏。在部队即将强渡黄河、千里跃进大别山时，旅党委为了平息齐竞拍裸照事件的负面影响，决定调汪可逾去邯郸干部子弟学校任教。汪可逾当然不服，要找已经升任旅长的齐竞，但组织处处长却说，党委讨论时"一号"也是在场的。汪可逾只能服从，但她要见齐竞一面，与他道别一下。可是，组织处处长告诉她，首长昨天晚上下部队去了。也就是说，齐竞选择了逃避。就在汪可逾已经走在了去邯郸的路上，曹水儿让齐竞的坐骑"滩枣"驰来拦住了汪可逾。关于这件事，连齐竞自己也觉得有些猥琐而失坦荡。而当汪可逾重新回到齐竞面前时，他居然借着和下属谈话的机会，大胆凝视着对方的领口，然后又明火执仗地捧起小汪的脸蛋儿，打劫去了一个炽热的吻。此时，齐竞和曹水儿相比，在人品上似乎也有了明显的差距。

汪可逾与齐竞彻底分手后，齐竞在如何处置因伤被担架抬着行军的汪可逾的问题上十分为难。这时候，又是曹水儿主动向齐竞要求："要不，我和汪参谋组成一个小分队单独行动，我背着汪参谋，保证完成警卫任务。"这正是齐竞求之不得而又无法开口的。在保护汪可逾既要躲避敌人的搜索又要养伤的过程里，曹水儿遭受的艰难困苦就不必细说了。而当汪可逾牺牲后，他要用白布把汪装扮成一幅油画少女像，而且要用六块光洋去买，并因此被抓获，最终送了性命。这么昂贵的代价，守护美的人最终把自己献祭了，这恰恰因应了"牺牲"二字的原初含义。

  在小说中，曹水儿是最具慧根的人物，所谓初心即正觉。他虽然也有玩弄女人的劣迹，虽然有失道德与伦理，但也是人性与生命原始伟力的一种张扬。"大嫂完全忘记了，这是她的一桩丑事，绝对不可以声张出去的。不！这位未来的母亲是在示威，她重合着嘹亮激越的军号声，傲然向世界宣告，我生了我养了！我胜利了！"这种战场上的奇观展示，更加映衬出曹水儿神奇和不同凡俗的一面。小说对战马"滩枣"的外貌描写，也是具有深意："屡立战功的'滩枣'颈项高扬，四肢修长，面孔正中留下一'笔'白色条纹，像京剧脸谱似的。从两耳正中直至嘴唇处，将狭长的脸部辟作左右两半，给人以一种天然的奇幻感，顿觉它是那样高大伟岸而又文明优雅。"在这里，马是要当作人来看待的，马作为一个镜像，折射出的是人的优雅高贵的气质。在小说中，或明或暗的镜像无疑承载着重要的叙事功能，看与被看的过程也强化了《牵风记》超验主义的话语风格。

  小说主人公之间的关系，恰恰是看与被看的关系。齐竞选警卫员独具慧眼，看到了曹水儿与众不同的优点；然而，曹水儿也一直在看他，对齐竞的种种行为，其实曹水儿内心深处是看不上的。曹水儿最后被枪毙的命令，是齐竞下达的。在小说的前半部分，齐竞这面镜子之所以显得光彩夺目，恰是因为折射出了汪可逾和曹水儿的光芒。而失去了这两个光源之后，齐竞的人生顿时黯淡下来，不再具有光彩，所以此后漫长的人生和故事，都被省略了。齐竞的余生不再具有光芒，只能选择死亡。其实他早已死亡，只是这个过程被拉得足够长。

  作为女神样的人物，汪可逾是有生理缺陷的，一是夜盲症，二是扁平足，都是不利于行军打仗的，需要有人照顾，需要借助马的力量前行。"对这位女八路的一片敬慕畏怯之情油然而生，心服口服，五体投地。曹水儿开始以九十五度角在仰视对方，举目向万里夜空观测，但见一颗明亮的小行星，正闪闪烁烁环绕太阳轨道在运行。按照国际权威机构一九四〇年版统一编号，在一千五百六十四颗小行星之外，曹水儿所观测到的，是又一个尚未正式命名的自由天体。"在曹水儿眼中，汪可逾宛若星宿下凡，此女只应天上有。然而曹水儿真正佩服她的原因，是因为"除去平板脚、夜盲眼，原来汪可逾还有另外一个生理'缺陷'——天生的毫无心计"。由此可见,曹水儿也不是凡夫俗子,他从自己这面镜子里,看到了汪可逾神性的一面。

曹水儿本身的神奇还在于,"一个骑兵通信员,当然不可能得知南京政府的重大战略部署,也不曾有过类似的通报。曹水儿却凭他一个老兵对战争的高度敏感性,准确判断出了,白崇禧在九江指挥部作战室军用地图上指指戳戳的,正是他脚下的这一片山林地带"。曹水儿不仅准确预测了敌人进攻的区域和方式,竟然还能想到通过挖地洞来躲过敌人的火攻。当然,小说中的这段描写显得玄而又玄。他和汪可逾关于光年的讨论,透露出作家的哲学思辨和超越意识:"我们这个世界上枪啊炮的,打来打去,比照你讲的光年来看,磨磨唧唧的这点事情,算得了什么?"曹水儿无限感慨地说。"可不是嘛,曹水儿你讲得太好了!太好了!"经由上述的情节,曹水儿也由性格人物开始传奇化甚至神性化。曹水儿最后被枪毙的场面因而显得非常壮烈而且壮观,第二个、第三个排枪急射过来……这非常有仪式感,而且很夸张。本来一枪就可以终结生命,小说中却动用了如此大的排场。事实上,这和战马"滩枣",和汪可逾生命的终结一样奇幻,超越日常经验的叙事张扬的依然是不同寻常的美。

曹水儿接受处决的命运,但不接受五花大绑的形式,凸显的是对人的尊严的坚守。这一点他与汪可逾相同,彰显了高贵的精神气质。而且在生命的最后时刻,曹水儿居然自管自地向保长女儿道歉:"这位妹子!我对你不起,上次那个锅盖把你的腰硌坏了。过后我想,太可笑啦!我们为什么不把锅盖翻转过来,横梁扣在下面,锅盖正好和灶火台取平了,多好的一张床呀!"这种不无幽默的话让女人当时就哭了。而此时的曹水儿丝毫没有对死亡的恐惧和对自我生命的留恋,而是双臂搂抱女人,将她的头贴近自己的胸口,安慰说:"不怕,他们的枪里没有子弹。"爱,最终超越了阶级立场、超越了生死。读后回想起来,这段场景何其震撼,且在相当长的时间里让我悲伤难抑。

七

写实与写意,实然与或然,思辨与抒情,在《牵风记》中,现实主义与奇幻风格高度融合。小说一方面写得很虚,奇崛玄幻,深邃高蹈;另一方面写得又很实,自身经验加之出色的记忆力,使得徐怀中先生在复现和描写历史场景时游刃有余、绵密入微。汪可逾给战马"滩枣"喂食草料的场景,流程和动作逼真、细腻而又生动。再比如,曹水儿和汪可逾看到,路边的大火,"烧的有军用地图、机密文件,有中原解放区发行的'中州农民银行'纸币。一捆一捆的,一色新币,票面币值有十元至两百元不等。命令焚毁文件纸币,可知野战军大部队处境危急达到了何种地步"。这一段,居然写到了当年当地使用的纸币,这在当下的历史题材小说中是极少见到的。再比如汪可逾写标语的段落。她先要调颜色,而如何制作红色和黑色颜料的过程,徐怀中写得非常详细,这些细节,若非亲历是很难想象的。而汪可逾写标语的过程,更是体现出了丰富的质感。"十冬腊月,小汪几乎是颤颤巍巍站在木梯的顶端了,还要高高举起手臂,向上够着去写标语。石灰水倒流进入,顺着小臂而腋窝、而腹股沟、而大腿小腿,冰凉冰凉地直至脚板心。尤其作为一个女性,生理上的刺激就愈发让她痛苦难忍,又不便对人言说。"徐怀中先生是怀着对人物强烈的爱来写这一段落的。他始终强调人物肉身的感觉,准确描写人物的生理感受,甚至放大这种感受。

小说中的很多情节都是高度写实而又魔幻的。比如枪毙战马的场景、小尿壶被活埋的场景都是既实且虚,"通常土埋至胸脯,人的呼吸就非常困难了。小尿壶面部开始变形,五官位置也不是地方了。唯有在如此极端情况下,才得以看见一切语言都不足以如实描摹的这一张狰狞恐怖的人类面孔。也唯有在如此极端情况下,人的喉咙才有可能发出原本不属于人类所有的这样一种狂笑声"。写到这里,还算写实,下面就开始魔幻了:"民团乡保队那些人躲躲闪闪,不敢多看一眼。他们魂飞魄散再也受不了啦!他们拉裤子了!他们完全崩溃啦!一个个夺路而逃。'八路小崽子'的狂笑声,许久许久还在山谷间回响……"这种强烈的反差,体现出徐怀中先生对小说超越意向的探寻。

"文学的超越意向关注的是另一些更为根本的精神起点。作家将越过眼前现实的种种具体形态,固执地追问诸如终极价值、世界本体、信仰、死亡、善与恶、神与上帝这一类形而上的问题。在许多时候,这一类问题很可能是超验的,但这并不是意味着作品缺少文学所必需的形象,而是意味着作家在呈示这些形象的同时还呈示了一个更高的精神指向。当然,由于超越意向往往表现为一种独特的精神方式,因此,它很可能导致一种异乎寻常的表述风格,诸如象征、奇诡的想象,高蹈飞扬的言辞,因为沉思而显得缓慢的节奏,等等。"①综观21世纪初年的中国小说,一种失衡日益凸显:日常经验和世俗故事几乎一边倒地壅塞了小说的空间,而超越向度几乎丧失殆尽。多数作家都执迷于世俗生活,极少数作家还在关注超越性的问题。来自市井繁华的喧嚣声震天,而人的冥想、思辨、心灵的独白、低语乃至超验、脱俗的精神情怀却难得一见。这种失衡,意味着21世纪初年的中国文学已经丧失了思想的向度,丧失了文学思潮涌动、风格建构的基本动力。而这种动力,恰恰来自作家对灵魂的追问,对超越性文学主题的执着探寻。

其实,我原本并没有非要将徐怀中先生和他的《牵风记》拉进某一思潮或文学流派的想法。但是,在一边回想、思考与研究,并拉拉杂杂地写作这篇读后记的时候,有一种从事批评的人常有的苦恼缠绕着我,不知道用一种什么样的方法,或从哪一个角度去阐释这部不但在军旅文学里,遍寻整个中国文学史中亦少见的长篇小说。因为它超越了我们以往的历史记载与生活经验,更不要说早已成为惯性思维的意识形态化的观念。百般纠结中,我想到了"超验"两个字,又由"超验"两个字想到19世纪的超验主义思潮,觉得它的主旨与思想和《牵风记》所呈现出的文学形态及内在思想非常一致。

事实上,这种新鲜的文学话语代表了一种真正的文学想象力——这种想象力不仅可以虚构一个日常经验的世界,而且还能建构一个无法证明、当然亦无法证伪的超验世界。于是,我顺着这一思想脉络进行梳理和研究,就有了上面的文字。我猜想,作为作家,徐怀中先生未必认可这样的判断,还有可能,他根本就没想过什么超验主义思潮,他写的就是他想表达的情感与认知、他对战争与人性的理解、他对自己曾经经历的战争的反思与怀

---

① 南帆:《冲突的文学》,江苏大学出版社2010年版,第69页。

想,等等。在现实主义开始泛化,在故事超越形式与语言,在"底层叙事"苦难化且泛化的当下中国文学界,《牵风记》这样的唯美主义、超验主义与形而上思考,以及百科全书式的知识书写,真的有如一股清新劲凛的春风拂面而过。当然,我也会想到,以《牵风记》为表征的这一文脉与探索不会成为中国当代文学的主流,但这一文脉与探索因徐怀中先生和他的《牵风记》的出现,而得以光芒绽放地矗立,这已经足够了。

"后新时期"：
一个文学"王潮"的绝响

——读《王干文集》之文学批评记

几句弁言

《王干文集》共十一卷，其中文学批评四卷，分别是：《边缘与暧昧》《观潮·论人·读典》《王蒙王干对话录·90年代文学对话录》《废墟之花》。另有一卷《说不尽的王干》，是文学界、媒体等评论或访谈王干的文章。其他六卷是散文随笔，其中《灌水时代》里亦有诸多批评谈及文学，但更接近文化，姑且也放在散文随笔里，在这篇文章里就不论了。也就是说，我这篇关于王干文学批评的读记主要是围绕上述这四卷展开。文中有多处引用了《说不尽的王干》中的批评家或媒体关于王干批评的批评与访谈，在此一并表示感谢和敬意。

一、哦，好一个王干！

王干文学批评生涯开始的时候我才出生，时为1980年代"新时期文学"之初。他是长辈，我应该称先生才是，为了行文的简洁方便，我擅自决定免俗了。与王干结识，更准确的说法应该是经常在一些文学会议或活动上相遇，是近几年的事；知道王干，则要早了许多年。十几年前的我，还在京西魏公村解放军艺术学院的校园里读书。图书馆二楼阅览室那排南向窗前的座位几乎为我所独有，没有课的午后，我都会在那里读书或者翻看各种文学杂志，记笔记，偶尔也会扭头望向窗外。那几棵不同名目的树，我熟悉得能够数出它有多少根重要枝干，甚至每天会有多少只鸟栖于枝头。王干的文章在某个不经意的瞬间进入我的视野是再正常不过了，真正系统读王干文学批评则是从2020年的春节开始，皇皇四大卷，一个庞然大物般的存在，让我在这个不平凡的冬天里重温了"新时期文学"和"后新时期文学"那个黄金时代，以及在那个时代里所发生的一些重要的事件与文学思潮，我会时不时地心潮澎湃，艳羡不已。

作为一个文学批评的"在场"者，王干始终置身于文学前沿，以横溢的才华与艺术天赋、对文学现象的敏锐观察与深刻认知，参与到"新时期文学"和"后新时期文学"纷繁复杂的建构之中，提出了一系列具有真知灼见的文学概念与理论见解，策划推动了多个在全国产生重要影响的文学活动，传奇般地建构起了一个波澜壮阔的文学"王潮"（王干命名、推动或参与建构的文学思潮）——"新写实""新状态"小说思潮的发起，"后现实主义"和"写作的情感零度"等观念的提出，与著名作家王蒙关于"新时期文学"的精彩对话，对1990年代文学的全面深刻的阐释，对诸多著名作家创作的尖锐批评，"新时期文学"之初对"朦胧诗"的纯学术研究，还有"南方的文体"的构想与践行，策划《大家》杂志出版、办刊理念及"联网四重奏"等，无不显示出作为一个真正的"当代"文学批评家的特质、锐气、激情与担当。出乎许多人的意料，1990年代末，作为风生水起的当代文学批评翘楚，王干突然转身，热烈兴奋地扑向了刚刚勃兴的大众文化。此后的王干，转向大众文化批评和散文随笔的写作，不但凭借《王干随笔选》在第五届鲁迅文学奖散文杂文类评奖中折桂，而且在大众文化研究的热潮中同样表现不俗、身手矫健。

在我有限的文学视野与阅读里，感觉1988年末至1990年代中期的中国文学，也就是"后新时期文学"，有半壁江山都与王干相关。他对"后新时期文学"文学思潮的建构与文学活动的推动，在中国文坛恐怕无出其右者。与此形成鲜明对照的是之后的21世纪，现如今第二个十年已经倏忽而逝，然而文学没有了思潮与主义，除了一个空洞蹩脚的"新世纪文学"概念和无底线的"底层叙事"，便只有批评家与作家共谋的、可以随时挂在嘴边却不知所云的现实主义。至此，王干建构的文学"王潮"已经成为"新时期文学"以来四十年的一声绝响。

我情不自禁地赞叹道,哦,好一个王干!

二、迷茫转折期,"新写实"小说横空出世

我个人对思潮、主义及语言、方法之类的东西比较看重,原因是它营造或者建构了一个思维活跃的、充盈着创造生机的文学场。这个文学场对作家与批评家都很重要,它所激发出来的文学性欲望与潜能是无法想象的。去年读了一部名为《现代艺术150年》的西方美术思潮史类的书,作者是英国的艺术评论家威尔·贡培兹。这是一部有如优美的散文般的叙述性著作,你仿佛面对一位博学而优雅的导师,跟你一边喝茶,一边聊着那些并不久远的、让我们赞佩与景仰的艺术大师们的艺术之路,尤其是那些令人眼花缭乱的艺术思潮的发生与演变对艺术创作所起到的至关重要的作用,让我更坚定了此前对文学思潮与主义的看法。

比如20世纪初的"达达主义",这一艺术运动由一群说德语的无政府主义者发起,动机不是嘲笑艺术,而是毁灭它。他们认为造成第一次世界大战的罪魁祸首是保守势力对理性、逻辑、规章制度的过度依赖,达达将提供另一种基于非理性、非逻辑和无法纪的可能性。这一观念或认知是极其重要的,它直接导致了达达主义思潮的兴起和诸多艺术家加入了这一艺术运动的行列,从而改变了整个现代艺术的方向。"一战"期间逃往瑞士的鲍尔开了一家以伏尔泰命名的酒馆,得到查拉的响应,两人合作引领的一次无政府主义艺术运动,走上了超现实主义的道路,影响了流行艺术,催生了垮掉的一代,赋予朋克以灵感,并成为观念艺术的基础。而荒诞派戏剧的先驱雅里创作的《愚比王》则预示了贝克特和卡夫卡的出现。达达主义运动的发起人之一阿尔普的创作起点与毕加索和布拉克的拼贴画相关,他从空中将拼贴画材料撒下,让偶然性来决定画面构图的方法,显然比毕加索和布拉克走得更远、更极端。战争结束后,阿尔普在回国途中偶遇默默无闻的施维特斯,向他介绍了达达哲学,开启了他用被丢弃的废物制作艺术品的装配艺术之旅,他将自己的作品命名为"梅尔兹",并建立了"梅尔兹堡"。1917年,杜尚将一个小便池变为"现成的"雕塑《泉》。两年后,杜尚回到巴黎,在一次外出中,偶然得到一张达·芬奇《蒙娜丽莎》

的明信片，坐下来喝咖啡的时候，他在那张神秘莫测的脸上画上了两撇小胡子和一撮山羊胡。杜尚常说的一句话是：别把艺术太当回事。

这里，我极简要地梳理了一下这一西方现代主义艺术思潮及其几位重要的艺术家，我想强调和凸显的是我们从中窥见了这一艺术思潮的形成与演变，以及其中的艺术家们的创作与这一思潮的关系。现在，我们可以回到1980年代末，看看"新写实"小说出现前是怎样的一种政治与文学的背景，以及它是如何发生发展的，而年轻的文学批评家王干在其中又发挥了怎样的作用。

1988年是"新写实"小说思潮具有历史性时刻的一年。当时中国的政治、经济及文化，包括文学都处在一种转型前的迷茫与焦虑的状态。先锋文学虽然还未偃旗息鼓，但已现颓势，而现实主义被先锋文学冲击得七零八落，溃不成军，"文学失却轰动效应"似乎为文学界所共识。当许多批评家在质问作家还会不会讲故事了，极力呼唤好故事的时候，王干敏锐且深刻地发现了一些溢出现实主义与先锋文学的新的小说元素与方法在悄悄地滋长，或者有如一股暗流在汩汩涌出，这一发现让王干极为兴奋。2015年，王干在接受中国人民大学2014级博士生赵天成访谈时的回忆，还原了历史发生的现场，现在我综合王干的回忆叙述如下：

1988年6、7月份的时候，王干和《钟山》杂志的两个副主编徐兆淮、范小天在北京团结湖的一家川鲁餐厅吃饭。王干当时在《文艺报》当编辑，《钟山》杂志社正在酝酿把他调去。徐兆淮和范小天跟王干说准备在10月份搞个会，问他讨论什么话题能引起文学界的兴趣。徐兆淮是倾向现实主义的，范小天则倾向"新潮""实验""探索"，也就是所谓的先锋文学。王干说可以将两者合起来开，因为从那两年的创作看，虽然不能说现实主义与先锋派合流，但是确实出现了很多交叉的现象，互相之间都有借鉴或者有了变化。他们觉得王干的意见挺好。王干当时针对近两年小说创作，提出了"后现实主义"的观点，范小天当即就说："哎，你这个观点挺好，你可以写文章。"

1988年11月，在无锡工人疗养院，《钟山》与《文学评论》联合召开题为"现实主义与先锋派"的研讨会。会议前，王干的文章已经写好了，发言前他还给吴亮看了一下，吴亮说："你这个观点挺新颖啊。"王干率先发言，但引起诸多批评家的批评与质疑，这就是发表在1989年第6期《北京文学》上的《近期小说的后现实主义倾向》。这篇文章王干本来是先给了《文学评论》，但陈骏涛先生的意见是，1988年第6期刚发过王干的评论文章，先放几期再说。1989年2、3月份的时候，《北京文学》的编辑陈红军正好跟王干约稿，王干就把这篇文章给了《北京文学》。据说这是中国当代文学第一个使用"后"的概念对文学进行命名的，当时后现代主义理论在中国尚没有广泛充分地传播开来。王干那时迷恋于罗兰·巴特的后结构主义，他觉得1980年代末的中国现实主义文学已经出现了很多后现代主义的特征，所以，也可以用"后现实主义"进行概括和命名。会议结束后，《钟山》编辑部在讨论用什么名字命名这次活动的时候，王干主张用后现实主义，还有人主张用"先锋现实主义""现代现实主义"。后来编辑部讨论决定用"新写实主义"，但王干查了一下资料，"新写实主义"好像是意大利的一个电影思潮的专用名词，所以，就把"主义"两字去掉了。最后，大家一致认为，"新写实"就是一个小说形态，不是一个主义，也不是一个思想，所以就这么定下来了。

"新写实小说大联展"的卷首语本来是徐兆淮写的，但是主编刘坪不太满意，大家认为这个问题王干思考得比较好，就让王干来写。王干就在原稿的基础上，将自己的思考也融了进去，形成了后来的卷首语。不过，《钟山》"新写实小说大联展"这个栏目直到1989年第3期才推出来，原因主要是没组到作家的稿子。①

综合王干的自述、当时《钟山》编辑部人员以及参加了那次会议的评论家的文章，可以确定这样几点：一、《钟山》想要开一个能够引起文学界关注的研讨会，主题是根据王干关于现实主义与先锋派出现了很多交叉现象这个判断而确定的；而王干关于"后现实主义"的观点则是"新写实"小说思潮的源头，或称起点。二、王干提出的"后现实主义"的观点并非空穴来风，也不是一时灵光乍现，而是对当时小说创作的现象早有研究，所以在几个月后召开的会议前，《近期小说的后现实主义倾向》文章已经

---

① 参见初清华编：《王干文集·说不尽的王干》，作家出版社2018年版，第200—218页。

写好了,并做了发言。引起争论是可以理解的,但有论者称其命题毫无新意,用新瓶装旧酒,以一种暧昧的姿态来投机,而且其文学立场和态度模棱两可,讨巧与背叛居然结合得天衣无缝,真是自作聪明的创举,类似这样严厉且情绪化的批评让我感觉有些匪夷所思。三、"新写实"小说最后的命名是《钟山》编辑部共同讨论确定的,王干那时虽然还没正式调去,但参与了具体讨论,而且"新写实小说大联展"的卷首语也是他在徐兆淮原稿的基础上进行了修改,并且融进了他的观点完成的,因此说,王干是"新写实"小说的命名者之一。依据以上几点,足以确证批评家王干就是"新写实"小说这一文学思潮最重要的命名与建构者,尤其是他在 1989 年第 3 期《钟山》"新写实大联展"栏目正式推出时调入《钟山》编辑部,并具体参与此后的理论批评编辑及小说组稿,使得这一思潮迅速涌向全国,成为"新时期文学"向"后新时期文学"过渡的重要症候。

有论者诟病"新写实"小说是刊物的市场化策划,不具有严格的学术意义和价值。这样的批评并不能贬低其作为文学思潮的价值与意义,策划只是一种手段,它本身无可厚非,问题在于"新写实"小说在"后新时期文学"的历史阶段所产生的重要影响,推动了中国当代文学在那个时期的转折与发展。"新写实小说大联展"落幕后,以"新"命名的多种文学策划蜂拥而起:《北京文学》的"新体验"、《上海文学》的"新市民"、《特区文学》的"新都市"、"新现实主义"(又称现实主义冲击波),以及"新历史""新乡土""新表象""新新闻""新笔记"等,也包括 1994 年,由王干一手策划和操作的"新状态"在《钟山》推出。1990 年代初期的文学界旗帜林立,口号迭出,一时间热闹非凡。当然,后来的这些以"新"修饰的旗帜与口号在短时间内便偃旗息鼓了("新状态"除外),其文学史价值与意义也都无法与"新写实"小说比肩。

通常的文学史,注重的大都是那些被"历史化"的作家与作品,即便是对文学思潮的论述,往往也是关注大的时代背景与其所产生的价值与意义,文学发生的细节及发展的过程往往被忽略,甚至因为不屑而被遮蔽。为了写这篇文章,我翻看了几本新时期文学史,包括小说史,都论及了"新写实"小说和后来的"新状态"小说,但几乎都没有提及这两个思潮的重要参与者和建构者王干。好在王干还健在,他在访谈或回忆中记录了那些其实很重要的细节。

三、看，或者发现的文学

许多论者或文学史都提及《钟山》杂志推出"新写实"小说之前已经有后来被纳入"新写实"的小说出现，并且构成了整个"新写实"小说的经典性作品。比如许志英、丁帆主编的《中国新时期小说主潮》就详尽地列举了1988年、1987年、1986年《青年文学》《收获》《中国作家》《北京文学》《解放军文艺》《作家》《上海文学》《人民文学》《当代作家》《山西文学》《钟山》等杂志发表的一系列作品。1988年的作品有《新兵连》《关于行规的闲话》《白涡》《伏羲伏羲》《枣树的故事》《懒得离婚》《纸床》《天桥》《追月楼》《闲粮》。1987年的作品有《塔铺》《白雾》《烦恼人生》《风景》《状元镜》。1986年的作品则有《机关轶事》《白梦》《狗日的粮食》《厚土》。如此一来，也就等于说，"新写实"小说不是王干与《钟山》杂志催生出来的，这个是事实。王干也承认，"新写实"小说作为一种新的文学现象在《钟山》杂志推出之前就已经存在，他在回答赵天成访谈中说："'新写实'这个东西吧，作为一种小说的叙事方式，其实早就存在了，比如高晓声的《陈奂生上城》的'新写实'意味是很浓的。只不过我们把某种小说的叙事方式或者说形态放大，或者说把它们集中在一起展示。千万不能误解成，我们举出个旗帜，或者说喊出个口号，然后作家去写。"① 但这并不能构成否定《钟山》杂志和王干的理由，相反，应该更加得到赞誉。因为它不是理论批评家强加给文学界的，也就是说，不是理论先行，所以才更有生命力。另一点有点讽刺，如伯乐相马，千里马常有，伯乐却不多见。又如相声段子里所讲，因为有了《红楼梦》，所以才想写《红楼梦》。

1988年，和"新写实"小说相关涉的几篇重要评论文章确乎是在"新写实"小说命名前发表的，它们是雷达的《探究生存本相，展示原色魅

---

① 初清华编：《王干文集·说不尽的王干》，作家出版社2018年版，第212页。

力——论近期一些小说审美意识的新变》、吴秉杰的《面向生活的一种调整——评若干新近作家的创作》、吴方的《"悲"里千秋——新悲剧形态小说略见》。从这个逻辑上推演,"新写实"这一小说现象并不是完全来源于王干的《近期小说的后现实主义倾向》,《钟山》杂志对"新写实"小说的命名自然也就不那么重要了。正像有论者所批评的那样:"'新写实小说'的命名可以说是一次相当成功的操作行为,它利用了方便的媒体把理论和创作密切联结,最终使一批不好不差的小说成为新时期文学的经典,使不大不小的作家、批评家迅速成名;同时,《钟山》杂志也从此变得引人注目起来,并一度忝列为大型文学杂志的'先锋派'之列。""'新写实'的成功更多地有赖于一种时机,一种机缘,一种文化挫败时期的不期然的迎合。实际上,《钟山》杂志所操持的'新写实小说大联展'更多的是一种占山为王式的先行出击,它的最初的信誓旦旦与最后的不了了之证实它的确不是一次深思熟虑的文学行动。""所以,在《钟山》那里,'新写实'也只是一个能够最低限度地吸纳作家、评论家共同参与讨论的文学话题而已。"①这样攻其一点、不顾其余的判断,几乎是将王干和《钟山》杂志及所推出的"新写实"小说全盘否定了。

王干在访谈中是这样回答的:"整个80年代的激情燃烧之后,人人都需要降落,'新写实'正好提供了这么一种降落的功能。它对应着当时人们的内心需要,就是经过了这种大风大浪、大起大落之后,要回归到日常状态当中。'新写实'到了后来已经不是一个文学思潮了,实际上变成一种人生态度、艺术精神和准哲学理念了,就是什么事情都淡化,都向后退,都用无言来表达。实际上潜台词是这样一种东西,正好跟1989年以后的文化现实和社会现实吻合。因为在经历过'启蒙'的动荡之后,人心悬在那里,要怎么把它落地,它对安慰人的情感还是有积极的作用。它永远是一个灰色的背景,是比较低沉的叙说,人物往往都是被生活蹂躏得没有力气的这么一种'中间状态'的人物。但是从文学发展上来讲,我觉得'新

---

① 许志英、丁帆主编:《中国新时期小说主潮》,人民文学出版社2002年版,第496—497页。

写实'可能是这 30 年里面,最有价值、最接近文学本身的文学思潮。'新时期'以来有很多文学思潮,比如'伤痕''反思''改革''寻根',如果你把这些思潮的意识形态抽空,你会发现它跟文学本身没有关系。'新写实'呢,实际上它最接近文学和生活的本质。从 1989 年到 1990 年代有相当一段时间,南京非常活跃,实际上是文学的中心,出现了很多作家,很多活动、很多事件也都跟南京有关系。"王干的着重点是"新写实"小说产生的社会与文化背景,以及人们的心理状态,同时也强调了"新写实"小说的文学性。这是作家们反思新时期文学,并对社会现实做出的一种文学与思想的回应,王干敏锐地看到了这个涌动的暗流。而王干的下面这段话说得很实在:"最初这个策划和创意,没有太多的市场意识,主要还是带有思潮前瞻性,和对'文学话语权'的争夺的意思。当时还没有这个词,不过那时的'文学话语权'主要在北京和上海,南京是一个中间地带。"[①]这个观点也符合法国当代最有声望的社会学家和思想家之一的布迪厄关于"文学场"的论述。

李洁非在《弄潮儿向涛头立——批评家王干》中的评价更加客观和公允:"但这些作品的出现,是散落的,孤立的,起初并未结集为一个方阵。是王干从中抽取出来某种属性,并以'新写实'名称为之命名,然后通过《钟山》挑旗推动,把它变成当代小说继先锋主义之后一个新的潮流和重要阶段。……当代文学批评,在 20 世纪七八十年代的时候,全非后来那种自说自话、温温吞吞、言不及义的样子,而是指点江山、挥斥方遒,对创作实践时有再造之力,以致足令作家惟批评之马首是瞻。'新写实'正是这一批评强势时代最后一个范本,文学批评引领并推进整个时代文学步伐的历史,以后似乎就画上了句号。"[②] 文末,李洁非还称王干是文坛的"命名大师",赞誉之态溢于言表。李洁非显然更在意批评家对文学创作的引领价值,以不容置疑的口吻肯定了王干对"新写实"小说思潮所发挥的不

[①] 参见初清华编:《王干文集·说不尽的王干》,作家出版社 2018 年版,第 200—218 页。

[②] 李洁非:《弄潮儿向涛头立——批评家王干》,见《王干文集·说不尽的王干》,作家出版社 2018 年版,第 100—101 页。

可替代的作用。

　　由此，我不能不想起威尔·贡培兹的《现代艺术150年》。在这本书里，他恰恰详细描述了那些让人眼花缭乱的艺术思潮与流派是如何发生并演变的，这对艺术家和读者的意义与通常的美术史是完全不同的。贡培兹在《导论：你在看什么》中写道："在我眼里，就欣赏和享受现当代艺术而言，最好的起点不是去判断它好还是不好，而是去理解它何以从达·芬奇的古典主义演变成了今天的腌鲨鱼和乱糟糟的床。和大多数看起来难以理解的东西一样，艺术就像个游戏，你真正需要知道的只是它最基本的规则，以便让曾经令人困惑的一切开始变得有意义。"[①] 可是，我们的文学史所在意的是如何评价和阐释曾经的思潮与主义，也就是"历史化"和"经典化"，对价值和本质的兴趣显然超过了创作或赋予价值和本质的现象本身。问题是，对现实或者对作家与当下文学更有意义的往往是鲜活的现象，这些现象能够更为真切与细致地告诉我们"何以从达·芬奇的古典主义演变成了今天的腌鲨鱼和乱糟糟的床"。

四、"后现实主义"与"新写实"小说的命名比较

　　与"新写实"小说后来的饱受争议相比，它的"始作俑者"王干的"后现实主义"的遭遇似乎要好得多，批评者多数都奔向了"新写实"小说，而且目光几乎都集中到了"新"上。比如陈晓明在《反抗危机：论"新写实"》一文的开篇就发出连续质疑："面对'新写实'，我们再一次感到语言的匮乏。有的鼓吹者遮遮掩掩，有的反对者吞吞吐吐，有的人玩弄'擦边球'游戏的技艺已经炉火纯青，而对那些根本的理论问题却讳莫如深。迄今为止，'新写实'到底'新'在哪里？与五六十年代的现实主义相比，它究竟表现出哪些新的写作法则或艺术特征？它标志和预示了当代文学史的哪些变动，并且创造了哪些新的艺术经验？这些问题并没有得到令人

[①]〔英〕威尔·贡培兹：《现代艺术150年——一个未完成的故事》，广西师范大学出版社2017年版，第11—12页。

信服的说明。"①

李洁非亦在《十年烟云过眼——小说潮流亲历录（节选）》中对"新写实"小说提出批评："在这个潮流的前前后后，它的名称比它的内容更为重要。或者说，它的理论在先而实践在后。当'新写实'这个概念被制造出来时，'新写实'的作品却并不存在。""但是，至今我们仍然不知道是不是真的有什么'新写实主义'，尽管围绕着这个有救命稻草之嫌的名称已经发表了几十上百篇论文，而其中大多数文章好像并没有谈出什么与'旧'写实主义不同的见解，略微不同的是一种关于'新写实主义'乃是表现'原生态生活'的观点。"②陈思和在《自然主义与生存意识——对新写实小说的一个解释》文章中也对"新写实"的"新"提出疑义："'新写实'应该具备两个特点，一是属于写实主义的作品，二是必须有'新'意，这个新意不是题材上写法上而是文学观念上新界定。从两者兼备的特征看，当前小说中比较典型的新写实小说，确实与自然主义有许多相似的地方。但是这样一来，问题的前提又被置换，'新写实'之新的定位仍未解决。"③此类质疑之声还有，不一一列举了。也就是说，这个"新"字惹祸了，而要想严谨地回应这个"新"字居然并非易事。

其实这个"新"字既不是《钟山》杂志的发明，也不是王干的发明，而是一种自新中国成立以来国家民族的时代精神与症候，它反映了我们的一种线性的进步观，一种迫切要求摆脱过去的急功近利的心理，是人们对过往的遗弃和对未来的期许，也是一种普遍的现代性焦虑。我们对"新时期"的命名就是近四十年来"新"的滥觞，尤其是文学，几乎全部都是冠以"新"的头衔。所以说，对"新"的质疑不能从具体的现象学意义上追究，而是要从整体的普遍的民族文化心理上考察。汪民安在《什么是当代》一书中说："本雅明《历史哲学论纲》一个重要的主题就是对进步概念和进步信仰着手批判。对本雅明来说，进步论持有三个论断：进步乃是人类本身的进步；进步是无限制的进步；进步是必然的不可抗拒呈直线或者螺旋

---

① 孟远编：《新写实小说研究资料》，百花洲文艺出版社2018年版，第184页。
② 孟远编：《新写实小说研究资料》，百花洲文艺出版社2018年版，第151—152页。
③ 孟远编：《新写实小说研究资料》，百花洲文艺出版社2018年版，第49页。

进程的进步。一旦信奉这样的进步观,那么,现在不过是通向未来进步的一个过渡,因而无论现在如何的紧迫和反常,它实际上也不过是一种常态,因为注定会有一个天堂般的未来在后面等待着它。""进步论许诺了一个未来的天堂。这也是现代性深信不疑的东西,它在19世纪的今天如此地盛行,犹如风暴一样猛烈地刮来。"①所以说,这个"新写实"之"新"也不过是在这样的一种时代精神的裹挟下的必然结果。

那么,"后现实主义"的遭遇又是怎样的呢?我们不妨回到当年会议的现场,看看当时的景况:"正当江苏青年评论家王干(《文艺报》)试图用'后现实主义'这一概念来概括近年出现的类似刘恒、刘震云和方方这批作家创作的作品时,遭到了与会者的频频提问和驳难……有的同志认为,王干所讲的'后现实主义'实际上并没有超出自然主义文学的范围;有的同志则认为,王干的概括在很大程度上包含了一厢情愿的理论设计,与实际的创作情形并不完全吻合;还有的同志这样指出,他对'后现实主义'与传统现实主义和现代主义之间的差异所做的区分,存在着'取其一点,不计其余'的思路,表现了理论分类的苦心和嗜好。而对蜂拥而至的诘难,王干左推右挡,极力招架。这时,在一片沸沸扬扬的议论声中,响起了许子东悠然平静的提议:'我们还是多研究些问题,少谈些主义吧。'"②

何以如此呢?王干的"后现实主义"的主要观点又是什么呢?"还原:诉诸生活本身""从情感的零度开始写作""作家和读者'共同作业'"这是王干的《近期小说的后现实主义倾向》一文的三个小标题(据王干讲,他在会议上的发言,是这篇文章的概要)。其实,以这三个观点为主体,这篇文章杂糅了西方诸多理论批评观念,比如,"还原:诉诸生活本身",是德国哲学家胡塞尔的现象学观点。马格廖拉说:"任何对我们有意义的文学,都一定是与我们的生活世界、我们的经验方式相类似的文学。"伊格尔顿也指出:"一部文学作品的'世界'并非意指一种客观的现实,而

---

① 汪民安:《什么是当代》,新星出版社2014年版,第108—109页。
② 孟远编:《新写实小说研究资料》,百花洲文艺出版社2018年版,第2页。

是德文里所说的'生活世界',即一个个人主体实际组织和经验的现实。现象学批评将特别集中注意一个作者对时间和空间的经验方式、自我和他人之间的关系或者他对特质对象的观察。""从情感的零度开始写作"来自法国当代符号学家巴特的《写作的零度》,一种不作介入的、真诚的、中性的写作立场。"作家和读者'共同作业'"则来自接受美学的"读者反应批评",卡勒"强调文学的惯例、准则和规律。有能力的读者不知不觉地将这些惯例和准则吸收进他们的阅读经验,而对阅读具有制约作用,使得读者解释作品的半创造性活动成为可能"。① 这些20世纪的西方文学理论批评观点能表征"后现实主义"小说之"后"吗?或者说,是否与传统现实主义有着本质的差异呢?这个"前"与"后"之间的逻辑关系成立吗?

  现实主义让我们尽管都有些无边感,但大概的意思也还是清楚的。那么,引用或者借鉴了"后现代主义"理论的"后"又是什么呢?我综合一下严翅君、韩丹、刘钊所著《后现代理论家关键词》中,美国当代著名马克思主义文学理论家和文化批评家詹明信对后现代主义特征的四点论述——平面感:深度模式削平,断裂感:历史意识消失,零散化:主体的消失,复制:距离感消失。深度模式削平,实际上是从真理走向文本,从为什么写走向只是不断地写,从思想走向表述,从意义的追寻走向文本的不断代替翻新。在后现代主义社会中,自我解构、主体消失、人的精神被彻底零散化。后现代人在紧张的工作后,体力消耗得干干净净,人完全垮了。这时,那种现代主义多余人的焦虑没有了立身之地,剩下的只是后现代式的自我身心肢解式的彻底零散化。细心地琢磨一下,这个"后现代主义"的艺术观念,总体上是与王干所阐释的"后现实主义"倾向相当接近的,深度模式削平、自我解构、主体消失、人的精神彻底零散化。抛开王干列出的三个具体文学方法,就那一批小说所呈现出来的总体思想倾向论,大体上就是詹明信所谓的后现代主义观。所以,起码可以说,以传统现实主义为对象的"后现实主义"命名是有理论依据的,"前"

---

① 参见王先霈、王又平主编:《文学批评术语词典》,上海文艺出版社1999年版。

与"后"之间的逻辑关系也是说得通的。在1980年代末或1990年代初，我们对后现代主义虽然不甚了了，却是完全排斥的，甚至超过了现代主义。我想，可能是源于此，当王干比较早地使用了"后"字，用"后现实主义"命名那一批小说的时候，遭到与会众多批评家的集体反对便是可想而知的了。

我们不妨再回头看看《钟山》杂志1989年第3期《"新写实小说大联展"卷首语》是怎么说的："所谓新写实小说，简单地说，就是近几年不同于历史上已有的现实主义，也不同于现代主义'先锋派'文学，而是近几年小说创作低谷中出现的一种新的文学倾向。这些新写实小说的创作方法仍是以写实为主要特征，但特别注重现实生活原生形态的还原，真诚直面现实、直面人生。虽然从总体的文学精神来看新写实小说仍可划归为现实主义的大范畴，但无疑具有了一种新的开放性和包容性，善于吸收、借鉴现代主义各种流派在艺术上的长处。新写实小说在观察生活把握世界上的另一个特点就是不仅具有鲜明的当代意识，还分明渗透着强烈的历史意识和哲学意识。但它减退了过去伪现实主义那种直露、急功近利的政治性色彩，而追求一种更为丰厚更为博大的文学境界。"①

这段话虽然是王干修改过的，但看得出来，王干还是相当谨慎的，他一定要考虑到各方面的观点，因为当时他还不是《钟山》杂志的人。"特别注重现实生活原生形态的还原，真诚直面现实、直面人生"，这跟没说也差不太多，没有哪一种文学会强调自己跟现实人生没有关系。比较定性的说法是"仍可划归为现实主义的大范畴，但无疑具有了一种新的开放性和包容性，善于吸收、借鉴现代主义各种流派在艺术上的长处"。这样说来，它就是在以往现实主义的"写实"的基础上，广泛地吸收了"现代主义"的各种技法。这才是"新写实"小说的思想核心，而这一点恰恰与王干的《近期小说的后现实主义倾向》一文中观点相吻合。王干虽然要左右逢源，但还是把自己的核心思想糅进了这个"宣言"。我的观点至此已经不须遮掩了，就是，当时的"新写实"小说，如果用王干的"后现实主义"命名

---

① 孟远编：《新写实小说研究资料》，百花洲文艺出版社2018年版，第13页。

或许会更好一些。

五、"当代性":"新状态"与新生代作家崛起

"几乎可以说,正是自'新写实小说'始,当代文学从业者开始和文学期刊熟稔地联合起来,并试图重新创造出后新时期的再一个经典时刻。1994年,在'新写实小说'走完它的一度辉煌而逐渐淡出文学主潮之后,相继又有'新体验''新状态''新市民',包括'新历史''新乡土''新笔记'等等依傍不同文学期刊的口号风起云涌,而当这些口号终于因理论创作等诸多方面的难以为继而悄声湮灭时,'现实主义冲击波'文学的口号却逐渐生成并终成气候。"这是我摘自许志英、丁帆主编的《中国新时期小说主潮》第567页上的一段话,表面看来似乎只是历史的平白的叙述,而从此前对王干、《钟山》杂志策划操作"新写实"小说的态度,以及这段话中对"现实主义冲击波"溢于言表的肯定,不难看出其对文学期刊策划操作文学口号与思潮的反感与否定。

也有论者主张对"新写实""新状态"等一系列以"新"命名的文学现象进行整体置换:"'新写实'困扰于新与旧的辨析而难以有更大作为,它所反映的生活状况也缺乏时代气息。这就为另一批更年轻而更有生气的作家步入文坛提供了契机。""90年代上半期,中国大陆文坛围绕后起的这一创作群体又有一番热闹的命名。'新状态''新表象''晚生代''新生代''60年代出生群落''女性主义''新生存主义',等等,一度都被用来描述这一群体。一度影响最大的是'新状态'这种说法。1994年,《钟山》发表王干的文章《论九十年代的新状态小说》,该文把90年代小说的特征概括为'新状态'。新状态热闹了一阵子,由于理论界定不清,过于宽泛和随意,使人们对这种说法表示怀疑。另一个用于描述这个群体的概念'晚生代',现在被更广泛地使用。"[①]"新写实"小说"难以有

[①] 陈晓明:《表意的焦虑——历史祛魅与当代文学变革》,中央编译出版社2002年版,第140—141页。

更大作为"的原因是复杂的,诸多批评家和文学史著作都做了详细论述,这里就不再辨析了;但是若说"新生代"的崛起是因为"新写实"小说的退潮便有些牵强,而更本质的因素当是又一股新的文学思潮在暗流涌动,只不过这股文学思潮的涌动是由一批1960年代出生的作家积蓄而成的而已。"新写实"小说退潮与否,这批作家都会强势涌现,这是当时的市场经济与世俗文化所决定的,此时的文学生态与几年前又有了截然不同的新变。从这个意义上讲,对这批作家的命名我更倾向于王干的"新状态"小说,因为他是从作家作品所呈现出来的诸多症候来判断的,就是说,里面有具体的内容佐证和支撑。

关于"新状态"推出的具体情景,我们还是看看王干在答记者问时的说法:"'新状态'是经《钟山》和《文艺争鸣》两个文艺双月刊共同推出。""'新状态'的提出,既是我提出来的,又不是我提出来的。说是由我提出,是因为它通过我的笔最初将它呈现出来,这种呈现既不是心血来潮、随意性很强的即兴创作,也不是编辑部为了扩大刊物影响的一种宣传策略。1989年以后,很多从事当代文学的朋友都不看当代作家的作品了,我则始终追随着当代文学潮流的脉动,即使它细弱到快要停止跳动的时候,我也没有放弃对它的关注,始终投入大量的时间和热情。'新状态'便是长期追随、阅读、思索的结果,是对'新时期文学'终结之后的文学现象的一种尝试性阐释。"[①]这实际上否认了相关论者关于期刊策划操作以及制造文学口号的指控与批评,强调了自己长期对文学潮流脉动的追踪研究,"新状态"便是"新写实"之后的又一成果。

即便是在当时,王干的头脑也是非常清晰,他坦陈:"'新状态'首先不是一种理论主张,也不是一种创作方法,更不能称之为什么主义,'新状态'并不是一个完整的理论大厦,也并不是一个可供操作的小说创作图纸,'新状态'是一种现象,是一种我们思维的新维度,如果一定要具体化的话,'新状态'亦可体现为一种阐释代码……'新状态'努力从整体上去理解把握描述当代文学、当代文化的当下状态,它是当代各种文学关

[①] 初清华编:《王干文集·说不尽的王干》,作家出版社2018年版,第84—85页。

系的总和。"①王干还不点名地批评上海的某位批评家,在没看到作品的情况下就对"新状态"进行批评,可见当时文学批评界的浮躁,尤其是与期刊策划的各种文学旗帜与口号命名纠缠在一起,鱼目混珠,张冠李戴,城门失火,殃及池鱼,便都是有可能的。

比较而言,张大海、孟繁华在《批评和批评的解剖》一文中所做的阐释则进入到"新状态"的核心所在,看到了问题的本质,因而更有说服力:"新状态文学是针对90年代出现的一批不同于80年代的、新的写作方式和新作家创作特征的概括化描述。1994年,王干和北京大学张颐武、文艺争鸣杂志社张未民访谈时谈到的作家何顿、陈染、马建、韩东、海男、鲁羊,是他认可的属于新状态写作的小说家。不同于80年代作家的社会责任感,王干认为90年代的新状态作家是'现实的生存状态与作家自我的精神自传的结合'。或者如作家张洁说的,是只想面对自己的想法和观察,很自由地写作的状态。显然,'新状态'意味着作家更多地以自我的感受为特征的写作状态,这其实也是在某种程度上验证了作为社会人的作家,不再从属于某个政治集团、文化集团后的社会身份变迁,已经改变了文学生产的方向,作家不再是某个主义、某个政见的传声筒,而是自己生活的感受者。"②张大海、孟繁华无疑道出了"新状态"这一新思潮的本质特征,也许是因为时过境迁的缘故,十年之后的研究看得更深入,也更准确。

重新梳理这一现象的过程中,我产生了另外的一些想法,比如,面对当代文学,为什么总是王干不断地产生灵感,不断地有新的发现,然后有如天助或神来之笔般地对现象与思潮进行命名?策划也好,操作也罢,为什么总是王干?

王干在与赵天成对话时透露了一些玄机:"'新状态'跟我关系更大一点,它是对'新写实'的补充。要说'新写实'的最大的不足,主要是淡化了知识分子叙事的主动性,只是对生活的认同。'新状态'则强调了

---

① 初清华编:《王干文集·说不尽的王干》,作家出版社2018年版,第85—86页。
② 张大海、孟繁华:《批评和批评的解剖》,见《王干文集·说不尽的王干》,作家出版社2018年版,第36—37页。

知识分子的叙事能力，它对市场是反拨和抗争。因为到了90年代的时候，大众文化已经兴起了，知识分子的声音被排挤和压抑了，没有空间了。'新写实'强调的是公共的生活状态，'新状态'主要是提供一个个人的话语状态，它们之间是有联系的。'新状态'没有成为一个大家共同认可的文学现象，原因是说早了，没有形成'新写实'那样一个公共话语的空间，有很多读者关注。"[1]在这里，王干强调了"新写实"与"新状态"的不同，同时又有着内在的关联，这种关联不沉潜在文学创作的内部是很难体会得到的，尤其是1960年代出生的这批作家当时还没有什么影响，较少为知名批评家所关注。王干还说："我并没有想到在某年某月某一天要抽出这样一个新概念来，只是冥冥之中有一只手抓着我握笔的右手让我写出'新状态'这三个字。"何士光则对王干说，佛说要有新状态，就有了新状态。这也许是信仰的缘故，也许就是一种玩笑，不知当时是怎样一种语境。我倒是觉得，真正的"在场"批评家跟作家或艺术家没什么两样，他也要有感觉，也要长时间地沉浸在创作的情绪里，真正的好作品往往是连作家或艺术家事后都无法想象是怎么弄出来的，甚至怀疑，这是我写的，或者我画的吗？王干就是这样的批评家。感觉和感性对所有的艺术家都至关重要，而王干就是注重和追求感觉与感性的批评家，不仅仅是批评的风格，甚至是语言都追求散文化。

再比如，不具备对当代文学的宏观把握与细节的敏锐洞察的能力，不是对60年代出生这批"新生代"作家作品有独到深刻的理解和认知，而是仅仅凭借刊物的策划与操作，就能够使一个文学思潮产生巨大且持久的影响力，助推一批不知名的年轻作家强势崛起，甚至引领一个时代的文学发展趋向，在我看来是不可想象的。王干敏锐地观察到，"早期的先锋文学进入低谷，一些作家放弃或转型，另一方面一些更年轻的作家在进行新的尝试，韩东、朱文、鲁羊、陈染、林白、虹影、海男、邱华栋、李冯、丁天等继续坚持小说的实验性、个人性、形式感，形成了一股后先锋的浪潮"。"'新状态'是重新举起了先锋的大旗，特别是对自我的写作、个

---

[1] 初清华编：《王干文集·说不尽的王干》，作家出版社2018年版，第218—219页。

性化写作的确认,明确地用'新状态'这种自我游走的方式来表达。和'先锋文学'由创作发起不同,'新状态'是文学刊物介入文学思潮典型的范例,这在某种程度上也体现了《钟山》办刊的先锋性……虽然'新状态'的命名显得有些超前,但在推荐文学新人方面贡献卓著。尤其是对一些具有先锋品格的作家更是意义重大。"①

关于"新状态",我发现更深刻的阐释可能涉及一个被许多当代批评家所忽略了的"当代性"问题。近二十年来,关于"现代性"的讨论很多,但关于"当代性"的研究似乎还比较少见。汪民安在《什么是当代》一书中对"当代性"进行了广泛而深入的研究,我很认可他所引用的意大利学者阿甘本的论述:"当代性就是指一种与自己时代的奇特关系,这种关系既依附于时代,同时又与它保持距离。更确切而言,这种与时代的关系是通过脱节或时代错误而依附于时代的那种关系。过于契合时代的人,在所有方面与时代完全联系在一起的人,并非当代人,之所以如此,确切的原因在于,他们无法审视它;他们不能死死地凝视它。"阿甘本还进一步说:"当代人就是那些知道如何观察这种黯淡的人,他能够用笔探究当下的晦暗,从而进行书写。"汪民安接着说:"也只有保持距离,才不会被时代所吞没所席卷,才不会变成时尚人。对于阿甘本来说,真正的当代人,就是类似于本雅明的游荡者或者布莱希特的观众那样同观看对象发生断裂关系的人。用尼采的术语说,就是不合时宜的人……阿甘本将这样的观看自己的时代,观看现在的人,称之为当代人。"②我之所以援引上述这些话就是觉得,王干发现并极力推介的"新状态"这批"新生代"作家及他们的创作,与阿甘本对"当代性"的论述极其契合,我甚至会产生一种错觉,觉得阿甘本就是在说这些作家和他们的创作。

王干正是因为看到了这批"新生代"作家作品中的"当代性",也就是看到了他们文学创作观念中与时代脱节、保持距离、无意契合主流文学甚至意识形态的部分,进而意识到这是"新写实"小说之后的一种"新状

---

① 初清华编:《王干文集·说不尽的王干》,作家出版社2018年版,第294页。
② 汪民安:《什么是当代》,新星出版社2014年版,第116—117页。

态"。这种"新状态"完全不同于现实主义,也不同于"新写实"小说,虽然具有多方面的先锋性,但与已经开始式微的先锋文学又有着本质的差异。王干的宏观视野让他洞悉到,1990年代的文学出现了一个最重要的现象,就是个体化与文学的集团化并存,一大批自由撰稿人出现了。如果1990年代不出现大量的非体制内的年轻作家,没有一批人以自由撰稿人身份进入文坛的话,所有的旗帜都可能落空,因为这些个性化的提法往往是非作家协会化的。他们的自我化、个性化写作,将现实的生存状态与作家自我的精神自传结合,突显了知识分子的叙事能力,是对文学市场化的反拨和抗争,也是对"新写实"小说知识分子叙事弱化的一种拯救。

在王干和《钟山》杂志的努力下,一批1960年代出生的年轻作家以从未有过的"先锋"姿态崛起于文坛,进而改变了中国文学创作的总体格局。邓晓芒在《批判与启蒙》一书中写道:"真正的个体精神原则,在中国传统哲学中从未得到过根本性的确立,其原因显然在于中国数千年的'自然经济'的社会现实。但市场经济的健全发展则要求有个体精神的建立作为意识形态的前提。这种个体精神首先是对传统自然主义的否定和拒绝,要求个体既不像儒家那样对血缘共同体(社会)敞开心扉,也不像道家那样对大自然展示赤诚,而首先要有自己的独立人格(person,即面具)和封闭的精神世界,以这个世界(小宇宙)为基点、为依据而对自然和社会的现实进行判断和抉择。"[①]邓晓芒论述的当然不是文学,但他的哲学观点与王干对"新状态"这批1960年代出生作家的命名逻辑高度契合,"独立人格"既是他们文学表达的合法性所在,也确乎是他们存在的基石。

葛红兵则理性且深度地解析了"新状态"文学思潮:"'新状态'不仅仅是一个刊物操作策略,它更是一个深度理论命题,这个命题包含四个方面的内涵:一、它是中国当代文学告别'现代性'的努力,'现代性'的概念是西方中心主义的,先有'西方'和'西方文学的现代性',按照西方尺度理解我们的文学是落后的,然后才有'中国'和'中国文学的非

[①] 邓晓芒:《批判与启蒙》,崇文书局2019年版,第99—100页。

现代性'，而新状态文学命题的直接指认是中国当下的现实及超越，因而它是呼唤一种中国本土性的文学。二、它是中国当代文学告别'新时期'的努力，它是中国当代作家告别新时期那种国家、民族、社会等'总体'代言人身份回归纯粹的边缘知识分子角色，它是中国当代文学告别新时期那种堂皇叙事而进入小叙事的宣言。三、它是中国当代文学进入纯粹文学、个体文学的一个理论预想。"① 几年后，"新状态"也难以为继，此后的中国当代文学便在"底层叙事"与"新世纪文学"，以及泛化了的现实主义中"空转"。

六、"后新时期"："文学场"与王干批评的"在场"

我比较赞同"后新时期文学"这个说法，或者称命名，因为它涵盖有丰富的特定内涵，虽然与"新时期文学"有着内在关联，却是对"新时期文学"的颠覆与反叛，比起代际或某一时间的命名更富于学理性。丁帆、朱丽丽在洪子诚、孟繁华主编的《当代文学关键词》一书中，在"新时期文学"词条里对"后新时期文学"的发生做了详细论述，概括如下：自80年代末起，"实验小说"与"新写实小说"并肩而起，它们在与后现代的文化精神解构及80年代中前期的现代性启蒙叙事及文化理想方面达成了共谋，对于终极价值的舍弃和对旧有意义模式的拆解以及后者对于现实生存的书写，直接开启了90年代涌现的"晚生代"小说（"晚生代"即1960年代出生作家，亦称"新生代"）。1992年，在《文学自由谈》上，谢冕发表《新时期文学的转型——关于"后新时期文学"》一文，最先提出"后新时期文学"这一概念，随后，冯骥才、张颐武、王宁等人纷纷撰文表示对这一提法的认可。②《新时期文学二十年》中也较为详细地讨论了"后新时期文学"：金元浦认为，80年代末、90年代初社会主义市场经济提出前后，中国社会思潮与文化发生了根本性变化，理想

---

① 初清华编：《王干文集·说不尽的王干》，作家出版社2018年版，第51页。
② 洪子诚、孟繁华主编：《当代文学关键词》，广西师范大学出版社2002年版，第156—157页。

主义"乌托邦"破灭，人生信仰逐步丧失或改变，启蒙主义热情消退和利他主义崇高感消解。在道德准则上，由传统集体主义向个人主义转化，由崇尚精神完善向物质实惠转化。人们不再关注政治历史的伟大推动者和伟大主题，而只关心生活和身边的"小型叙事"和"生活质量"。

张大海、孟繁华著文评价王干，是20世纪80年代以来的一位有着敏锐的艺术直觉，同时又兼有充分的理性分析，并能把握到文学发展趋势的批评家。自二十五岁时和同学费振钟、陆晓声联合署名在《文学评论丛刊》第25期发表第一篇文学评论文章以来，逐步进入文学活动前沿的王干通过自己的评论文章对朦胧诗和汪曾祺、王蒙、莫言、苏童等作家做出了理性而深入的分析，推动了同时期文学批评和文学发生互为促进的"在场"效应。在某种程度上，王干的文学批评验证了1980年代崇尚变革、进步的时代精神，也为后来的文学批评和文学史研究者提供了反思80年代的有益参考。① 就是说，作为青年批评家，王干早在近十年的"新时期文学"发展中展示了他过人的才华，并取得了卓著的成绩，为批评界所瞩目；但我认为，王干在"新时期文学"向"后新时期文学"转型的过程中，由于他与王蒙的对话、关于"小说的后现实主义倾向"的发现与研究，以及对"新写实"小说、"新状态"的命名，并在《钟山》杂志策划推动进而形成"后新时期文学"之初两大文学思潮，更具有现实的与历史的价值，也包括文学史意义。而张大海、孟繁华指出的王干"推动了同时期文学批评和文学发生互为促进的'在场'效应"，我认为是切中了王干文学批评的肯綮。于是，在"后新时期文学"的视域内，关于"文学场"与王干批评的"在场"就成为我关注王干文学批评的另一个重要向度。

关于"文学场"，布迪厄所著《艺术的法则——文学场的生成与结构》一书有着较为全面的阐释。综合相关论点，摘要如下：一个自主和富有生机的文学场，像一个活动频繁的地震带。无论是文学场外部权力的斗争，还是文学场内部的代际更替燃起狼烟，都会从横向或纵向的角度引发文学场的震动和更新。布迪厄把文学场的代际斗争称为老化逻辑，即先锋性的

---

① 初清华编：《王干文集·说不尽的王干》，作家出版社2018年版，第30—31页。

作家必然对正统和经典作家发起挑战。各种文学决裂层出不穷，而文学场的活力和生机，就体现在这些由异端挑起的生生不息的符号革命中。文学场的自主性促成文学代际间的挑衅、冲突，这些无休止的竞争就是争夺文学场定义权的斗争。文学代际的变换应和着当代文学和社会制度的转型步伐，推动着文学对历史沧桑、民族命运的反思，也促成文学对当代生存经验和语言的激活。文学场在社会结构中的尴尬处境使它仍然受社会权力场的支配，内部的自主原则面临外部政治、经济等力量的侵袭。受市场支配或政治导向影响的作家，不甘心在文学场内处于被支配地位，他们积极地与各种大众媒体、文化赞助商和审查机构联合，制造轰动效应和惊人的销售额，或者出卖艺术自主以讨好赞助商和审查机构的趣味和政治标准。这势必激怒自主性的文化生产者与他们分庭抗礼，竭力维护艺术标准的纯粹。①布迪厄不愧是社会学家和思想家，他将文学场放在大的社会背景里考察，将文学的生存与发展的内外机制描述得分外清晰与深刻，为我们阅读文学思潮的更迭、文学的发展提供了思想的支撑。

"新时期文学"以降，王干的文学批评是始终"在场"的。席舒云说："比较起来，立足于文学现场的批评，注重的是艺术本身，注重的是对作品的艺术解读；而立足于史料的文学研究，注重的则是作品的意义与价值。对于前者，作品是一个鲜活的对象，而对于后者，作品本身和关于该作品的研究成果都只是一堆史料，被学院式的研究过滤掉的，可能恰恰是文学现场批评中最有价值的东西。"②葛红兵强调了王干文学批评中更为极端的时间意识：一种即时感，他总是试图抓住"此刻"。"此刻作为一个时间概念在王干的心中地位太崇高了，他总是害怕'此刻'逝去得太快，总是企图作家们务必珍惜'此刻'，在'此刻'写出有史以来最好的作品。"③郜元宝说："王干成名早，差不多'新时期文学'发动后不久就跃上文坛了。这样一个难得的文学谈话良伴，编辑《钟山》理论版期间，使这家杂志在

---

① 参见〔法〕皮埃尔·布迪厄：《艺术的法则——文学场的生成与结构》，中央编译出版社2001年版。

② 初清华编：《王干文集·说不尽的王干》，作家出版社2018年版，第21页。

③ 初清华编：《王干文集·说不尽的王干》，作家出版社2018年版，第49—50页。

全国兄弟期刊中成为翘楚，也就不足为怪。《钟山》过去十几年发现培养了许多青年评论家，命名推出了许多热闹一时至今仍被反复纪念的文学话题和说法，许多均与王干有关。"① 王干自己则说："90年代关注的是是否在'场'，恐惧的是'缺席'，不在乎的是嘴脸。"② 王干的文学批评与学者、院校教授们的批评有着迥然不同的方法及风格，他是感性的、发散性的，是直接面对对象的，且是睿智和前沿的，而不是学术、学问、研究和论文（关于朦胧诗的研究《废墟之花》除外）。他是最大可能地实现批评对创作的有效性，这当然有赖于他在文学场中的浸泡，还有他的敏锐与颠覆以往的勇气。我当然不能说，王干就是"新时期文学"的终结者，但他的多方面观察与研究都证明了他深刻地认识到了"新时期文学"的时代与历史的局限，这种局限几乎是无法逃避超越的。假如这一点已经为许多批评家，甚至作家所感知，那么王干对80年代末、90年代初社会思想与文学变异的发现与批评，则让他成为"后新时期文学"的觉悟者与重要参与者。

王干的"在场"批评是极其丰富多样的，甚至可以说是一个庞大复杂的存在，限于文章的篇幅，我只能是摘其要，略做梳理：

①1988年冬至1989年初，王干与王蒙进行了十次文学对话，就"新时期文学"十余年来诸多文学现象和作家作品作了简洁却极其深入的探讨，批评家蒋原伦称其已经作为《新时期十年文学大观》的简写本，当之无愧地载入中国20世纪末文学批评史。在单篇发表时就引起很大轰动，成为当时一个显赫的文学事件，成书后更是多次再版。这是一种真正意义上的"在场"批评，王蒙丰富的阅历、对历史深度参与和经验、对文学的洞悉与睿智，王蒙的思想与艺术观念在他那批作家中是超前的，他不是就理论而理论，是思想与实践的结合。王干的敏锐与发现、概括，对当下作家作品的广泛研究，对现实主义、后现代主义的分析，尤其

---

① 初清华编：《王干文集·说不尽的王干》，作家出版社2018年版，第2—8页。
② 王干：《王干文集·边缘与暧昧》，作家出版社2018年版，第13页。

是"后现实主义"概念的提出、对"60年代出生作家"创作的研究，使得这个对话精彩纷呈。而其中关于"反文化"的言说可以说是鞭辟入里的：王干认为，反文化与反崇高有联系，但是两个范畴的概念。反文化是对人类文明的一种反抗和不满，尤其是对工业社会异化人性的一种挣扎，而反崇高则是审美形态上的一种变异方式，这种"审丑"和对崇高的亵渎只是对古典美的一种破坏。反文化主要是一种后现代主义的产物，不承认历史感、深度感，甚至也不承认悲剧感、生命意识，认为世界是虚无的，因而要对已有的理性世界进行消解。特别是在后工业社会国家里，科学技术和知识的过度膨胀压缩了人类的生存空间，人完全被一种文化被一种技术所异化、所限制、所捆缚，反文化不失为一种有效的反抗方式。

② 1988年的时候，后现代主义还没有大规模地译介过来，而这无疑为王干对现实主义的理解及当下文学中所出现的溢出传统现实主义、吸收诸多20世纪文学理论方法的作品的认知提供了理论视角，超越了当时一般的文学批评观念。王干对现实主义的反思既有历史性的考察，又有对当下文学现实的发现与分析，同时也有着国际性的视野。他认为，20世纪的文学主潮可以看作是现实主义和现代主义相对抗、相消长、相补充的世纪，虽然有各种各样的现实主义出现，但已经都不是原初的现实主义了。由此，他提出了"第三代作家"的概念，并对他们近期小说创作中的"消解典型""还原生活""从零度开始写作""读者作者共同操作"等特征，敏锐而准确地概括出了"后现实主义"倾向，为随后他参与命名并推动的"新写实"小说思潮的出笼奠定了理论基础。

③ 1998年，"新状态"小说思潮虽然已经式微，但王干在与张颐武、张未民的对话中关于"60年代出生作家"的分析概括仍然具有文学史意义：首先我觉得这种新状态不是一种创作手法，也不是一种主义，它是社会文化的转型给创作带来的一种转折机制，这种机制使作家们得以回到了我们以前千呼万唤的

文学本体。这是一种生活流,生活状态之流的文学表现。市场化的新经济形势给文化的最明显的影响是雅俗分流,亦即文化的多样化问题,而给文学带来的最大焦虑则是纯文学的困境和调整。在一定的意义上讲,面对市场经济的巨大压力,文学反而有一种解放感和超越感,纯文学作家正在获得一种新的写作姿态,就是要面对当下的生活状态写作,面对自己的内心体验而写作,这将是一种自由和自然状态下的写作,它更加靠近文学本体了。"新状态"是现实的生存状态与作家自我的精神自传的结合,叙事者与作家是一回事儿,具有了作家身份,可以称其为知识分子叙事人。

④王干对90年代作家的文化心理的概括分析也是独特与深刻的。他认为,80年代末期,文学的轰动也随着启蒙的消隐而陷于沉寂,作家原先理想的文化心理结构受到重创……近六年来作家队伍的分化、文学情态的动荡、文化心理的变异,成为21世纪前夕奇诡的文化风景——从自卑到自慰:低调感伤中的历史逃遁;从自嘲到自省:京式幽默与解构长矛;从自救到自圣:拯救的悲壮和困乏;从自虐到自杀:虚无主义还是凤凰涅槃。

⑤对文学"命名"的认知与理解,或者说其中的甘苦与滋味、利弊与得失,作为"在场"批评家的王干肯定会比其他批评家体会得更深。他说:"命名"式的研究变成当代文学划分边界的一种办法,因为只有确认边界之后,研究者才有可能进行有序的阅读和归类,否则就会淹没在作品的汪洋之中。很自然,这种命名和划界又使研究者陷入二律背反之中,当代文学的发展呈多元趋势,命名和划界又是以一元的方式进行的,这就造成了某种不确定性。毕竟,所有的概括都是以牺牲文学的丰富性作为代价的。因而命名者本身就首先使自己陷入一种围城之境,虽然他本想为城中的人开辟一条突围之路,可没想到他自己首先必须被围困。这种命名的困惑、定义的困惑成为人们质问当代文学研究最有力的证词。

⑥王干对"新时期""'文革'后"和"世纪末"文学概念

的辨析也颇有说服力,显示了他"在场"的敏锐与文学史视野的广阔。在他看来,"新时期文学"的命名显然是政治性的,已经无法涵盖1985年以后的文学了,所以,"'文革'后文学"是更好的提法,除了文化的因素外,更主要的因素是近十年来活跃在文坛的作家、诗人、理论家都经过"文革"的"洗礼","文革"给他们的写作生涯所带来的特殊色彩乃至特殊作用却是不可否认的;另一点是,1985年以前的文学作品无不是以"文革"作为最重要的题材,其主题是不断地否认和批判"文革"。"世纪末"文学较好地概括了这一个时期文学思潮、文学运动、文学作品和作家心态所呈现出的那种焦灼、浮躁、骚动与喧嚣,那种极度渴望而又极度失望、那种极度热烈而又极度冷漠、那种极度疯狂而又极度空虚的情绪。

⑦王干当然不只是对文学思潮与现象感兴趣,其实他写作了大量的作家作品论,其细致入微与尖锐深刻在"新时期文学"以来的批评中也是不多见的,这也是他之所以能够敏锐地感受到文学思潮的暗流涌动的根本所在。看看他对马原和莫言的批评,我们就可以领略到一位真正的"在场"批评家的勇气与锐利。王干批评马原1987年以后的创作是自掘坟墓,无端地消耗他所特有的良好艺术知觉和语言才禀,在不断地稀释偶然得来的一点灵性和感悟,将他初期小说创作中隐藏的非现代因素膨胀到俗不可耐的地步。写作《错误》本来便是马原的一个错误,在周围的编辑和评论家们的怂恿喝彩下又写作了《上下都很平坦》,在这部长篇小说里,马原的生命汁液被消耗得几乎虚脱,语言的灵敏度也被磨砺得迟钝。马原用他的自信创造了自我,同时也用自信葬送了自我。王干是这样批评莫言的:莫言在反文化的旗帜下干着文化的勾当,他在亵渎理性、崇高、优雅这些神圣化了的审美文化规范时,却不自觉地把龌龊、丑陋、邪恶另一类文化神圣化了,也就是把另一类未经传统文化认可的事物"文化化"了。因此,虽然偶像的面具替换了,但膜拜的仪式和情感的虔诚并没有丝毫的变异,莫言那种精神被奴役的本

质依然如故,依然充当文化的奴隶。莫言近期小说,那些天马行空自作主张的叙述语流所呈现出来的是一个极度膨胀了的自我发泄狂、自我虐待狂、自我崇拜狂的形象,他以为充分地自由地倾诉了自我对优雅文化的种种恐怖、仇恨、厌烦、反感、恶心之后,就算完成了反文化的历程。莫言如此无视阅读的意义,正出于潜在的文化优越感,才会居高临下地去亵渎读者侵犯阅读。

⑧上面这样的批评文字,在当下的文学语境中,或许有人会将其误读为酷评。不仅是因为被评者均为当代一流作家,还因为王干的用力也相当劲猛。但事实上,当年的批评界包括文学界,没有人这样看待王干的作家论。以王干的学养、智识、敏锐,尤其数十年在文学界的浸泡,他当然用不着以此来博人眼球。之所以如此尖锐,恰是因为他真诚、率性的个性,还有一种视文学为生命的热爱。所以,如莫言者,与王干都成了"不打不交"的朋友。王蒙也说过,王干批评的锐利并不是针对某个人,而是对文学中的一些现象发言。当然,王干的作家论多数是建设性的,中锋用笔,周正不阿。比如多篇关于王蒙作品的批评与研究,但因其与王蒙的对话影响太大,多少遮蔽了那些文章的识见与才华。但对汪曾祺的系列批评(收《夜读汪曾祺》评论集),却是产生了振聋发聩般的巨大影响,对1980年代兴起且绵延至今的"汪曾祺热"起到了推波助澜甚至是引领性的作用。作为高邮老乡,王干与这位忘年交的文学大师自是有一份别样的情感与特殊的理解,但这也只不过是一种背景或者说机缘。更为重要的是,王干深刻地发现了一条经由陶渊明、苏轼、归有光、郑板桥、废名、沈从文等延伸而来的、带有出世情怀的文人雅士所形成的中国传统文脉,而汪曾祺也许是这一文脉的最后一个大师。王干认为,凝聚在汪曾祺作品中的核心价值内容,是他追求和谐的美学思想和美学精神。这样的思想精神让他的作品在处理与生活、与人物、与语言的关系上,体现出从容淡定、虚实映照的人道主义境界和中国化的艺术品格。他的作品激活了传统文学在今天的生命力,唤起人

们对汉语文字的审美趣味，打通了文学创作与民间文学的内在联系，将知识分子精神、文人传统、民间情怀有机地融为一体。王干从汪曾祺的小说里得出了这样的结论，文学的功能在挖掘表现日常生活的诗意美感时应该超越时代政治的限制。清明的政治社会格局下也存在着黑暗的角落，黑暗腐败的旧时代里也会有人性美和生活美的闪光。于是，王干不吝溢美之词，提出，或者命名汪曾祺是"被遮蔽的大师"。在王干看来，汪曾祺的"大"，在于融汇古今、贯通中西，将现代性和民族性成功融为一体，成为典型的中国叙事、中国腔调。王干对"汪学"研究的推动并未就此止步，近十年来，王干还积极参与"里下河文学"现象的研究；以汪曾祺为重要的支点，推动"里下河文学研究"一步步走向深入和开阔。

"一种全新的、争取合法性的文学观的提出，必然伴随着对传统观点的质疑和颠覆。在提出文学场方法的同时，布迪厄揭示了两类'神话'传统，即只从文学与社会历史关系确定文学价值的外部阅读，和局限于作品内涵的符号结构来挖掘文学意义的内部阅读。""如何解决内与外的关系？布迪厄的思路是：建立和生成结构主义的阅读，从而研究文学内外的传统、权力对文学意义的轨迹。这一思路将文学作品的自律形式和社会历史置于同质异构的文学场空间中，实现了形式和历史的有机交融，避免了某一本质主义思路对意义的执着和遮蔽。"[①] 王干的"后新时期文学"的"在场"批评佐证了布迪厄对"文学场"的理论阐释，也使他成为中国最具"当代性"的批评家之一。

七、"南方文体"及"朦胧诗"

读《王干文集》，也包括近年来与他的交往，主要是下围棋，我感觉

---

① 张意：《文学场》，见赵一凡、张中载、李德恩主编：《西方文论关键词》，外语教学与研究出版社2006年版，第584—585页。

作为批评家的王干无疑是一个理想主义者。在进入批评的时候，他几乎就在一个忘我的情境里，与作家的写作或艺术家的创作一样，这当然是一种状态，也是一种精神，还有一种无法言说的性情。当今很多文学理论批评报刊中的论文或者专著，几乎是千人一面，卒读都十分不易，更奢谈语言风格。所以，80年代王蒙的文学随笔、90年代中后期孙郁谈现代文学的文章都是我所喜爱和效仿的。近几年，我也想在批评的语言风格上，或者往大里说是批评文体上有所追求，即一种注重思维的随意性与语言的想象性的笔记体，读哪记哪，留下读记时思想的痕迹，大概就是王干所说的原生状态；而语言风格呢，也是想散文化，一种叙述加抒情，且充满了画面感与意境的文字。殊为不易，似乎努力也不可得，但终究心向往之，所以，我对王干追求的"南方文体"甚以为然。

王干是这样描述他所谓的"南方文体"的："南方文体是一种作家的文体，是一种与河流和湖泊相对应的文体，它的流动，它的飘逸，它的轻灵，它的敏捷，并不能够代替北方文体的严峻、凝重、结实、朴素。北方文体是学者的文体，这是与山峰和长城密切相关的文体，在文学理论和批评领域里，北方文体始终占据中心和主导的地位，而不像南方文体处于边缘的、被遮蔽的状态；北方文体追求立论和结论，而南方文体更注重过程的状态；北方文体相信公共原则，而南方文体则倾向个人化的语体。北方文体与南方文体呈互补胶着状态，不可对它们简单言说优劣、高低、长短，它们都有存在的必要。""直到如今，我的评论文字仍含有大量的描述成分，有时描述甚至大于说理。我对描述有种特殊的喜爱，因为我在描述时感到笔端有种说不清的滋润和灵魂。"[①] 王干还说："很多人觉得我的评论好看，可读性强，原因就是我的评论内部隐藏着一种叙述的东西，这我是有意为之。比如评论一个作家作品的时候，不是议论他，也不是评介他，而是叙述他，叙述这个作家他哪里好，或者作品哪里好，这就是我评论语言的叙述化。我受古代文风影响比较大，有时候会带有抒情成分。比如诗评，

---

① 王干：《自序：寻找一种南方的文体》，见《王干文集·边缘与暧昧》，作家出版社2018年版，第235页。

我追求的境界，简单地定位就是以诗评诗。"①

这里面，王干并没有具体地将何谓"南方文体"列出一二三，而是使用了一种散文化的语言，以形容或比喻概括了"南方文体"的整体性状，并将其与假想的北方文体做了比较。有趣或者反讽的是，连他所获得的鲁迅文学奖，也是其中的散文随笔奖，而非评论奖。可见他对散文，或者说对批评语言散文化的追求。《废墟之花》一书是关于朦胧诗的系列研究，可能是朦胧诗本身所具有的诗性与意境，影响了研究者的情绪和语言，使得这本专著通篇洋溢着灵魂飘逸的文采，颇有一种南方文化的空灵与俊逸。还有一篇批评张承志小说的文章《张承志的绝境》写得也是诗意盎然，不妨引一段看看："张承志正堕入一个美丽的陷阱之中，他每反抗一次，现实便要以加倍的反弹力将他掷入老远老远的空间。现在，张承志已经被自己的行动和反弹力推向峭耸的悬崖，向前走去固然景色诱人但也虚幻莫测，说不定是万丈深谷，向后退去则是世俗的肮脏的气息。他不能前进也不能后退，他只能握紧拳头，昂首云端，脚踏山峰，义无反顾地坚守自己的精神领地。绝境上的张承志是一幅动人的雕像，虽不似普罗米修斯那么光彩照人，也不似大卫那么英俊优美，但他用文字所凝成的那样一种无望而奋斗的精神，进入了人类精神跋涉者永恒辉煌的生命境界。"②但这样的文字在多数的小说与思潮、现象的批评中就很难见到，多少都有些阐释焦虑的味道。所以，像鲁迅的文章那样，保持着一种优美且极富意味的老到的语言风格是十分不易的。

我们再来看看文学界的名家们是怎样评价王干的文学批评风格的：

王蒙在为王干的专著《世纪末的突围》写的序言中说："王干很喜欢写批评性质的文章，批评一些正在被看好的作家，批评这个误区那个误区，有点哪壶不开提哪壶的味道。文章虽然尖锐，用词也颇花哨，但还是力图进行带学究气味的文学学术探讨，主旨不在褒贬，更没有个人的亲疏恩怨利害，他盯着的是文学不是'人学'（借用此词，不是高尔基的原意）。

---

① 初清华编：《王干文集·说不尽的王干》，作家出版社2018年版，第260页。
② 王干：《王干文集·废墟之花》，作家出版社2018年版，第397—398页。

他不怎么赶时髦，毋宁说他的某些文学见解还是相当平实的。"① 葛红兵说："王干几乎不用文末注，这不是因为王干的文风问题，而是因为王干的时间意识：他重视的是那个引文对于他这篇文章的即时性意义，而不是那段文字的历史价值。"② 李洁非说："约当1987年左右，那时他关注的对象，应该主要已置于小说。王干的小说评论，以鲜活的感性和'在场''直击'的经验形态有别于同侪，但其诗歌评论，却偏偏走着理性、思辨的路线……照这几篇诗歌论文来看，转做小说评论后，他完全有能力亦更有理由，拉开架势去写那种高头讲章、体大虑周的作家论、作品论一类文章，然而他反而不这么干了，摇身一变，以轻骑兵方式在小说评坛冲锋陷阵，大量地写一些及物即时、随物赋形、见情见性的文章。"③ 郜元宝说："王干是评论家，但他的评论不是从理论（或学问）到作品，而是直接从文学中而来，从作品中而来，从对作家贴近的了解而来，从极私人的阅读感受而来，最后也回到文学中去。王干写过大块头理论文章，显示了他的气魄和学识，但我更喜欢他那众多短平快似乎并不十分用力的点穴式文章，直抒胸臆，摆脱学理化纠缠，与读者一起身临其境，近距离触摸文学的脉动。王干把自己的一本评论集命名为《南方的文体》，大意是说他刻意追求南方的滋润、灵动、平易、丰满。这是中国批评史上不绝如缕的一个传统，重实践，重感悟，重批评文体与时代文学中最有生气的语言精神的吻合，避免远离文学、高于文学的隔膜的高头讲义。尽管一段时期他也曾经迷恋过现成而多半是舶来的概念，但他很快就告别了这种非生产性和依赖性概念操作，离开僵化和强制的概念的轨道，漫步于生活故有的漫无涯际的词语的田野山林。"④ 王干提出"南方的文体"，捍卫的正是文学现场批评的正当合法性及其文学价值。

关于"朦胧诗"，就不想在这里做更细致的论述了，简要引用几位批评家的观点，也可以窥见王干早期诗歌批评的面相和风采。葛红兵认为王

---

① 王干：《王干文集·废墟之花》，作家出版社2018年版，第245页。
② 初清华编：《王干文集·说不尽的王干》，作家出版社2018年版，第50页。
③ 初清华编：《王干文集·说不尽的王干》，作家出版社2018年版，第96—97页。
④ 初清华编：《王干文集·说不尽的王干》，作家出版社2018年版，第4—6页。

干对朦胧诗的评论显示出他的审美悟性与批评天赋："他对文学的理解几乎是天生的，这似乎可以解释为什么他当初走上文坛是从诗评开始的。80年代中期他关于朦胧诗的系列论文就是如此。那时他不过是一个二十六七岁的年轻人，然而他却一口气写出了《反思：理性与非理性共生——论朦胧诗的哲学背景》《直觉的苏醒：思维结构的嬗变与调整——论朦胧诗的认知方式》《悲剧：人的失落与人的呼唤——论朦胧诗的理性支柱》等系列论文，涉及朦胧诗的审美特征、语言方式、哲学内涵等方方面面，成了国内研究朦胧诗最系统、最前沿的专家之一，对于一个二十六七岁的青年人来说，他的人生经验也许是不足的，但是他过人的审美悟性，给了他早慧而过敏的灵魂，帮了他的大忙，使他在诗评的领域里显得游刃有余。"① 李洁非认为王干的朦胧诗评相当学院派："我们不可据以认为，王干诗歌评论一味以观念、创想为先，缺少对诗人作品的灼见与发微。实际上，正如我前面所说，诗评家王干相当'学院派'，相当注重文本解读。有时候，此种功夫或功力，近乎达到洞穿对象的地步。"②

其实，不论别人怎样评价和看待王干，他对自己的文学批评是有着清醒的认识的。他甚至于迫不及待地要建立"树"的意识，这不仅来自批评内部，也来源于批评对象的驱动力。所谓"树"的意识，在于"猫头鹰"必须寻找只属于自己的树，既然批评作为一种对象科学，就必须拥有自己独到的不属于别人的领地。无对象的批评是不可能成立的，泛对象的批评也即是没有对象的批评，无所不评、无所不论的"全知批评"，实际上是对批评本身的一种嘲讽。

读王干的文学批评是轻松愉快的，就如同到体育场观看足球赛，热烈而刺激，紧张而充满悬念，你无法预判结局，也不知道下一分钟会出现怎样的场面；而且还不单调，什么都谈都论，洋洋洒洒，飘逸无踪；尤其是对话，博学机敏，左右逢源，谈锋甚健。在文学场中浸润四十年的"在场"批评，王干的青春没有虚度，他的非凡才华与禀赋不曾虚掷，他参与并推

---

① 初清华编：《王干文集·说不尽的王干》，作家出版社2018年版，第47—48页。
② 初清华编：《王干文集·说不尽的王干》，作家出版社2018年版，第99页。

动了"新时期文学",尤其是"后新时期文学"的建构,当代文学史上留下了他坚实厚重的足迹。长于概括、精于策划、敢于命名的特质,亦贯穿了王干的整个批评生涯。

不知道是否可以说,没有王干的批评与命名、策划,中国新时期文学在最初几年诸如伤痕文学、反思文学、改革文学、寻根文学、先锋文学之后,就很可能没有了后来诸多的思潮与主义?当然,假设只能是假设,它不具有理论命题的价值与意义。

八、王干的背影

1990年代后期,王干突然转身,离开一直任职的文学期刊,担任江苏出版的《东方文化周刊》主编,把文化注入这份以影视、娱乐为主体内容的大众文化类刊物,并开始了自身的大众文化研究。从足球到娱乐明星,从围棋到武侠,从影视到网络文化,无所不包,触及面之广之深令人震惊。苏童说:"王干开始梳理大文化的头发,这是一堆貌似时尚其实苍老的乱发,需要更大的耐心,需要更大的力量,从尼采到鲁迅,从足球到麻将,王干侃侃而谈,词锋犀利而精准,似乎在帮助我们分析每日呼吸的空气。"[①] 郜元宝这样评论道:"王干近年批评文字多与文化有关,继文学评论集《世纪末的突围》《南方的文体》《边缘与暧昧》之后,又推出了文化评论集《灌水时代》,但王干没有落入'文化研究'圈套。其实,他谈文学时就很不老实。在他眼里,文学是多面的,本来就和文化息息相关。由文学而文化,或者由文化而文学,十分自然,不用聒噪。所以他一边谈文学,一边谈围棋,谈足球,谈无厘头电影,谈切·格瓦拉,谈武侠,谈麻将,谈中国电影的'人妖'现象,谈女权主义和女性文学,谈犹太复国主义。这些文章看不到虚张声势的'文化研究',只有文学批评家王干一贯的机智、热情和提问的冲动。在文学歉收期,这对他无疑是一种解放,一种精力的保存与转移。""其实王干的文学评论、文化批评和散文随笔,

---

[①] 初清华编:《王干文集·说不尽的王干》,作家出版社2018年版,第138页。

尽管主题有侧重，文体有分工，但彼此之间并无不可逾越的鸿沟，在语言方式和智慧形态上可以相通之处甚多，视为广义的杂文，也未尝不可。"①

祝勇认为："人民群众并不需要接受教育，他们需要的只是娱乐和消费。这是一种深刻的隔膜，这一隔膜揭示了两种文化形态间的对立与敌视。王干透过这些变幻莫测的文化泡沫，看到了当代人类文化家园的迷失。文化在欲望的勾引下正一步步背离它的本质。"②王干自己也认为："我现在文字写得比较好一点的，可能是随笔类。随笔是随便写写感受的，太把它当回事反而写不好。很多散文家的散文写得不好，就是他把它当正业做了。"③

王干说得很轻松，干得也很潇洒得意，甚至风生水起。不过，我觉得这只能是文学批评家王干的背影。不是说大众文化不重要，而是说21世纪初年的中国文学已经走过了二十年的历程，回望之，不免觉得有几分寂寞与无聊。郜元宝说："曾几何时，中国文坛缺了王干就缺了一份热闹，但文坛热闹的过去，是否也意味着王干的过时呢？"④

王干过时了吗？不知道，我真的不知道……

---

① 初清华编：《王干文集·说不尽的王干》，作家出版社2018年版，第8—9页。
② 初清华编：《王干文集·说不尽的王干》，作家出版社2018年版，第60页。
③ 初清华编：《王干文集·说不尽的王干》，作家出版社2018年版，第262页。
④ 初清华编：《王干文集·说不尽的王干》，作家出版社2018年版，第8页。

革命历史元叙事与现代性想象
——朱秀海长篇小说《远去的白马》读记

一

朱秀海是一位对战争有着深厚生活积淀和深度生命体验的作家，对宏阔战争进程中的个人处境、心灵创痛、命运遭际满怀同情、理解、悲悯与爱，倾力在小说中表达对生存的正视、对生命的敬畏。在《穿越死亡》（1995年）中，朱秀海对战争环境下人的心理空间做出了精准把握和深度开掘，对大学生排长上官峰怎样克服对战争的心理障碍、超越对死亡的恐惧，最终成为合格军人甚至英雄的历程，进行了细腻的描摹和深刻的剖析。《音乐会》（2002年）则从朝鲜孤女金英子的视角切入东北抗联的战争历史，表现主人公如梦似幻的内心听觉与严重的心理创伤。《音乐会》之后，倏忽然，将近二十年过去了。这期间，朱秀海笔耕不辍，在历史题材小说和影视剧创作方面收获颇丰。然而，对于他的军旅长篇小说新作，我始终满怀期待。

在长篇小说新作《远去的白马》①中，朱秀海更加着力探索残酷的战争、严苛的环境与人的情感世界和精神空间的关联；在历史与现实两个时空中穿越跳荡，演绎人物命运；把历史作为一个巨大的人性试管，从中反复观测和试炼人性的光芒和晦暗。小说浓墨重彩地书写了女主人公赵秀英的传奇人生，是一部弘扬革命初心的英雄颂歌和壮丽史诗，也是致敬

---

① 朱秀海：《远去的白马》，北京十月文艺出版社2021年版。

中国共产党百年华诞的献礼之作。

"从哪儿说起呢?"

"从白马吧。"

这是《远去的白马》正篇的引子。小说从白马开始,以白马收束。女主人公赵秀英几乎用尽一生,迎接一次浪漫的邂逅,完成一场长情的告别;纵然肉身早已千疮百孔,精神却依旧巍然挺立;情感的真相、生命的存在、英雄的传奇还有革命的意义,在执着的探寻、痛切的追问和深沉的思辨中渐渐清晰;战争、历史也进而展现出不同以往的独特且新鲜的面相。

当梦中的白马转身走入密林,一场漫长的告别便拉开了序幕。残酷战争的硝烟早已散尽,奇崛激荡的历史日益模糊,曾经朝夕相伴的战友、亲人在时光的拉伸下变得陌生,每个人的心中都好像藏着无数秘密。一张张关于白马的照片,印证了一段段刻骨铭心的记忆;叠加在一起,拼接成一道幽深的情感隧道;一头牵系着混沌的历史,一头勾连着乖谬的现实。悲剧,当然是悲剧,但又不止于忧伤、愤懑、悲悯;混着血泪与恨从隧道中爬出,被一束精神之光击中,迎向希望、坚韧、理解、宽容与爱;这是一种关乎无私、英雄、牺牲的崇高情感,是一种看似古老而又隐秘的德行;触手可及、感同身受间却又渐行渐远,令人唏嘘、喟叹、凝视、仰望。

白马是美的,在暗黑与血色的战争背景下,美得那样跳脱、俊逸、惊艳,击中灵魂,直抵内心,给人无限美好的希望与遐想;白马是一种别样的视角,黝黑深邃的眸子中映射出不同寻常的战争样貌,提示出个体生命的脆弱与顽强、心灵的试炼与煎熬、情感的忠诚与背叛、历史的偶然与必然;白马也似一种隐喻,指向一次次离别,给生命留下创痛,为历史留存标本,也为后来者铺展开历史的重重褶皱,建构起形而上的思辨空间。

战争的胜利、革命的果实自然有人分享,那么代价呢,也需要有人去承受。那么,谁来承受?怎样承受?这无疑是一道撼人心魄的设问,也是军旅文学必须直面的课题。小说的女主人公赵秀英执着寻觅、追求的不只是个人的幸福、情感的真相,她用几十年的隐忍、坚守与近乎修行般的自我牺牲,在坚实厚重的历史幕布上揭开了一角,透出了理想和思辨的光芒,照亮了现实生活中的种种困惑与迷茫,也回应了前述那个"生命无法承受之重"般的哲学命题。

二

小说开篇的叙事是以刘抗敌的视角展开的，快速交代了前史、白马的来历和人物关系后，从第三节开始，叙事视角转换，从他变成她（赵秀英）。这有点类乎电影中的正反打镜头，为即将发生的"入错洞房"的误会做好了铺垫。面对日军的偷袭，赵秀英掩护刘抗敌成功脱险，自己不但从第一波弹雨中逃脱，居然还在一身嫁衣的赵大秀配合下向鬼子打出了一发土炮。如此神勇的表现，也预示了她后面的传奇经历。到了第四节，叙事视角又转换成了战士千秋。攻打平度城的战斗进行到最困难的僵持阶段，千秋看到，赵秀英带领民工支前队闯入了战场，为战斗的胜利、平度城的解放发挥了关键的作用。赵秀英，这个出身平凡的胶东农村女子，在接下来的故事中，屡屡扮演决定性的关键角色。随着情节的推进，这个人物显露出越发强烈的传奇色彩。

由于误会，赵秀英和她的支前队阴差阳错地乘船渡海，闯入了解放东北的战场。她独自一人和东北野战军第三十七团一起出生入死，经历了摩天岭、四保临江、抢占通化、塔山阻击等惊心动魄的浴血奋战。在男人占主导地位的战争进程中，作为团队中唯一的女性人物，赵秀英的几乎每一次行动都堪称壮举。男人们想不到做不到的，她能想到做到。无论是在渡海过程中拯救整船人的生命，还是带领打粮队一举"收复"安东城；无论是在敌人的追击下成功处理战俘与伤员难题，还是在战场上抢救无数伤员的生命。赵秀英奇迹般的壮举不胜枚举，一次次从绝境中爬出来，拯救他人，拯救团队。

赵秀英身上既有女人本能的敏感、柔弱，又有超越本能的坚毅果决、机智勇敢。她几乎是以一己之力，扛着一个我军东北战场上战斗力最弱的团，历经艰难困苦，在一场场生死攸关的战斗中，绝处逢生，快速成长，最终凤凰涅槃。在战争中学习战争，可以说是这个团的真实写照。赵秀英擅长做人的工作，在部队无粮可打的情况下，还能创造性地开展土地改革工作。"大姐将胶东老区的土改政策和经验率先运用到二道河子这一战争仍在进行的地区，给了军区首长很大启发，因为大姐靠这个几乎是灵机一动想出来的办法，不仅有效地解决了三十七团长期没有解决的吃粮问题，还意外解决了一个更令人头疼的兵员补充问题。"如此重要的历史功绩，让千秋由衷地发出了一声赞叹："大姐呀……"这是千秋的感慨，也是作家的喟叹。

"英雄与凡人之所以不同，不在于英雄没有凡人的情感，而在于英雄总是能够克服凡人的情感。"① 因为接二连三的误会，东北战场上的大姐陷入到了极度的窘境，进退维谷。最可怕的是，反复梳理事情的来龙去脉，大姐发现了这场情感误会中还存在着细思极恐的另一面。事实上，大姐的内心始终承受着巨大的痛苦，悲凉、愤懑、委屈、失落。她无比渴念故乡、极度想念尚在襁褓中的儿子。然而种种身体和精神的痛苦并未将大姐击垮，更没有改变她善良包容的心性。在千秋的印象里，"那么久的时光叠加在一起，他都不记得大姐曾经对他说过赵大秀的一句坏话……"大姐好像是一个具有地母气质的人物，包容着别人的错误甚至背叛，承受着命运的多舛和现实的不堪，她的身上好像自带某种神性的光环。

背井离乡、思念幼儿之苦并没有动摇这位共产党员的初心。大姐充分发挥了自己的组织才能和做群众工作的经验，组织打粮队帮助三十七团度过缺衣少食的艰苦岁月，经受住了战场的洗礼，为解放战争的胜利和新中国的诞生立下了卓越功勋。战争结束后，她回到家乡，深藏功与名，成了普通的农民。她隐忍、承受着乡亲们的误解、埋怨，甚至是特殊年代的批斗迫害，继而从胶东老家搬进沂蒙深山，甘心做了一位烈士遗属，侍奉烈士的母亲。面对婆婆的百般挑剔，她任劳任怨，悉心照顾，为其养老送终，表现出崇高的品格与美好的德行。她参加了革命战争，付出了巨大牺牲，承受了身体和心灵的巨大创伤，但到了享受革命胜利果实的时候，她却选择了放弃，用余生去处理、抚平战争留下的"后遗症"与创痛。

《远去的白马》对战争场面、战场细节的书写，对众多人物的情感与命运的描绘精准到位，从多重视角透视残酷的战争和乖谬的历史，成功塑

---

① 李杨：《50—70年代中国文学经典再解读》，北京大学出版社2018年版，第166页。

造了赵秀英、姜团长、千秋、刘抗敌等个性鲜明的共产党人和英雄群像。尤其是赵秀英这个女英雄的形象独特而又新鲜,她的身上既有现代女性的独立和洒脱,又有中国传统女性身上的美德,既有浓重的地域性格,又有强烈的传奇色彩。朱秀海对赵秀英(大姐)这个人物的成功塑造,无疑为中国当代军旅文学的人物谱系贡献了一个"新人"形象。

三

作为女人,赵秀英的感情经历堪称传奇。组织上安排她和刘德文副团长结婚,结果刘抗敌团长却误入了她的洞房,由此还有了一个儿子。在渡海过程中,先是和千秋产生了感情。在营口登陆,补充淡水、干粮时,她让千秋抱她蹚水上岸。尽管是以开玩笑的形式,但这个细节显露出她青春、风情的一面,更增添了两个人之间的暧昧情愫。后来,从国民党军俘虏过来的老任喜欢上了她,并对她展开追求。因为这份奢念,老任一改过往懒散颓废的状态,逐渐完成改造,成了我军业务精湛的炮兵连长。再后来,延安来的欧阳政委,如同一阵春风般,重新唤醒了她对生活的热情。他那种知识分子特有的优雅、激情和明朗,让赵秀英产生了一辈子只可能有一次的那种爱的感觉,这是一种超越了战场艰苦生存环境的精神之爱。

千秋这个人物事实上担负着叙事视角的功能,在他眼中,赵秀英是大姐,因此,小说中绝大多数情况下,对赵秀英的指称都是大姐。千秋成了一面镜子,映照出大姐的不同侧面,补充和完善着大姐的形象。他目睹她遭遇的苦难、承受的煎熬,也从一个青年的视角,写出了大姐作为一个年轻女性的美丽、风情、美好以及母性的光辉。

很长一段时间里,千秋都对大姐怀揣着特殊而暧昧的情感。然而,当最残酷的战斗告一段落,当整个团队和千秋本人都发生了质的成长和飞跃后,千秋才意识到他和大姐之间的情感不是爱情,而是特殊境遇里的亲情。最后的告别前,千秋残忍地拒绝了大姐,抢先堵住了大姐意料之中对他的告白。这份在极端困苦环境中支撑着青年千秋一路走来的特殊情感,终被一个男人成长成熟后的理性终结了,此后的千秋一路高升,最后官至军委领导。而大姐这样一个带有强烈母性甚至神性的女人，在成就了一个个男人的成长甚至一支部队的成长之后，自己却在战争胜利后几乎失去了所有，背负上了沉重的负担，甚至要用整个后半生去救赎。这就不仅仅是残酷二字可以衡量的了，简直就是灾难、悲剧。

眼看着大姐一步步陷入绝境，"千秋也开始将自己的角色变换成大姐，尽力让自己站到赵大秀的立场上想这件事情"。这时，千秋十八岁了，想不出解决办法。事实上，大姐周围的男人们，包括各级领导，都曾向她提出过问题的解决方案，但是无论是从情理上，还是从现实境遇上看，大姐面临的问题几乎是无解的。走还是留？见还是不见？说破还是不说破？重新开始还是苦熬岁月？残酷艰难的战场环境下，当条件并不充分时，面临两难的选择，其实才是最困难的，最考验人性、人心、人情的，也是最令人感到煎熬的。然而，历史的吊诡之处在于，表面上看，大姐无疑是被损害者，是世俗意义上的失败者，然而在精神层面，大姐又是道德、人格层面的胜利者，是一个纯粹而高尚的人。这一点，在此后漫长的人生中得到了越发有力的印证。

809 高地之战后，受伤的千秋和大姐有了一次谈及革命信仰的对话。"大姐，你觉得我们共产党这回真能成事儿？"此时的大姐，心底还有犹疑，并不确定。"对于千秋来说，有过这样一次如沉入深水般的心灵对话和没有它完全不同。他更多地理解了大姐，也更多地理解了自己，尤其是更多地理解了他正在参与其中的中国革命。"塔山阻击战中，大姐和千秋手拉手接通电话线保障战场通信。在共同迎候死亡的时间里，大姐和千秋在"最后一次对话"中，探讨的依然是革命的信仰和信心这个终极问题——共产党是否能成事，战争能否最终胜利？原来这才是两个人最大的心事。这是一种超越了个人得失、生死的思维方式，这种崇高而忘我的情感结构，如今看来十分稀缺，甚至难以理解。大姐的一生更像是在进行一场修行，苦苦坚守着革命的初心。

四

　　和平年代的大姐依然堪称传奇。时间来到了 1960 年代后期，千秋在云南的秘密军事演习中偶遇大姐的儿子刘心存。小说的结构从十九节后部开始变得不那么自然，出现大量交代性的段落。刘心存也是一个功能性的人物，他的讲述更多的是为了填补情节的裂隙，交代大姐后半生的遭际和隐秘。因而，他和千秋说话的语气也显得不够自然，很多话不像他的经历和身份能说出来的。演习过程中，千秋得了疟疾，刘心存用中医的方式救了他一命。这样的情节安排，读来着实有些生硬。

　　小说结尾处，千秋质疑大姐为何要承受这些，为何要去做这些看似不应由她承担的事情，包括替文捷下葬。大姐说："我这样做不是为他，甚至也不是为他的老娘。我为我自己，为我参加革命时的初心。""千秋的心再一次仿佛被一柄重锤猛地击中了……这是有力的一击，也是令他为之气壮的一击。"为了初心、信仰，而非个人荣辱得失、幸福。对大姐来说，战争从未结束，只是从外部转移到了内心。所以当夜，千秋梦中，泪流满面。他说："我梦见我又回到了战场上……我梦见了白马。"随着千秋的觉悟，小说的正篇戛然而止。

　　从上述梳理中不难看出，大姐的悲剧命运虽然有极大的偶然性和不可抗力的缘故，但也是基于自身思想性格和主动选择的结果。在阅读过程中，之所以会出现巨大的心理落差和情感张力，甚至会生出不可理喻之感，究其根源，乃因她的价值判断和现实语境之间存在着难以逾越的鸿沟。大姐内心深处想的不是从战争革命胜利中获得什么，收获什么果实，而是战争的代价由谁来承受？这个想法犹如一道闪电，在历史的天幕上划出一道缝隙，让我看到了一种重新理解历史和现实的可能性。大姐执着于革命、组织、公家的事，考虑的是别人的感受，一辈子都是为了别人而活着，怀揣着这种无私的高贵情感与道德操守，坚持到了生命的终点。

　　小说的本质乃在于赋予"生活整体"以"形式"，按照卢卡奇的说法："史诗赋予内部完美的生活总体以形式；小说通过赋予形式，试图揭露和构筑被隐藏的生活总体。"① 小说中，大姐始终在思考和寻觅隐蔽在重重误解背后的真相，包括对历史的认知、价值判断等。在后人撰写的三十七团历史中，炮兵连长老任因为在二道河子最后一战中，单手操作，一炮准确击毙敌团长潘人杰，而成为全团最著名的战斗英雄和传奇人物，没有之一，而大姐等人的功绩反而被淹没了。"二道河子战斗就这样留在历史上了，但它没能出现在今天出版的任何一部关于东北解放战争的史书上，即便是在后来编纂的三十七团团史上也不存在它的位置……"历史的混沌与乖谬，亟待澄清，价值观等方面的裂隙亟待弥合。因此，像千秋这样的高官在看到大姐如何一步步与多舛的命运妥协，进而清楚大姐内心世界的真实想法和情感逻辑后，所受到的震惊、震撼也就不难理解了。

通过对一桩桩偶然事件与困难的解决和克服，通过对大姐漫长一生的整体呈现，《远去的白马》确证了革命历史的必然性逻辑。从这个意义上说，小说的叙事过程也似一个提升和缝合的过程，即将特定个体和局部的革命故事，转换为有关中国革命历史的元叙事，在更高的视野和层面对历史与现实进行沟通与整合，带有强烈的本质色彩和文学总体性。

大姐虽然没有什么文化，不是知识分子，但她有着深刻的思想和高蹈的觉悟，有着宽阔的胸怀和坚忍的心性。"千秋，革命是要付出代价的，除了那些死去的人，我们活下来的人也要承担一些代价，比如我……这也是我多少年来一直想一直想才想明白的一个道理。我可不是什么圣人，想不明白这个道理我早就疯了……"大姐对千秋讲出的这番道理看似浅显却相当深刻，也是长久以来当代军旅小说叙事中的一个盲点。大姐既是当代军旅文学的"新人形象"，也是一个重新理解革命、战争的新颖视角。

个人所承受的苦难、悲剧，其实也折射出中国革命曲折的历程，充满了未知、矛盾、误会、偶然与抵牾。在超越了世俗、功利、利益、情感的情况下，一个纯粹的人能否将初心坚持到底？大姐用个人的牺牲和近乎苦行般的坚守，给出了极为深刻的思辨和超越时空的回答，有效弥合了现实语境中革命信仰的缺失和革命传统的断裂。

---

① 〔匈〕卢卡奇：《小说理论》，杨恒达编译，唐山出版社1997年版，第33页。

五

　　成家、寻家、回家，围绕着家的种种动作构成了《远去的白马》最为核心的叙事动力。大姐对"家"的渴望热烈而坚定，她也始终在寻找"家"。回胶东是寻找家；战场上打听寻觅丈夫的消息是寻找家；战争结束后，她主动搬到山里婆婆家，伺候名义上的婆婆也是寻找家；尽管受到百般挑剔甚至"虐待"，她依然感恩婆婆给了她一个家；小说结尾处，她用自己苦心积攒的钱去替名义上的丈夫文捷将军处理后事，解决子女们的矛盾，也似是在处理自己的家事；到杭州参加儿子生父的葬礼，在灵堂里的反客为主，依然让人感觉到她才是这个家的女主人。

　　大姐名义上的丈夫刘德文并没有在战争中牺牲，而是改名文捷，后来还当上了将军。对于刘德文母亲这个"恶婆婆"，也包括文捷本人，大姐最后还是选择了原谅。婆婆用尽心机欺骗大姐，耽误大姐的前途，让她失去了最后一次出来当官做事的机会。作为读者，看到这里心情十分郁闷，替大姐感觉不值。然而，看似被欺骗的大姐，实则早就知道真相，却不说破，而是选择默默承受，最终和命运妥协。到了小说的结尾部分，大姐开始和自己的几段情感作别，给刘抗敌、文捷处理后事。欧阳政委的家人是南洋华侨，欧阳政委的哥哥主张以未亡人的身份给大姐留一份遗产，大姐拒绝了。而千秋，之所以想知道大姐的秘密，仍是出于对大姐的同情和怜悯，这也显露出两人在思想境界上的差距。文捷将军的结局最为凄惨，大姐成为他婚姻中的魔咒。他的子女，已经全无半点革命信仰，连基本的家庭伦理都不再尊重，甚至起码的善良都没有了。小说对文捷及其子女的塑造采用了道德化的方式，虽有脸谱化之嫌，但也寄寓着作家对某种社会现实的省察与批判。

　　可以看到，大姐关爱的人并非是与自己有血缘关系的亲人，革命、阶级情感替代了实际的爱人和亲人。而到了自己的独生子刘心存这里，我们反而看到大姐基于血缘亲情的索取，这种索取基于强烈的道德感而显得理所当然。儿子放弃了在部队发展良好的前途，回到母亲身边尽孝，也算是对母亲一生坎坷命运的抚慰和补偿。如此的情感逻辑，在战争的极端经验中,尚显合乎情理,然而,一俟战争结束,转入和平时期的日常生活,"革命"与"家"的矛盾与冲突便又凸显出来,历史与现实、革命语境与世俗生活间的巨大裂隙,亟待弥合、缝补。

对家有如此执念的大姐,其实是一个孤儿。"十九岁,女方父母是胶东最早的一批党员,在天福山起义中双双牺牲,只留下了这一个女儿。"小说中,大姐一出场,就没有父母,没有兄弟姐妹,孤身一人,可以说是没有家的。党组织就是她的家,事实上也可以当她的家(替她和从未谋面的丈夫订婚)。唯一的房子,还承担着洞房的功能,完成这一叙事功能后,随即便被日军偷袭的炮火炸毁了。有了一夜之亲的男人,其实是别人的丈夫,且从此再难相见。大姐彻底没有了家。此后,大姐阴差阳错间,渡过茫茫渤海来到辽东,离家越来越远,回家的可能性越发渺茫。小说对大姐孤儿、无亲人、无家的人物设定,着实意味深长。这样的"人设"切断了英雄人物与传统农民、土地、故乡的血缘联系,使得英雄人物能够彻底摆脱传统伦理关系的束缚,全身心地投身于革命与战争实践中去。也正因此,大姐孤独的心境、坚定的意志、崇高的信仰,以及种种看似决绝的选择,便都有了合乎情理的解释。

从始至终,大姐都是以"个人"面目存在的。"家"的缺失,使得赵大秀成为一个纯粹的政治上的"个人",成为摆脱了自然血缘缠绕的政治符码,成了一位纯粹的阶级性为主体的无产阶级英雄。也正因为是"个人"的缘故,大姐才得以与全部由男人组成的三十七团,建构起了一种"想象的共同体"的关系。

大姐和三十七团的关系是极特殊而微妙的。从始至终,大姐都没有军人的身份,因为身份问题,部队连功都没法给她记。在战争胜利后,身份问题果然成了一个说不清楚的隐痛。也恰恰因为大姐的地方支前人员的身份,三十七团的历任领导对她的管理和关照都无法充分展开,既无法以军人的方式命令她,又不得不一次次接受、容忍她对团队的"拯救"和"改造"。事实上,这种身份认同的焦虑在大姐和三十七团之间是双向存在的。

起初,这种"认同"是建立在大姐特殊的命运遭际和现实处境之上的。为了回胶东老家、为了完成把支前队员带回家的使命,大姐被迫认同或依附于三十七团这支战斗力孱弱且缺乏后勤保障的部队。作为三十七团中唯一非军人身份的女性,大姐的身份显得太过独特,与周遭氛围格格不入,甚至不被理解,所以她也有着强烈的孤独感。然而,随着解放战争进程的不断深入,大姐和三十七团既有家人的亲情,又附加了其他的情感因素。大姐和千秋之间,尽管怀有暧昧的情愫,但最终仍以姐弟相称。家人、恋人、战友、同志,种种关系使得这种以"家"的温情为基础,以革命信仰为旨归的"想象的共同体"内部逐渐变得暧昧、复杂、敏感。

事实上,小说的后半部分,和平时期,回到故乡、有了家的大姐,她所承受的情感、心理、精神的压力、冲突和折磨,也并不逊于战争状态的生死考验。然而,此时的大姐,已经不仅仅是一个孤儿、寡妇了,而是革命大家庭这个"想象的共同体"中的一员,是一个被革命重新组织、编码、形塑的,不同于传统的、具有现代性意义的英雄了。

残酷的战争环境中,大姐不仅活了下来,并且成为三十七团男人们的主心骨和精神支柱,一定程度上发挥着编外政委的作用。大姐带领战场救护队,抢救了数百名战士,她的故事在三十七团那些被救官兵们的后人中成为传说。大姐不但是一名了不起的战士和英雄,更是他们全家的恩人;同样的,在和平时期,大姐面临的情感处境,宛若一种"虐恋",她承受着命运的一次次重击和情感的严苛考验,依然甘于牺牲、奉献,凡此种种确证了大姐身上除了英雄性以外,还具有一种道德化的力量,甚至是一种美学化的精神,她的形象在某种程度上被"神化"和"圣化"了。

"把苦难看作历史发展的一个过程,一条从'此岸'到达'彼岸'的必由之路,从而将苦难理想化圣洁化,把痛苦和磨难幻化成期待再生的'炼狱'。而苦难之所以是'炼狱',是过程意义上的苦难,在于经由痛苦与忍从,能够达到对感性生活的'超越',进而实现英雄主义的理想。"① 大姐对多舛命运与"虐恋"般情感遭际的承受与忍从,其实是一场自我革命。她的革命理想并非是政治理想,而是道德理想。她通过对真善美伦理道德的一生坚守,确立了自身的道德主体性。并经由对千秋、文捷、婆婆、

---

① 李杨:《50—70年代中国文学经典再解读》,北京大学出版社2018年版,第186页。

赵大秀等他者的镜像书写，凸显了自身新英雄形象的本质。这一形象的现代性意义体现在，她并非是在传统伦理价值中获得个人的实现，而是在对"党""国家""革命"这种"想象的共同体"的自觉认同中实现对日常生活与个人生活的超越。也正因如此，大姐能够超越本能，克服生理、情感和精神的困难；而读者则可以通过体认那一代人的选择，展开对革命时代的想象，进而理解革命与初心的本质意涵。

六

近年来，军旅小说创作出现了明显的"雅化"潮流，军旅文学的表现形式和审美取向获得了极大的丰富。军旅小说中职业军人、知识分子、文化人的形象越来越多。不仅是现实题材，历史题材小说中，人物身份的设定也越发地雅化、知识分子化，这与21世纪初年流行的那波以"农民军人""大老粗""匪气英雄"为主体的"俗化"浪潮形成了鲜明的对照。军旅小说普遍体现出更加强烈的现代性观念和立场，对个人与历史、与现实的关联进行了更富反思性和超越性的重建。

《远去的白马》中的白马作为一种诗性的隐喻，关乎革命的初心。以白马为核心意象，小说从头至尾都弥漫着一种雅化的情趣，蕴含着淡淡的抒情意绪。事实上，这种抒情性并不局限于一段段以白马为主题的经典诗词的直接引用，也不依赖大段的情绪渲染或者景物描写。整部小说在大的叙述结构和叙事节奏上，存在着离去/归来的复沓及变奏形态，这成了小说在革命主题之下的重要而潜在的文本构成。白马这个象征之物，指涉着爱情、尊严、高贵、遗世独立等等精神性存在和种种美好德行，负载着小说主人公对世界基本意义和价值纬度的理解，并成为其情感皈依的情绪依托物。

小说正篇的开头，刘抗敌第一次和白马分离时，作家做出了一段极富动感和诗意的描写。"树叶一般的小船摇摇晃晃载着他离开北岸，他一直站在船尾，望着那没有鞍子往回跑的白马，望着落日最后一抹余晖勾画出的太行山曲折冷硬暗黑的山脊线。高阔辽远的天穹仍是一片青色，有一两条白云浮在空中，白云底部是从暗黑山脊线下向上反照的赭红色的晚霞。

夜气升腾,白马在滹沱河和山间的河滩上一路奔跑,他以为它会回头再看自己一眼。没有,'飘雪'一次也没有回头看他。开始它还只是均匀地跑着小步,慢慢地就快了,奔驰起来,迅速冲进昏暗之中,只有白色云带似的马尾梦幻般一闪就看不见了。"画面感如此强烈的景物描写和抒情段落在整部小说中并不多见,动静交替,如梦似幻。白马的高傲与孤绝,也预示着一段段分离的开始。白马的每一次出现,都惊艳得摄人心魄,却无法跳脱离别的宿命。小说的结尾处,白马以照片和梦的形式反复出现,仍然预示着离别,大姐即将和老战友在彼岸相逢,却要和此岸的亲人们告别。白马,无疑成了象征之物。

《远去的白马》原本讲述的就是一个不断遭遇又不断离别的故事。战争进程中,回胶东成了一个被悬置的命题,有点尴尬,有点虚妄。回不去的故乡,成了大姐内心深处最为痛苦的煎熬;而在和平年代里,故乡又成了她走不出去的牢笼、精神和情感的羁绊。人物的困境有点像西西弗斯的神话,处在炼狱中反复试炼,最终得到精神的拔擢和灵魂的升华。贯穿小说始终的白马意象,也便具有了丰富的象征性、时间性和历史纵深感。

白马在小说中发挥着串联情节的关键作用,直接与白马相关的情节也有很多。诸如:

刘有才负责照看,聂荣臻司令员交代给他的,几年下来,大白马老了,刘有才又为聂司令准备了一匹三岁口的白马,名叫"飘雪",但很快,刘有才就要和"飘雪"分别。

摩天岭之战溃败之后,在林中,捡到一匹老马,白马快要死去,被大姐救活了。大姐一眼看到这匹马,就像是灵魂出了窍。

军区首长给三十七团奖励两匹马,一匹白马,一匹花马。大姐对白马有特殊的感情,"她像抱着亲人一样抱着白马的脖子不撒手,一张脸全部深深地埋在马的鬃毛里"。这匹白马很快就被师首长征调走了,大姐很伤心。

"我的白马呀。刘德文同志牺牲了,刘抗敌团长成了别人的丈夫,除了和我同甘共苦一起经历了这个苦难冬天的白马,谁还是我的亲人呢……""白马就在我心里,永远都不可能离去。"

欧阳政委来了,如天使般重新点亮了大姐孤苦的生活和精神世界。他是个地道的知识分子，来自延安，精神明亮，有浪漫情调，会吹拉弹唱，常常在河边吹口琴。最关键的是，欧阳政委到任时骑了一匹日本蒙古混血种的白马。

欧阳政委到任头一天给全团的文盲战士和大姐，朗诵曹植的《白马篇》、李白的《白马篇》，还有南北朝时期徐悱的《白马篇》，虽然略有点掉书袋的感觉，但还是将白马的重要性铺排到了极致。

姜团长用欧阳政委的白马，换回了一门山炮、二十发炮弹。大姐没有说什么。

进入副篇后，小说以刘心存的视角又断断续续补充了一些情节。大姐终于有机会见到大秀，和大秀做了了断。吊唁刘抗敌，慰问了五万元钱。要来刘抗敌骑白马的照片——飘雪二郎。欧阳政委的家人，给大姐寄去了一张欧阳政委骑白马的照片。等于把这些情感纠葛都收集齐了。文捷的孙女，一个记者，将战争年代文捷单独为一匹白马照的相片，交给了作家，并发给了大姐。在最后的结局中，老战友都相继去世，大姐活到了快一百岁，担心老战友不等她，作家通过刘心存劝慰大姐，把那张白马照片发过去。"她的老战友们，是不会丢下她一个人离开的……因为他们，早就为她留下了一匹白马……"

当大姐选择放弃个人幸福时，她就放弃了自我，全身心地投身革命。她几乎没有自己的日常生活，精神生活也寄托于对白马超拔的爱。大姐通过对白马的审美、观照和凝视，获得心灵的慰藉和灵魂的提升。小说中，白马在关键的情节转换处反复出现，意味着大姐已经从肉身之爱移情于精神之爱。白马象征着完美的男性，象征着革命的道德，象征着一种历史的本质属性。

七

欧阳政委在开赴辽阳途中，曾和大姐有过一次非常私密的谈话："虽然你的人生故事深深触动了我，让我想到了很多人在大时代背景下的命运，它们是偶然发生的，但仔细想来，却是这个浩浩荡荡的大时代潮流中的细流……"朱秀海的军旅长篇小说创作，始终对历史大河中的细小支流怀有浓厚兴趣。基于对集体主义、英雄主义观念的认同,作家对诸如灵魂、信仰等精神性存在,亦葆有一种超越性的哲学思辨。

《远去的白马》在故事层面其实并不复杂,围绕着误会和选择展开叙事。小说关照的其实是战争大历史背景下的个人命运,从局部事件、个人经验出发,进而折射宏阔的历史进程,并建构起一个总体性的文学世界。这个文学世界与大历史同频共振却仍旧保持个人路径的想象空间。可以说,大姐跌宕起伏的个人命运,亦是连缀战争年代与和平时期的一部精神史诗。

《远去的白马》按照时间顺序推进故事,重点在于写人物,而非单纯地写事件。小说中的战争叙事,其实是一个个的场景,并不大,篇幅也不长,却很精彩,画面感极强。那一场场战斗、一个个事件,都是在为塑造人物形象服务。以往的军旅文学也好,影视剧也罢,往往习惯于将我军部队塑造成神一般的存在,很少正面描写我军部队的失败。这当然是基于一种全知视角下,对整个历史态势的把握,然而具体到某一阶段、局部战场、一支部队,以个体生命的低姿视角感知到的战争,又是另外一种面相。尤其是对于一支本就战斗力低下而且缺乏后勤保障的部队来说,要打胜仗谈何容易。学习打仗、积累经验也非一蹴而就,而是要付出生命的惨痛代价。军旅长篇小说正面写这种在战争中学习战争的过程,其实是很少见的。

进入东北战场后,曾经以配合主力作战为主的三十七团,从上到下都难以适应和国民党军主力部队直接正面抗衡。关于打仗的一切,都要从头学起。东北战场的后期,三十七团也进入了一种战事频繁、疲于奔命的状态。除了打防御战和进攻战,又学会了打"运动战"。到了塔山阻击战前,三十七团成了东北战场上我军第一个拥有电话总机和一套完整电话网络的团队。此外它还成了我军第一个拥有成建制炮兵连的团队。塔山之战结束后,全团的精神气质发生了蜕变,不再是"最后一团",而是中国人民解放军战斗序列中最能打的团队。这种变化、成长,既是团队的,也是个人的,更折射出解放战争的宏阔进程和革命成功的重大变化。

"将个人经验、日常生活与大的时代变局交织缠绕在一起,使读者感到历史既是经由人对外在世界变化的自发反应而展开的,又是在一连串重大、公开的事件中呈现出来的。如此,历史将不再被局限于彼时彼地的特定时空,而成为一种可以被当下通约和共享的情境,承载着作家对战争、对历史、对人的省察与思辨。军旅长篇小说对战争历史的虚构将不再单纯强调'逼真'的幻觉和认知的功能,而人的命运和生命存在的诸种可能性会越发受到正视和尊重,进而生成另一重历史的意义。于是乎,军旅长篇小说便不再是单向度的叙事,'个人'将被从历史中拯救、解放出来,重构与'民族国家'的关联也便成为可能。"[1]

白马真的已经远去了吗?

并没有,只是变换了一种存在的形式。

白马就驻留在历史的深处,凝视着每一个试图亲近历史的来者……

---

[1] 傅逸尘:《"历史化"背影中的"个人化"想象——关于军旅长篇小说的随想》,《文学报》2021年2月25日。

小说的当代性与在场的"零度现实主义"
——读董夏青青中短篇小说随想，兼及当下小说创作的观念与方法

一、序语：独具风姿的"新生代军旅作家"

《垄堆与长夜》是我最早读到的董夏青青的短篇小说，时在 2014 年，一个突出的印象就是别样与另类。小说中的刘志金是一个普通士兵，却更像一个符号，在其他人的生活与话语中活着与死去。这样的小说怎么读，感觉都有点儿冷酷，似乎缺少一种温情与关怀，而且它的思想内蕴也与崇高和英雄不相关。迥异于新时期以来军旅小说创作的主流风格与方法，董夏青青走了一条与众不同，甚或相反的路途；形成了不同于前辈军旅小说家的崭新风貌，在"新生代军旅作家"群体中独具风姿。

董夏青青的小说与 21 世纪以降军旅小说普遍沿袭的官场/职场与社会化的叙事模式也有很大差异，她擅长在有限的时空中叙述和描摹边防官兵与普通小人物那种粗粝、焦灼的生活，营造沉郁悲壮的情感意绪。事实上，"即便是在军人与战争的范畴里，英雄叙事也是一种特殊化的存在，或言之，是人在特殊环境与情势里的极端化表现。从文学角度论之，它是理想与想象的产物。任何人在面对炮火与死亡的时候，都不可能没有恐惧，内心的斗争或纠结都会是一种复杂的状态。那一瞬间，既是对性格与理想的考验，也是人性与反人性的冲突。人们对英雄的渴望，恰好反证了人的内心的脆弱与怯懦。现实生活里，人们内心深处或多或少都会怀有英雄的元素与情结，这些元素与情结在日常经验中不可能聚积为英雄的行为；因此，从文学角度论之，或者当我们强调文学真实性的时候，非英雄叙事就

有了经验的依据"①。

2018年,我曾写过长篇评论《任性地涂抹苍茫辽远的命途底色——董夏青青中短篇小说批评笔记》,多角度地论述了董夏青青的一系列中短篇小说的独特性。近日,又读了她2018年之后发表的数个中短篇小说,我发现她一直坚持着自己的文学观念与叙述风格,这不禁引起我的关注与思虑。脑海里迸出几个关键词,与董夏青青的小说紧密关联,并向着当下小说创作的状况蔓延开去:现实主义、零度叙述、作家在场、小说的当代性。

由此,我产生了对董夏青青小说创作进行整体命名的冲动,将她的零度叙述与现实主义结合起来,称之为"零度现实主义"。我当然知道,所有的概括与命名都是蹩脚的、有缺失的,这是没办法的事。它的好处是易于读者辨识,也可能会在某种意义上彰显它对作家创作的暗示与影响。我将自己关于当代小说创作的一些问题的思考,与对董夏青青小说的批评、阐释对接起来,部分地释放我对当下小说创作的不满与焦虑,对过于现实平静、波澜不惊的文学场或许也会有某种触动。

这是我能思考却无法尽言的,当然也是不敢抱以期许的。

二、写作的伦理:真实地记录与还原

董夏青青的小说当属现实主义,这是毋庸置疑的,这与她所描写或者说极力想还原生活的真实境况有关。在董夏青青的小说里,没有浪漫的想象与诗意的情境,边防地域的自然环境险恶是一方面。更重要的是,她从写作伊始似乎就已经确定了自己的写作伦理,即绝不像"伪现实主义"那样掩饰边防官兵们生活的粗粝与晦暗、困顿与艰辛,绝不将自己主观的信念与理想强加给小说中的人物与故事。

当下作家中,写历史的要多一些,那些历史并非他们的亲身经历,依凭的大多是历史资料。这样依凭讲述和描写建构起来的历史,无论从历史

---

① 傅逸尘:《任性地涂抹苍茫辽远的命途底色——董夏青青中短篇小说批评笔记》,《解放军文艺》2018年第7期。

的角度还是文学的角度看,其实都大有可疑之处。问题的关键在于,对历史的真实与否,当下的很多读者并不关心,读者要的是精彩好看的故事。相比之下,书写当下现实生活的优秀作品并不多,即便有,也是靠采访或其他间接方式获得的故事与经验。具有直接经验与体验者寥寥,更不要说作家沉浸其中,真正是他所讲述和描写的生活中的一员了。为什么我们现在很难在小说中读到出人意料、令人拍案叫绝或者难以想象的细节?一个重要原因就是,作家不曾生活在他所描写的生活之中,好的细节是单纯靠想象或者刻意编织所无法达成的。

董夏青青在十余年的军旅生涯里,多次前往博尔塔拉、伊犁、和田、喀什、阿克苏等地的边防连队,与基层官兵同吃同住,真实地体验和经历了外人难以想象的戍边生活,感知了边防军人的人生、命运、家庭、情感等多重面相。这样特殊的经历,使得董夏青青在写作小说时不肯去更多地进行文学性的想象,或言小说的虚构,尤其是不肯轻易地模式化、概念化、脸谱化地塑造英雄形象;相反,她只想尽可能真实地记录、还原戍边军人的日常生活状态和人物群像。董夏青青坦言:"在写作时,我尽力掩藏自己,在文中呈现生活的自然流动。如果我要进行概论和抒情时,就会马上警惕起来。我不能用三言两语遮蔽他们十年五载的生活,不能假装洞察一切,把自己的声音安在他们嘴上。我更倾向于在大量现实素材的基础上,通过虚构的情节安排,让人物们自己行动,自己说话,完成自己的纸上人生。如此,既是对这些人曾经如是活过的纪念,亦是对一种荣誉生活的尊重。不让他们在作者的陈词滥调中,失去击打人心的力量。"[①] 当下的中国作家里,很少有像董夏青青这样从道德与伦理的角度认知写作的,这不仅仅是一种文学观,更似一种文学的宗教观,体现了她对写作的虔诚,也表达了她对所接触过的边防官兵们的尊重与敬意。这显然超越了一般意义上的创作经验与方法,而是一种别样与另类的小说写作宣言,在当下小说创作的整体语境中颇值得回味。

[①] 傅逸尘:《任性地涂抹苍茫辽远的命途底色——董夏青青中短篇小说批评笔记》,《解放军文艺》2018年第7期。

中篇小说《冻土观测段》①是以我国边防部队与某邻国的一场边境冲突为背景的。这场冲突的一个最大特点是"所有战斗手段，都比战斗还古老"，也就是说没有运用现代化的热兵器。小说的核心情节围绕着班长许元屹的牺牲而展开，但是没有如传统军旅小说那样，精心塑造许元屹这一英雄形象，甚至没有正面去写许元屹。作家只是讲述、描写或者说还原冲突的种种细节。许元屹的死以及他的事迹与过往经历，是在上等兵、排长、营长、教导员、军医等人的讲述中拼接而成的。因为都是片段，事件当然就不完整，甚至不那么明晰。小说是通过许元屹的死牵带出其他的人和细节，由此还原一个边防军人的真实存在，包括在这场冲突中的战斗情况。

在诸多人物中，排长应该是跟许元屹接触比较多的，当然还有后面那个精神失常了的上等兵。有一次，给水车抽水，许元屹双手托扶水袋，手掌冻在了水袋上，肿得发紫。营长跟排长回忆起边境发生冲突的情景，连长和指导员都受伤了，他把一包没拆封的软中华扔进河流里，叫着许元屹的名字说："有的人贪图安逸，有的人蝇营狗苟，好像仗是他们打的，长城都他妈是他修的。我要是不操练这些人，就是对不起一线，对不起你。"在车上，驾驶员劝营长收敛点脾气，别再怼人。营长说："翻达坂的时候，那怂晕车一直吐。吐完了说就这鬼地方，给他一个月发五万块钱都不来，我说对，我们都是冲沟里那点儿补贴才干到现在的。我跟那怂说，不是谁都能和这么好的弟兄死在一块，比方说你就没有这个福气。"这样的语言和细节在1980年代李存葆的小说《高山下的花环》里倒是读到过，之后的四十年间，我们在军旅文学中似乎很少读到这种对话。不是说作家写得越大胆、越尖锐，作品就越好，而是在那样的气氛里，只有这样写才能真实地表现出官兵们的心境与性情，毕竟他们刚刚经历过性命相搏甚至付出了死伤的代价。文学真实的感染力陡然间在阅读中炸裂，它的回响久久地在我身边有限的空间里弥漫、延宕。

边境线上自然环境的恶劣有时是难以想象的。蹲坑的时候，许元屹让列兵隔半分钟就站起来前后甩一甩、晃一晃，不然那根小短腿就用不

---

① 董夏青青：《冻土观测段》，《收获》2021年第4期。

成了。大家伙儿都胡子拉碴,手上、脸上结了一层黑紫色的硬壳。太阳一晒,皮爆开了就露出小块发红的嫩肉。列兵说:"那天早上,要不是许班长将我从睡袋中拉出来,就死啦。"教导员跟排长说:"许元屹的父母来过,到烈士陵园,在儿子墓碑前站了几分钟,也没说话。母亲只是问,我儿子表现是不是勇敢,他是英雄吗?"许元屹每月万把块钱的工资,五千打给妹妹,三千给家里,两千来块钱自己存着。修光缆时,许元屹被冻僵了,两个脚指甲冻黑脱落,手上被玻璃扎穿的一个地方后来变成一个死肉疙瘩。许元屹之死,让他带过的上等兵的精神突然崩塌失常,排长带他回山上时,家庭富裕的上等兵却说他想留下。他对家里人说,自己病了,他要替班长把他的活儿接着好好干下去。干明白,病就好了。而此前,许元屹因为上等兵校报时窜行而骂了他,他则回骂了班长许元屹,说:"我从当兵的第一天就是等着退伍的,在这鸟地方气喘不上来,尿撒不出来,他妈的我脚上全长了冻疮,头也疼得不行,你还骂我。"许元屹把上等兵喜欢的女孩当作国家边界的轮廓,这个轮廓不要改变,要一直像我们心里记得的,还有那些死去的战友们记得的。从头到尾梳理一下,这个小说大致就写了这些东西。董夏青青想以这样的样态还原边防官兵们的真实生活与生命存在,而不是简单地歌颂牺牲了的许元屹,以及那些看似平凡的官兵们。

这便是董夏青青的小说写作伦理,真实地记录与还原,而非经典现实主义的塑造,她并不试图塑造"典型环境中的典型人物"。从小说技术的层面讲,她有意无意地解构了传统意义上的小说结构。她的很多小说,非但没有当下作家千篇一律的、精心结构的故事,甚至连完整点儿的情节也没有,有的就是一堆生活的片段,或者说是碎片,是一种几近原生态的生活场景的还原。不得不说,董夏青青的小说观念与叙述风格在当下的文学场中,彰显出了一种异质属性。说董夏青青的小说具有一定的先锋性,也未尝不可。

三、"零度现实主义":方法,还是观念?

从《冻土观测段》这个中篇小说中不难看出,它在诸多方面已经溢出了传统现实主义,或者说我们通常认知的那种现实主义的范式。在中国,现实主义实在是一个难以界定的思想与方法，似乎是很实在，但每个人的理解又都有些模糊与暧昧。现实主义甚至超越了作为一种文学方法与思潮流派的意涵，成为一种正确文学路向的标签。所以，21世纪以来的中国文学只有现实主义。

1980年代中期，曾经傲视文坛的先锋作家们一度将现实主义挤压得几乎没有了安身之所，但五六年之后便销声匿迹了。他们在21世纪初年改投现实主义的怀抱，且普遍梅开二度，大放异彩。我们的文学场偶有其他主义，或其他前缀的现实主义，基本上处于无人理睬的状态，这是一个让我颇觉奇怪的现象。我当然是现实主义的忠实拥趸之一，只是不喜欢我们的文学场只有现实主义而已。

为了简单明了，我查阅了南帆先生主编的《二十世纪中国文学批评99个词》一书，由练暑生编撰的"现实主义"词条中大致有这样几方面的概括：一、最早出现的现实主义概念是"忠实地摹仿现实提供的原型"；二、艺术史家尚弗勒里收集的《现实主义》文集的序言中称，巴尔扎克是"现实主义创作方法"的创始人；三、恩格斯所下的定义，"除细节的真实外，还要真实地再现典型环境中的典型人物"；四、卢卡奇提出了"大现实主义"概念，"只有现实主义才符合所有艺术本性"。布莱希特反对卢卡奇的观点，认为，"这样一种艺术，它发掘社会的规律与发展，站在最能解决社会问题的阶级的立场，揭露盛行的思想意识"。罗杰·加洛蒂论说的"无边的现实主义"也强调了现实主义的批判意义，"所有伟大的作家，就其犀利而审慎地批评他所了解的生活而言，都可以算是现实主义者的一员"。五、以胡风为代表的中国理论家则认为，"主观精神和客观真理的结合或融合"，作家要具备"与人民共命运的主观思想"，把自己的"血肉"融入现实，才能"达到沉重的历史内容底生动而又坚强的深度"。①结合上述定义来对照分析，董夏青青目前所有的中短篇小说，与第一条有点儿接近；第二条所言巴尔扎克等十九世纪现实主义，于我们而言是有个前缀的，即高尔基加上去的"批判"。所以，董夏青青是不符合这条的，

---

① 参见南帆主编：《二十世纪中国文学批评99个词》，浙江文艺出版社2003年版。

与后边几条就更是无缘了。也就是说,如果我们还用传统现实主义的概念来定义董夏青青的小说就显得很不贴切,甚至可以说产生了某种悖谬,因为她的小说已经有了诸多的异质性,或者说包含着其他的元素;而这诸多的异质性,或者说其他的元素恰恰符合法国文艺理论家罗兰·巴特在《写作的零度》中所提出的"零度写作"或"中性写作"的概念。于是,我将董夏青青的小说写作称为"零度现实主义"。但这个命名绝非"零度"与"现实主义"两个概念的简单相加,而是内蕴了董夏青青小说的异质属性与叙述风格。

事实上,罗兰·巴特对现实主义是持批评态度的。他说:"中性写作是后来的事,它是在现实主义之后由像加缪一类作家在探索一种最终是纯洁的写作的过程中,而不是在一种明哲保身的美学的作用下出现的。现实主义写作远非是中性的,相反,它带有加工制作了的引人入胜的标志。"①在随后论及"零度的写作"时,罗兰·巴特说:"比较起来,零度的写作实际上是一种直陈式的写作,或者说是一种非语式的写作;如果准确地讲,新闻体裁一般并不产生表示愿望的形式或表示命令的形式(也就是说感人的形式),那么完全可以说这是一种记者的写作。中性的新式写作就处于这种喊叫声与判断声之中,而不参与其中任何一个;准确讲,它是在这些喊叫声和判断声不存在的情况下产生的;但是,这种不存在是完整的,它不包含任何隐蔽和任何秘密;因此,我们不能说这是一种无生气的写作;这更可以说是一种纯洁的写作。"②罗兰·巴特在这两段论述中强调,一、现实主义带有加工制作的表演性;二、"零度的写作"是一种直陈式的,像新闻一样不表达作家的愿望,也就是不介入判断、不掺杂主观性的纯洁的写作。

再来看短篇小说《在阿吾斯奇》③。小说的中心线索是,在南疆服役

---

① 〔法〕罗兰·巴特:《写作的零度》,见《罗兰·巴特随笔选》,百花文艺出版社1995年版,第30—31页。
② 〔法〕罗兰·巴特:《写作的零度》,见《罗兰·巴特随笔选》,百花文艺出版社1995年版,第38页。
③ 董夏青青:《在阿吾斯奇》,《人民文学》2019年第8期。

的营长来到当班长的弟弟所服役的北疆阿吾斯奇。弟弟受伤住院,他帮弟弟收拾一下物品。在营区,营长碰到一位四十年前因伤去世的战士的弟弟,他来将哥哥的遗骸接回家去,营长帮忙挖土开棺。再后面是介绍营长的弟弟受伤的经过,弟弟是在给一辆来拉煤渣的拖拉机送汽油时,被一辆拉粮食的挂车撞进路边雪堆里的。下午,营长在指导员的陪同下,跟随弟弟带领的三班战士去巡逻。在车上,营长讲述自己去塔吉克斯坦参加演习的情况,那边的生存状况很差,但军人强悍,有实战能力。后边的一句对话很有意思,指导员问:"那我们的优势是什么?"营长说:"优势不就是你吗?""我?""指导员和教导员不就是优势?他们训练完做祷告,我们就找你们啊。""教导员可以,我不行……"指导员笑着说,"不过我们有军医,他是阿吾斯奇的优势。"因为军医爱读书,战士们包括营长的弟弟,有什么想不开的,甚至没事儿时都经常去找军医。营长回忆弟弟青少年时去少林寺习武的情景,以及儿时在村里的生活;指导员和战士回忆他们的班长在军营时的艰苦的生活细节。营长又回忆自己在军训时的艰险遭遇。营长走了,军医送他一幅字,写的是苏轼的词:但愿人长久,千里共婵娟。营长说,自己还没成家呢。军医摇了摇头,说:"这哪是写给相好的?苏轼七年没见着苏辙了,苏轼想他的弟弟啊。"

阿吾斯奇军营中的现实场景、营长和弟弟过往的经历以及儿时的生活勾连在一起,小说没有故事和中心情节,也没有作家想刻意表达的思想或情绪,呈现出来的只是看上去一地鸡毛般的生活碎片。按说弟弟受伤住院,似乎可以围绕他的事迹进行主观性的介入,甚至塑造一个戍边英雄,起码是一个虽然普通却具有崇高情怀的军人形象。但董夏青青没有这样写,她就是进行一种"零度"的陈述,几个主要一点儿的人物都看不出有多么高大。倒是看似随手一笔带过的人物,闪耀出了一抹爱国主义的情怀。1970年代,从北京来的一个名叫李明秀的官员在阿吾斯奇支农,当时的某处边界尚有争端,他说:"等我死了把我埋在争议区。"1979年,李明秀因肝癌过世,家人按他的交代把他埋在了阿吾斯奇的双湖边上。

对董夏青青的小说创作而言,我所谓的"零度现实主义"是观念,还是方法?我的感觉当是前者,或者说也有方法的因素,但是在观念的笼罩之下。也就是说,她是执着于一种观念、一种写作的伦理,而选择了"零度叙述"的方法。董夏青青小说叙事的美学向度与思想内涵是显而易见的，她就是要真实地还原戍边的基层官兵以及那里的普通人的粗粝困厄的生活———一种不加修饰的原生态的存在，不去主观赋予他们那些外在的、不属于他们的意识形态的东西。董夏青青的独特或深度在于，她并不是就这样简单地呈现，她赋予边疆苍茫辽远的环境以一种诗意的隐喻与象征——只有边疆才具有的大美，它们之间形成一种同构性的关联，或言之一种互文性的交融。这样的一种文学境界的达至，是因为董夏青青将自己真正置身于边疆，贴近戍边的基层官兵，融入那里普通人的生活之中；也许她还不能完全地成为他们中的一员，但即便是一个旁观者，近距离的观察、交流与体验，也足以让她获得较为真切的生命的存在感。

　　董夏青青这样描述她的经验与思考："这些年，我常收拾背囊，从乌鲁木齐辗转去到边境线上，在连队里和战士们共同生活一段日子。在那特定的时间中，会和很多人产生交集，得以通过也许彻夜，也许三言两语的聊天，知晓他们的生活和内心。这些发自内心的声音时常很微弱，被日常生活中数不尽的其他声音所遮蔽，但那却是他们灵魂的起伏，热血精神鼓荡其间。我要做的，就是拿起文字的凿子，一下一下破除表面的冰壳，将这些裹挟着坚忍、痛楚、牺牲的生活开采出来，让读者看到他们安静无闻的身影，如何在大漠中留下生命的轨迹。"① 理查德·弗兰纳根在与余华的对话中说："我记得契诃夫曾经说过，真正好的作家应该是生活在黑暗中的，他们应该和那些命运不太好的人共同相处，来了解他们的情绪，这样才能写出好的作品。就好比说可怜之人必有可恨之处，作为一个好作家，你必须要了解这些人的处境，才能更好地写出优秀的作品。"② 董夏青青当然不是"生活在黑暗中"，但她深刻地体会到了边防官兵的坚忍顽强，体验到了那里普通人的真实的存在之境。她决意或者说有些任性地要将她所耳闻目睹和体会到的一切，记录式地还原出来。

---

① 傅逸尘：《任性地涂抹苍茫辽远的命途底色——董夏青青中短篇小说批评笔记》，《解放军文艺》2018年第7期。
② 余华、〔澳〕理查德·弗兰纳根：《小说只会抛出问题，却不会给出答案》，《文艺报》2018年4月3日。

四、叙述者的"在场"与可靠的叙述者

董夏青青早期的小说叙述几乎都是采用第一人称,可能是出于结构上的方便,即"现时态+过去时态+现时态",循环往复。常常又是过去时态占据主要篇幅,对人物前史的重视似乎超越当下现实。近几年,她的中短篇小说却突然转向了第三人称叙述。但细致地品味之后,我发现她所采用的这两种叙事人称本质上其实并没有多大的差异,只不过是将"我"换成了"他",而"他"仍然和"我"一样,是一个小说里的具体人物。

比如在《冻土观测段》中,董夏青青以第三人称展开叙述,虽是第三人称,却是人物的有限视角叙事,从叙事效果上看和第一人称叙述差不了许多。排长是小说的主要叙述线索,他这次上山是为了完成团里交给的整理许元屹牺牲以及这场冲突的报告。小说以此为线索,以有限制的叙事视角串联起诸多人物并展开细节描写。排长最先见到的是军医。军医说,许元屹背战士过河时脚脖子受伤了,又被石块砸中,然后从崖壁上掉下去,卡在河流中的石缝间牺牲的。而排长看到的则是打捞许元屹时的场面。作家随后捎带一笔,写篝火边某邻国的两个俘虏互相冷漠相对。这是董夏青青小说的特点,她就像一个水墨高手,在描绘重要景物的时候,总会不失时机地、看似随意地在空白处点染几下。看似无关紧要的闲笔,却对画面的整体效果起到了意想不到的补充作用。

对叙事人称进行一番比较之后,我觉得近几年的"他"似乎比早期的"我"更方便介入式的叙述。因为"我"作为叙述者时,有一个身份的问题,他或她是小说里主要人物之外的人,他所能描写或者讲述的,都是他视野所及的人与事物,这样必然会有诸多不便。第三人称就不存在这个问题,但董夏青青用的不是传统意义上的全能视角,仍然采用跟第一人称相差无几的限制性视角。由于"他"就是小说人物中的一员,这就为叙述带来了方便。这一叙述人称的改变为小说带来一种特殊的氛围,多少有点儿神秘和模糊,而随着叙事的推进逐渐地由模糊变得清晰。这样的视角选择并没有减弱作者的"在场"感,因为"他"的背后始终有一个叙述者的身影,有一种无形的力量在影响着"他"。

"在场"是一个哲学概念，"笛卡尔'我思故我在'的命题，'我'之不容置疑，便是'我'在场于思考和怀疑之中的缘故"[①]。无论是第一人称，还是第三人称，董夏青青的小说都给我一种叙述者"在场"的感觉。这种叙述的真实性之所以不容置疑，我以为主要是因为文本没有虚构文学尤其是小说惯常的编织痕迹。一方面是去故事化和情节化，表呈一种散碎的生活场景；另一方面是对人物没有进行人为的典型塑造和思想境界的拔高。人物自身真实而素朴，自然且不加掩饰地袒露心理和精神的状态，他们就是一群普通的边防官兵，距离通常认知里的英雄似乎有一定的距离。叙述者就是他们中的一员，而不是以作家的姿态。上述两个方面，保证了小说具有强烈的作者"在场"感。

美国著名文学批评家韦恩·布斯在《小说修辞学》中谈到，可靠的叙述者的一个重要维度是："当叙述者为作品的思想规范（亦即含作者的思想规范）辩护或接近这一准则行动时，我把这样的叙述者称为可靠的，反之，我称之为不可靠的。"以色列女批评家里蒙·凯南从叙述者同读者的关系层面予以指认："可靠的叙述者的标志是对故事所作的描述总是被读者视为对虚构的真实所作的权威描写。"[②] 从这个意义上说，董夏青青小说的叙述者"在场"，无疑向读者暗示了其叙述的真实性与可靠性。

五、小说的当代性：不合时宜的边缘与群像

什么是当代性？意大利思想家阿甘本说："当代性就是指一种与自己时代的奇特关系，这种关系既依附于时代，同时又与它保持距离。更确切而言，这种与时代的关系是通过脱节或时代错误而依附于时代的那种关系。过于契合时代的人，在所有方面与时代完全联系在一起的人，并非当代人，之所以如此，确切的原因在于，他们无法审视它；他们不能死死地

[①] 王先霈、王又平主编：《文学批评术语词典》，上海文艺出版社1998年版，第388页。

[②] 王先霈、王又平主编：《文学批评术语词典》，上海文艺出版社1998年版，第336页。

凝视它。""当代人是紧紧凝视自己时代的人,以便感知时代的黑暗而不是其光芒的人。对于那些经历过当代性的人来说,所有时代都是黯淡的。当代人就是那些知道如何观察这种黯淡的人,他能够用笔探究当下的晦暗,从而进行书写。"① 即便从文学的角度论,董夏青青的小说也与所谓的主流、时尚拉开了一定距离。她的小说创作伊始,就不依循传统现实主义的方法与路径,也不刻意地塑造英雄人物,所讲述的人物与生活细节虽然不能算作晦暗,但因为边防自然环境的恶劣与生活条件的困顿,无论从精神还是物质层面看,基层官兵的生存境遇和心理状态都面临着巨大的考验。

她的写作伦理是还原与呈现,她的讲述方法是"零度现实主义"。她没有依附于时代流行的思潮与时尚,她没有从主观上为人物贴上崇高与英雄的标签,而是用自己的身心体验去感知和书写边防军人的真实存在。

史忠义在让·贝西埃教授的《当代小说或世界的问题性》一书的译序中论及当代小说的几个主要特征,其中有这样两点我认为与董夏青青的小说比较契合:一是当代小说所提供的人物不再是现实主义小说的英雄人物(但保留着英雄幻想),而是普通人、一般人、任何人。当代小说的反思也与后现代小说的反思不同,它不再是一个被隔离的超级主体个人的活动,而是许多个性和一个社会的反思。二是小说其实是偶然性、任意性的体裁。现实充满着偶然性和任意性。偶然性并不排除必然性,它甚至预设了必然性,即必然性存在着意外性。史忠义所讨论的小说的当代性还有六七条之多,这里就不一一列举。②

首先,董夏青青的小说里没有英雄人物,或者说她没想去刻意塑造英雄人物,她着力书写的是普通基层官兵的内心和情感真实,并且没有突出个人,写的是群像。前面提及的三篇小说里,《冻土观测段》中的许元屹是完全有可能被塑造成英雄人物的,但董夏青青没有。在她的笔下,许元

---

① 汪民安:《什么是当代》,新星出版社2014年版,第116—117页。
② 参见〔法〕让·贝西埃:《当代小说或世界的问题性》,北京大学出版社2012年版。

屹就是一个普通的班长,有一些奋不顾身的事迹,但与传统现实主义文学观念中的英雄人物相差甚远,甚至不是一类人。短篇小说《黑拜》[①],写一条狗与一队参加战区实战化考核的士兵们在一起的生活,小说着力刻画了士兵们的心理状态。艰难的考核环境、困顿的个人生活、焦虑不安的心态共同营构出小说的叙事氛围。由于没有得到上级具体命令,士兵们并不知道这次到底是上战场还是参加演习,他们都想到了自己可能会随时牺牲。董夏青青没有写士兵们如何热血澎湃,没有烘托他们誓死报效祖国的崇高情怀,而是写了他们作为普通人的一面:个人与家庭都面临着不尽如人意的烦恼琐事。他们的情绪甚至影响到一直跟着他们并给他们带来许多快乐的狗——黑拜。

实战考核结束,大家回到营区的时候,黑拜因伤病等原因已不受大家待见。大家甚至拳打脚踢,拿它发泄情绪,以至于最后将它从卡车上扔下,黑拜最终被后面跟上来的车撞死了。董夏青青的小说不给你一种结构感,似乎是想到哪儿写到哪儿,偶然性和任意性的描写是她小说的主要特征之一,尤其是一些旁逸斜出的细节,更是溢出主要事件之外。这些东西看似类乎散文的闲笔,实则不然,它们有效地补充着情节的裂隙,使小说的整体画面更加丰富、润泽。

从小说的结构上讲,董夏青青采取的是中国水墨画的散点透视的方法。换言之,她不是聚焦地集中书写一个人或一个情节,而是散淡地勾勒一个群体的群像,试图建构起一种具有强烈整体性或者说是立体性的场景。

六、文学场的生机活力与思潮主义

作为文学生产的场域,文学场是一个复杂的存在,我当然希望它充满着活力与可能性。这里或许有论争与质疑,或许有针锋相对甚至颠覆,每时每刻发生在作家之间、理论批评家之间,或者作家与理论批评家之间,

---

① 董夏青青:《黑拜》,《收获》2018年第4期。

这才是一个充满生机与活力的文学场。张意在"文学场"这一词条的阐释中说:"布迪厄眼里的社会是充满竞争的,时刻在进行着动态的新陈代谢,文学场也不例外。布迪厄把文学场的代际斗争称为老化逻辑,即先锋性的作家必然对正统和经典作家发起挑战。各种文学决裂层出不穷,而文学场的活力和生机,就体现在这些由异端挑起的生生不息的符号革命中。"①

作为文学中人,我理想中的文学场是那种充满睿智与朝气,一种具有现场感与可触摸感的情境;而真诚的标准起码是说实话,不说或尽量少说空话与假话。按说这是文学创作与文学批评存在的前提,尤其是我们所倡导的现实主义文学,不能丧失真诚。毕竟,没有了真诚的现实主义是不可能产生感染读者的魅力与力量的。然而,21世纪以来的中国文学场中,我所看到的创作与批评能做到这一点的是少之又少。我们的文学场表面是热闹的,但这热闹背后的实质却是一边倒所导致的必然的寂静。文学失去了想象力,批评亦无锐力与激情,听不到一点儿来自辽阔瀚海拍岸的涛声。所有的批评都在阐释与批评家关系亲近的作家的小说如何伟大,这是在促进小说的发展吗?这样的批评是真诚的吗?这样的批评对作家是有益的吗?近年来中国社会在倡导诚信,而且已经上升到国之根本的高度,文学批评可以置之度外吗?文学批评家可以不必诚信吗?文学生态如此,文学批评如此,会产生伟大的小说吗?我非但不信,还担心本来不多的几位优秀作家因此而被葬送掉有可能达至伟大的前程。这样的文学场显然是不适合真正优秀的作家生长的。

从文学的角度论,我喜欢思潮与主义的引领与砥砺。能够闪耀时代光芒的文学,不可能是平湖秋月,总要有些波澜激荡,观念与方法、思潮与主义相互碰撞,也可以彼此论战,哪怕是你方唱罢我登场。这样的文学场才是真实与真诚的,才有可能产生真正意义上的好的文学与好的作家。古代的或者西方的文学场离我们比较远,代入感自然有限,但中国现当代文学在某一时期确实是观念方法与主义思潮竞相涌流,那种场面令我心

---

① 张中载、李德恩、赵一凡主编:《西方文论关键词》,外语教学与研究出版社2006年版,第589页。

向往之。不见得是观念方法与主义思潮本身,而是那种文学创造的情境、兼容并蓄的心态、空间场域的无界,还有那种广阔博大的视野、独立自由的思想、真知灼见的论争,都是我所追思与梦想的。比如20世纪二三十年代、八九十年代,与我跨进文学门槛的21世纪初年比较,似有恍如隔世之别。所以,十余年来,我一边做着文学批评,一边却一直都在怀疑文学批评的意义与价值。没有了思潮与主义碰撞激荡的文学场域,会产生伟大的作家与文学吗?这样的文学生态是健康而强健的吗?将一种文学方法或思潮视为圭臬,赋予它过多的意识形态内涵有助于创作的繁荣吗?想想20世纪二三十年代基于传统与现代的博弈,而涌现出的那些经典作家;想想20世纪八九十年代那些在人道主义与现代主义文学思潮争论中英姿勃发的年轻才俊,他们恰恰是在观念方法与主义思潮的撞击与启发下探索频频、佳作迭出的。

我不太清楚,董夏青青在近十年的创作经历中究竟是怎样的一种心态,她对中国当下文学界是否有过自己的想象与期许。十年的时间不长不短,她已经在诸多名刊发表了近二十篇中短篇小说,为文学界广泛知晓,引发关注;但是,她真的融入了所谓的文学场吗?读她的作品,我更多体会到的是孤独与寂寞,一种绵延着黯然与晦暗的情绪向着灵魂深处扎根。作品能在名刊发表出来,显然让始终态度谦和的她感到惊喜和振奋,但难以激荡起巨石落湖般的层层涟漪。至少到目前为止,对董夏青青的小说进行系统研究或深入评论者寥寥,也就是说,文学批评界并没有真正发现她写作的独特性,更不要说对这种现象级的文学存在进行充分、有效、有力的阐释。当文学批评已经失去了思潮与主义、观念与方法的支撑和加持,大家似乎都不会从这样的角度关注和讨论文学了。在这样的文学场里,董夏青青竟显得有几分超群脱俗。

时移世易,董夏青青无可挽留地与曾经的边地生活渐行渐远。从她近期的其他几篇中短篇小说如《费丽尔》《狍子》《礼堂》等能够看出,她依然在探索文学可能性、坚守个性风格的路途上踽踽独行。那一篇接一篇质地坚实甚至有几分冷硬的作品彰显了她独特的文学存在,在边地高原辽远而低垂的天幕掩映下,持续散发着灼人的、异质性的光芒。

《装台》：幽暗处的一抹人性之光

一

在《长篇小说选刊》2016年第1期上，我读到了陈彦的长篇小说《装台》。因为很少关注当代戏剧，此前对陈彦并不熟悉，对他在戏剧上的非凡成就自然也就一无所知。我读作品的时候，并不习惯先读作者及作品介绍，包括现在许多杂志前面的"编者的话"，也都会被搁置。我格外珍惜自己最初的阅读感觉与判断。

《装台》颠覆了我的阅读习惯，在读了三十几章，也就是接近一半时，我突然就翻回到封二的作者简介，然后又将附在小说前面、此前略过的作者创作谈读了一遍，因为我被震撼了。在十余年的文学阅读和研究经历里，我不记得哪一位作家的作品让我觉得他的生活积淀达到《装台》这样的深厚程度。作品的叙述语言、人物对话、细节描写、人物的生存状态等小说诸要素，都呈现出一种近于原生态般的毛茸茸的感觉，有点类似于1990年代初的"新写实"小说。

"新写实"小说对生活原生态的追求是一种方法或叙事策略；《装台》里的生活原生态却是陈彦生活积淀的自在流淌，一种无法扼制的大江东去般的倾泻。初读时的琐碎与粗拙之感，遂为肃然起敬所取代。

二

"生活"对中国作家而言，是最不陌生的一个词，这显然跟毛泽东1942年发表的《在延安文艺座谈会上的讲话》的倡导有关。也正因为此，中国作家在 20 世纪八九十年代经历了西方文学思潮的"洗礼"之后，对这一概念表现出了极大的逆反。进入 21 世纪后，文学的通俗化、娱乐化及市场化的推波助澜，导致这一概念被推向了反面——中国文学"生活"质地的稀薄达至前所未有的程度。

自我重复与模式化倾向严重，缺乏亲身的经历和痛切的体验，熟练的写作流程与没有"生活"依托的想象，使得 21 世纪初年的中国文学呈现出无源之水与无本之木之颓态，谓之"空转"亦不为过。"伪现实主义"与"伪新历史主义"等乱象大行其道，不能不说与此有关。而陈彦的《装台》一扫前述之颓态与乱象，以清新厚重的，也是从未从舞台之后走向前台的装台人的生活，给当下文学带来一股充满活力的气息。这显然更符合古今中外小说之义理，任何讨巧与玩弄文学者的命运都将无疑是速朽的。观念也好，哲理也罢，失去了"生活"的支撑，无论如何都无法在小说中生存，也就不须奢谈发散与张扬了。

三

说《装台》写的是以刁顺子为首的一群装台人，以及刁顺子一家艰难龃龉的社会底层生活当是不错的。小说没有中心故事，甚至大的情节也不具备，有的是层出不穷、不厌其烦的细节。刁顺子与女儿菊花的矛盾与冲突虽然占据小说三分之二以上的篇幅，但我认为仍然算不上是中心故事。没有中心故事或大的情节的长篇小说是不多见的（贾平凹的《秦腔》类似），这使得小说叙事的推进具有相当大的难度。

陈彦是搞戏剧的，编故事或制造戏剧冲突是他的拿手戏；但他何以弃自己的长项于不顾，只靠细节经营一个 40 余万字的长篇小说呢？小说中的冲突是有的，但冲突是无法取代故事和情节的。窃以为，就是因为他的生活积淀过于深厚，小说细节俯拾皆是，不用编，根本写不过来。当然，肯定还有一个小说观念的问题，陈彦有可能认为小说与戏剧在叙事上有着本质的不同，他更认可小说就是生活本身，还原生活的"原生态"才是小说之要义；故事啊，情节啊，甚至人物塑造啊，都是小说的身外之物，在没有细节可写的时候才让那些"劳什子"过来搬弄是非。陈彦不用这些，既不结构,也不编织(当然,这只是貌似,实则并不尽然,甚至可能相反;因为当我读第二遍的时候,我感觉到了陈彦其实是像结构戏剧一般地在精心结构这部小说),只将那堆满了脑海的东西信手拈来,任性地铺开即可。

陈彦显得底气十足,自信满满,文学技巧不差,生活积累就更不在话下。陕西作家骨子里都近乎这种气质,陈忠实尤甚,而这种绵密厚重的气质对文学或艺术之裨益是不容小觑的。

四

《装台》是写一群装台人,但主要是写刁顺子和他一家人的生活,陈彦就是以此来结构或经营这部小说的。刁顺子的生存状态、内心世界以及后来的微弱转变,都充分饱满地呈现出来了。换言之,陈彦是以刁顺子为代表,或为典型;那群装台人虽然均有名号,也只是类似戏剧的背景,是跑龙套的角色。这种方法更像是西方绘画的焦点透视,即将视角固定在一个位置上,得到稳定的形象,不同距离的物体得以在同一画面上精准体现近大远小的关系。中国绘画却是散点透视,画家观察点不是固定在一个地方,也不受固定视域的限制,而是根据需要移动着进行观察,各个不同点上所看到的东西,都可以组织进画面中来。我觉得以中国画的散点透视的方法来结构这部小说可能会更好,或者说会使小说达到更高的文学的意境,也就是说在真正意义上摹写这群装台人,是一组群像。比如说大吊、猴子、三皮、墩子,还有后来加入进来的素芬和周桂荣,小说里他们已经有了一个基本的经历或轮廓,只需将笔墨转至他们身上,勾勒更多细节即可,我相信陈彦既有这个能力,也有这个生活积淀。

在中国当代长篇小说里,我们最匮乏的是这类作品,《水浒传》《红楼梦》的文学传统被我们丢失了。《装台》将刁顺子与女儿菊花的矛盾冲突当作小说主体,甚至还细致地描写了菊花与刁顺子第三个老婆素芬、刁顺子第二个老婆的女儿韩梅,以及大伯刁大军、准丈夫谭道贵的矛盾冲突。菊花完全与刁顺子平起平坐了,用戏剧人的词儿,她已经抢了刁顺子的戏份与镜头,甚至在某种程度上超过了刁顺子。

可是菊花毕竟不是装台人,她也没有实质性参与任何一次装台,她与装台人之间是一种游离的状态。换言之，把她放到任何一部小说中都可以，甚至她自己独立成为一部小说也完全成立。素芬就不同，她虽然是跟随着刁顺子才进入装台人的生活，却已经成为其中的一员，而且又生发出了与三皮的情感纠葛。还有刁顺子的哥哥刁大军，也跟装台或者说装台人没什么关联，但小说也给了他很多的空间。小说不惜如此之大的笔墨着力于菊花显然与《装台》严重错位，甚至亦可谓这部小说最大的败笔。小说名之曰《装台》，装台过程写得也很多很细，但装台人之间的矛盾与冲突却没有写出来，有的也只是斗斗嘴一类的皮毛。显而易见，这样的结构已经偏离了小说叙事的主体。

五

刁顺子这个人物有原型当是可以确定的；但这并不重要，重要的是陈彦对刁顺子这样的人物过于熟悉，熟悉到了无以复加的程度。也正是因为熟悉到了无以复加的程度，导致陈彦对刁顺子缺少了一种陌生感与距离感，人物塑造的空间被严重挤压。按照俄国形式主义批评的理论，艺术的技巧就是使对象变得陌生，使形式变得困难，增加感觉的难度和时间长度，因为感觉过程本身就是审美目的。布莱希特则将这一"陌生化"的理论转译为戏剧的"间离"，将戏剧与观众之间的关系进行了另一种阐释，戏剧因此发生了本质性的现代主义变革。

作为剧作家，陈彦对上述理论自然谙熟。那么他何以没有将戏剧写作的诸多方法挪用到小说之中？我以为，根本原因盖为对刁顺子等装台人生活的谙熟所累，换言之陷得太深，以至于难以跳脱。

由于与刁顺子们拉不开距离，陈彦甚至于无法使用文学与戏剧的诸多方法来"塑造"人物形象。以至于让我误以为，刁顺子们就是原生态的生活本身，甚至可以说是一种未经艺术加工的生活素材。这无疑阻碍了《装台》的文学性空间的进一步拓展。而刁顺子，原本有可能成为21世纪中国文学新的典型人物形象，终究因过于"扁平"而没能达至可能的艺术高度。

六

　　从方法或主义的角度论之，我以为，《装台》与现实主义或早先的批判现实主义都有相当的距离，倒是与自然主义更加接近。作家对刁顺子们怀有巨大的同情与悲悯，但同情与悲悯尚停留在一种情怀或普遍的人性层次；真正优秀的文学是不能踟蹰于此的，它一定是一种对象化的呈现，是作家对社会的批判、对人生的思考，甚至是哲学的思辨；让生活有了一种升华，当然，这升华与悲喜剧无关。

　　那么《装台》蕴含了哪些思想、哲学与思考，或者对社会做了什么样的批判呢？我没有明显感受到。

　　与装台人关系最密切的是剧团，或说搞戏剧的那群人，他们之间是对立的吗？显然不能这么说。相反，应该说他们之间是皮与毛的关系，相互依存更贴近于本质。在他们之间的比较中，搞戏剧的那群人显然占据上风，居高临下。他们中的一些人对装台人不但随意地工具化地使用，还进行不自觉地盘剥与羞辱，但这些现象能构成"批判的武器"吗？或者说具有批判的意味吗？陈彦确实是毫无顾虑地将戏剧界的乱象淋漓尽致地呈现出来，他的不满也是显而易见的；但我感觉陈彦在此处似乎是醉翁之意不在酒，也就是说，批判并非本意，相反，字里行间蕴含着的却是同情与理解。

　　瞿团长自不必说，他甚至没缺点可言。靳导呢？简直有些可爱，她可以说是一个真正为艺术而献身的艺术家，且对身处底层的装台人充满爱心，让刁顺子都不能不由恨而爱，且敬仰有加。那个让刁顺子恨之入骨的剧务寇铁虽然由始至终都是一个反派的角色，但他也是在夹缝中求生存，也被别人骗，只不过缺少一些包容与悲悯，缺少对装台人的理解与关怀而已。小说最后，剧团进京献演简直可以说是一曲充满激情的颂歌，其感染力并不亚于装台人的苦难。如果我们做一个总体性的判断，陈彦在《装台》里难道不是为戏剧人不无悲情地浅吟低唱了一曲末世的挽歌吗？

　　作为底层人物，刁顺子的苦难即便是在十多年前的"底层叙事"作品中也不输谁，带领一群装台人在炫目舞台背后的幽暗处消耗着他们的汗水与体力，压抑着他们的情感与自由，承受着他人的侮辱与损害。忍辱负重不是一个我们耳熟能详的成语或概念,而是转化为让我们完全陌生与惊叹的"炼狱"般的生命情态。点头哈腰、忍气吞声、溜须拍马是刁顺子的生活常态与基本形象,最后的"撒手锏"则是下跪。墩子因自慰冒犯了佛门,刁顺子为了化解冲突替墩子在佛堂前跪了一宿。这一举动因有多种解释尚可谅解,但当剧务主任寇铁狠狠抽了他两个耳光后,他扑通跪下,给前来问责的大和尚磕头作揖则是其人格的缺失。更有甚者,在女儿菊花与韩梅撕打在一处时,他再次以跪下的方式求得问题的解决,这就涉及传统伦理道德的底线了。

刁顺子在向剧团讨要工钱时的艰难就不必说了,痔疮给他带来的痛苦似乎也微不足道;那么三个老婆,一个被人拐走,一个死于癌症,第三个因女儿菊花的不容被迫离去,就不是一般男人可以承受的了。我想诘问的是,苦难呈现背后的意味是什么呢? 21世纪初年的"底层叙事"之所以被诟病,很重要的方面就是思想与批判精神的匮乏,作品无法在更为宏阔与深刻的文学空间拓展与提升其品格。刁顺子也有转变,也就是他自己的反面——反抗,比如,打了剧务主任寇铁和女儿菊花一个嘴巴。小说结尾处,当菊花以挑衅的姿态问大吊的媳妇周桂荣是谁,是不是又找了女人,顺子点了点头。那是一种很肯定的点头,肯定得没有留出丝毫商量的缝隙。但这一点反抗与阿Q比较似乎又有些微不足道。也就是说,刁顺子的成长还不鲜明,他也无法承担起社会批判的重任。

是的,此时此刻我想起了鲁迅,想起了鲁迅的《阿Q正传》。阿Q当然已经成为百年中国文学难以超越的一个经典性人物,作为一个贫苦的流氓无产者,他没有起码的自我意识和个性意识,以"精神胜利法"来化解自身的苦难、卑下与内心的痛苦挣扎,进而回避现实冲突。但鲁迅没有停留在现象的呈现,他是要暴露中国的民族劣根性,揭示病态社会人们的病苦,"以引起疗救者的注意"。对整个社会和国民性的批判,才是小说深刻的意味所在。事实上,我并没有将陈彦及其《装台》放到鲁迅及《阿Q正传》上面来煎烤的意思,这种难以言明、如鲠在喉的复杂情感与痛苦思考也许陈彦会懂。

七

前面的批评话语是在我第一次阅读，并且没有想进一步研究时的粗浅感觉，一种缺乏总体性回味时的旁逸斜出，或者节外生枝、词不达意；尤其是在第二次研究性的阅读后，我确认了这种判断的可能性。以刁顺子以及那些装台人的社会地位及能力，他们能反抗得了残酷、恶劣、不公的社会环境吗？他们不低下头颅跪下身去又怎么能讨到生计，以维持最低的温饱生活呢？刁顺子们虽然卑微，但他们善良淳朴、勤劳诚信，他们以自己的身体与气力蚂蚁般地在社会最幽暗处存在着，自生自灭着，居然也发散出一抹人性之光。诚然，这一抹人性之光过于微弱，无法烛照社会，只能在他们那一群体里闪烁不定。刁顺子作为装台人的"老板"，只拿一个双份钱，而且什么活重干什么。为了讨工钱，他还要经常自掏腰包去送礼。对继女韩梅，他非但没有歧视，反而善待有加。替墩子受罚，在佛堂前跪了一宿，当墩子悄然归队时，他也只是狠狠地骂了几句。对老师几十年的敬爱，对大哥的宽容，最后对死去的大吊媳妇与伤残女儿的怜悯，不经意间已经让我心中刁顺子的形象渐趋高大起来。正如鲁迅先生所形容的，须仰视才见。

刁顺子这样一个人，我们还要求他怎样呢？刁顺子本来决意放弃，不再装台了，但这群装台人却需要他，尤其是大吊女儿的不幸遭遇，逼使他重回带领大家讨生活的装台旧途。刁顺子已经将生命所有的那一抹人性之光全部燃烧殆尽。从开头到结尾，小说数次细致描写了蚂蚁搬家的过程，其象征与隐喻意味似乎不言自明。

八

21世纪以来的中国文学成就与乱象并陈，"底层叙事"之后最重要的文学思潮可能要数现实主义重回文学主流；但我以为，许多作家对现实主义的理解多少有些偏离，将关注点集中在了方法的写实性和叙事的故事性，而忽略了思想与精神，更遑论哲学与批判的高度。

周宪在《思想的碎片》一书中说:"当我们说文学有一种文化批判功能时,这并不是说文学是一种参与社会变革的物质性力量。准确地说,它是一种精神性的力量。由此看来,文学对社会的积极作用,必然体现为它对人们意识或精神的影响和塑造上。在这个意义上说,文学的文化批判功能也就是它的意识形态批判功能。因此,文学生产对社会文化的外在功能,就呈现为它能积极地影响人们的精神。"① 陈彦及其《装台》将在哪些层面上积极地影响人们的精神呢?作为作家的陈彦和作为批评家的我都无力回答,暧昧的时间与变异的空间或许会做出最后的抉择。

---

① 周宪:《思想的碎片》,山东友谊出版社2002年版,第11页。

武侠谍战：超现实的魅惑与传奇
——海飞长篇小说《江南役》读记

一、原本谍战，何以"武侠谍战"？

21世纪以来，中国文学能够构成思潮的不是"底层叙事"，也不是文学的消费主义与娱乐化，而是谍战小说及影视作品风靡，尤其中国革命历史题材，涌现了一大批优秀作品，谓之奇葩，或者传奇都不为过。麦家的《解密》《暗算》当属开此类型与题材之先河，随后又有《风声》《风语》等奠定其霸主地位。紧随随后的海飞则创作了"谍战深海"系列：《麻雀》《捕风者》《惊蛰》《唐山海》《棋手》《醒来》等，将中国革命历史题材谍战小说之浪潮推向一个新高度。柳云龙则以影视的形式，助推了这股思潮，由他主演并执导的多部谍战影视作品掀起观看热潮，尤其是《风筝》，将这股热潮推向了无以复加的高峰。我们已经习惯和熟稔了革命战争小说，尤其20世纪五六十年代的"红色经典"影响了几代人，直到今天，重读那些小说，仍然让我们为之激动不已。这些作品让我们看到的是革命战争的正面，那些被我们所崇尚的革命英雄；同样的革命历史题材，谍战小说及影视作品展现的则是战争的背面或阴影，是另一条战线上的充满传奇色彩的战斗。它的迷人之处是智谋与勇气的较量，以及悬念的设置和情节的跌宕起伏、环环紧扣、惊险刺激，这些曾经因保密而鲜为人知的异样的生活，满足了读者和观众窥视机密的好奇之心。

海飞的上述谍战小说，除了这些文体类型所具有的特征外，还交织着忠诚与背叛、存在与毁灭、情爱与幻梦，有战争的血火、伟岸的英雄，也有高蹈的理想、忠贞的信仰,以及壮阔诡谲的历史和朴素绵密的寻常日脚。作为革命历史题材,上述这些叙事元素当是应有之义,或言之题材所内蕴的品格共性。海飞的风格化或独特性在于:叙述的冷静、克制、理性,个性化的语气、腔调与节奏,以及情节展开时笔酣墨畅,大量的留白,其间则笔断意连、笔枯墨润、气韵通畅,完全是中国艺术精神的自然流淌。还有极为重要的一点是,他对故事发生和人物活动的环境与器物的精细逼真的描写,具有强烈的年代代入感,让读者恍若身临其境。比如他所描写的重庆、上海、哈尔滨、天津、南京等,力图描写出特定年代的城市的肌理、味道和气质,逼真地写出每一条街巷、每一座建筑,以及风俗物事、花草树木、日用饮食等,几近于病态与恋癖。在当下世风颓靡、英雄不再的社会语境中,它们受到读者和观众的热捧就不足为奇了。

在革命历史题材谍战系列写得风生水起的时候,海飞何以在 2017 年的时候突然转入明代万历年间的"武侠谍战"系列的创作呢?因为这之间的跨度还是存在的,谍战还好说,虽然时代差异很大,毕竟思维与方法还有许多共通之处。武侠呢?这完全是一个独立的叙事门类,古代不说,"新武侠小说"的代表金庸、古龙、梁羽生等是有着广泛读者的,作为文学的一个门类,尤其是金庸,取得了很高的具有文学史意义的成就。2018 年,海飞完成了"武侠谍战""锦衣英雄"系列之一的《风尘里》,2020 年完成系列之二,就是这部《江南役》,系列之三据海飞透露名之《昆仑海》。这不能不让我惊讶不已,尤其是在读完这部《江南役》,更是为之震撼,甚至怀疑他如何能写出这样一部严谨精致且诗性盎然的作品。慨叹之余,套用孔子语,贤哉!海飞也。

海飞在《风尘里》创作谈中说,在《惊蛰》剧本进入尾声的时候,封闭的生活让他感到乏味、苍白、呆板和无趣,翻看闲书,突然发现,明万历年间是一个隐秘而美好的年代,皇帝朱翊钧居然是个懒汉,28 年不上朝。导致海飞转型"武侠谍战"的原因当然不仅仅是出于对万历皇上的好奇,重要的还有几乎成为明代标签般的与东厂齐名的锦衣卫,特别是他们穿的飞鱼服和腰间挎着的绣春刀,那充满着光亮的名字就能让他觉得一种俊逸与美好。于是,海飞问自己:"我们为什么不建立一个世界观,建立一个古代的谍战空间,建立一个精彩纷呈的锦衣卫故事呢。"作为皇帝的护卫军锦衣卫的复杂历史存在，构成了对海飞创作的巨大魅惑。魅惑的似乎还不仅于此，作为特殊的朝代，明万历年间的许多事情都让海飞充满了文学想象：万历年间，日本人跟大明开战，但丰臣秀吉在这个关键时刻死了，日本派了一个三十人的小分队来议和，此时的朝鲜正是鸣梁海战时期，三国之间暗流涌动，万历年间的谍战就这样开始了。让海飞惊异不已的是，在武侠的年代竟然有了火器，大明有神机营、鸟枪队，还有骑兵和海军及火炮。这些元素加上武侠会是一个怎样的文学存在？2017年春天，海飞开始了一个新的文学空间的诗性想象。

二、故事、历史与文学文本的真实性

作家对故事的迷恋几乎是天然的，包括莫言，他在诺贝尔文学奖授奖仪式上的演讲时说，他就是一个讲故事的人。海飞也是这样，他说："经验告诉我们，文学不一定是写故事的，但是大部分好的文学所讲的故事一定会天下流传。"我理解海飞对故事的价值与意义的判断，尤其是在武侠、谍战小说里，也包括在"武侠谍战"小说里，故事有如小说之皮，皮之不存，毛将安附？换言之，问题不在故事之于小说存在的合法性，而在于讲述一个什么样的故事和怎样讲述故事。

《江南役》的故事发生在明万历年间，时间跨度只有七天，由两个主要情节构成：一是锦衣卫北斗掌门人田小七奉万历皇上朱翊钧之命，找火器局总领赵士真取他即将写完的一部关于火器论述方面的新著《神器谱或问》。田小七到达杭州后便遭遇大量的黑蝙蝠连续掳掠孩童事件，这其实是以灯盏为首的倭寇的一箭双雕的伎俩：一方面，制造恐慌，转移视线，目标其实跟田小七相同，也是要获取《神器谱或问》，包括将赵士真本人掳走。另一方面是暗中与国舅郑国仲勾结，嫁祸于太子，让皇上的另一个儿子福王上位。其二是上一情节的顺延，倭寇狗急跳墙，要炸毁复建的六和塔，田小七的兄弟及杭州守戍营的官兵与以灯盏为首的倭寇展开殊死搏斗，最终保住了六和塔和突然驾临杭州的万历皇上。武侠加谍战，我称之"武侠谍战"。从类型的角度论，并非海飞所独创，但作为讲故事的高手，海飞通过大量精细的悬念丛生、跌宕起伏、环环紧扣、惊险刺激的细节描写，将这个故事讲得煞是好看。

故事发生在明万历年间，因此，我们称其为历史故事。问题在历史、故事与真实间的关系是怎样的呢？这其实是个极其复杂的问题，不是我想探讨的，我想讨论是作为文本的文学性与真实的关系，也就是"武侠谍战"小说《江南役》所描写和讲述的历史、故事与作为文学文本的真实性关系，它触及的是作家的文学观念与叙事伦理。

作为批评家，我当然不会完全赞同莫言和海飞的关于故事之于小说或文学的观点，因为从文学史的角度论，文学是在不断地发展变化着的，尤其是文学思潮推动着文学理论的变革，进而不断地改变着文学的形式与面貌。20世纪世界文学各种方法与观念的泛滥，现代主义、后现代主义呈现出的丰富性与复杂性，将文学的现代性上升到了更具哲学意义的高度。反观中国文学，除了19世纪二三十年代的现代主义初露端倪，就是八十年代中期的先锋文学思潮的昙花一现，近百年的中国文学几乎都是在现实主义中耕耘与挣扎。我并不否认现实主义，连《小说修辞学》的作者，美国著名文学批评家韦恩·布斯都认为"真正的小说一定是现实主义的"。我想强调的无非是文学的创新与探索。中国文学领先于世界可以说是奢谈，我们为世界文学提供了什么样的独特文学经验与方法都难以构成话题。在这样的意义上，我对中国作家将故事视为文学的生命或文学之皮是持保留意见的。其实，回归传统是一个伪命题，如果传统具有创造力是不需要刻意回归的，它一定会无时无刻地显现在现实中。所以，我认为中国当代文学不应该局限在我们既有的观念里，要有跳脱和超越的意志与欲望，在世界文学的格局里进行我们的独特性的创造。问题是有这样想法的作家似乎并不多，这是值得文学界忧虑的。耽于故事，或者沉湎于故事，也是让我不无焦虑的所在。

即便不是武侠谍战类型，我也不会将《江南役》当作历史小说去读。说直白一点，我觉得进入20世纪之后，历史已经被阉割和奴役了，文学和影视，甚至包括游戏，感觉上无论谁都是在任性地折腾那些原本就被怀疑或言不可靠的遗存在文献中的历史。历史在这些创作中，有如橡皮泥，作家及影视编导想怎么捏就怎么捏，想捏个什么型就捏个什么型。我不知道这种思潮是否跟我们误读克罗齐的"一切历史都是当代史"，以及"新历史主义"在中国的泛滥有关。这两个问题都是复杂的,学术界的理解也不尽一致,但前者对中国文学与影视的破坏性是极其严重的,为文学与影视的娱乐化与消费主义张目,甚至成为其思想理论基础。无论是中国古代历史,还是近现代史,甚至中国革命史和抗战史,鲜有被善待者。我对中国作家创作的历史小说已经丧失了历史性的信任,如姚雪垠先生那种意义上的历史小说似乎不复存在。倒是20世纪90年代的"新历史主义"思潮在中国文学中漫漶,引发了作家对中国革命史或中国近现代史的解构与重建的志趣,产生了一批优秀作品,对已经"历史化"了的中国革命史,或中国近现代史具有颠覆性的革命意义,在还原历史的本相与复杂性等方面进行了开创性探索。其实,历史与文学的终极追求都是接近事实本相与追求真理,只不过方法与手段不同,采用材料也有相当的差异性。

《江南役》的故事发生与人物活动的背景是明万历三十年八月的杭州。海飞为了强调小说叙事的"历史性"存在,在结尾处这样写道:"有关万历三十年八月的这场杭州搞倭战役,浙江巡抚刘元霖后来在回忆录中写得很详细。""在成文于万历四十二年的这本个人回忆录中,当时已经年满五十八岁并且二度担任工部尚书的刘元霖还提到……"我没有去查阅考证相关的明史,即便是实有其录,作为小说,海飞也无非是暗示读者他所讲的故事与人物都是历史上曾经真实发生过的。但这只是一种作家的叙事圈套,或者与读者玩的叙述游戏,可信,亦可不信,只是不必认真才好。也就是说,《江南役》中的历史只是故事发生与人物活动的背景,海飞并不是想真实地还原那场被他写得波诡云谲、惊心动魄的战役的历史本相,否则的话,他就不可能采用"武侠谍战"的形式,似乎可以说,"武侠"和"谍战"这两种小说类型自在地否定了文本的真实性,无论历史还是现实。否认了《江南役》的历史性,并不妨碍它的文学性,相反,我想凸显的就是它的文学性,而文学性才是海飞小说叙事的价值与意义。作家或文学叙事的本质就是虚构,这跟其言说的内容是历史还是现实基本无关,给读者带来超凡脱俗的艺术的享受才是其创作的终极目的。

想起被誉为"世界政治惊险小说大师"的英国当代著名作家弗·福赛斯,他在20世纪创作了一批以世界上发生的真实的政治事件为原型的小说引起轰动,比如《豺狼的日子》《敖德萨档案》《魔鬼的抉择》等,在这些作品里，作家将变幻莫测的国际政治、尖锐复杂的矛盾冲突、你死我活的经济争夺、惊心动魄的生死较量等写得淋漓尽致，无比震撼。弗·福赛斯的小说并不真正是历史事实，很多情节甚至人物都是虚构的，但是，他却通过逼真的环境描写，以及对西方各国政治主张、经济态势、民俗风情、军队建制、谍报机构、间谍手法、武器配备、军械性能的谙熟，让读者有一种身临其境之感。海飞的《江南役》亦有异曲同工之妙。

三、环境与物事：消解"武侠谍战"的超现实感

谍战是一种现实的真实存在，由于不被常人所知，具有极大的神秘感，即便是小说虚构，读者仍然会信其所有，这显然有赖于人物活动的环境与器物及行为方式的真实性。武侠小说可能相反，中国的武术本身当然具有相当的实战威力，但如侠客那般飞檐走壁、上天入地就是夸张与想象了，完全超越了现实的可能性。武侠小说之所以受读者喜爱，并非相信其真实性，很大的成分是侠客的侠义精神，伸张人间正义，抱打不平，除暴安民等，它补偿人们现实的缺失，尤其是对于底层民众与弱势群体，这类侠客更是他们的集体想象，这就需要侠客们身怀常人所不能的绝技。以武侠的方式来还原历史或现实的本相与真实显然是不可能的，也就是说，武侠类型小说在某些方面限制了作家的故事讲述。

海飞显然也是意识到了这个问题的存在，所以，他要寻求突破的角度与空间。海飞对人物活动或故事发生的环境是极其敏感的，这一点我在第二节中有过论述，在《江南役》中，他对环境与物事的描写与革命历史题材的谍战系列相比有过之而无不及。海飞的独特性在于，他没有终止于"武侠谍战"的曲折惊险的故事讲述，他要超越传奇的通俗化价值，他通过空间环境的逼真呈现，试图消解"武侠谍战"的超现实感，让读者在阅读的时候暂时忘记这是一个编造虚构的故事，进而让读者忽略"武侠谍战"与现实的距离，似乎在说，这并非一个虚幻的存在，故事发生其内，人物生活其中。比如："井亭桥边安静得像一幅画，桥下的清湖河里传来细细的流水声音。""桂花密集的香味在相国井水的上方盘旋。田小七之前只是在京城名家的画卷中见到过水气蒸腾的江南，但此刻眼见着那些倒映在井

水中的青砖白墙,以及挂在枝头如同灯笼一样晃荡的石榴和柿子。""夜空繁星点点,田小七感觉秋天的江南,吹过嘴边的夜风是甜的。可是走在一条接一条的巷子里,他虽然听见此起彼伏的秋虫的声音,却也看见一扇扇紧闭的门户。""候潮门年代久远,高大的城墙开了一个宽广的拱形门洞。城墙灰不溜秋,许多单薄的青草站在砖缝中,偶尔摇摆几下,一副正要入眠的样子。月光潮湿,土拔枪枪听见这一晚的夜风是从候潮门的门洞外边吹进来,给他带来一些遥远的潮水的气息。""现在月光明亮,将唐胭脂脚下的菜地照耀成苏醒过来的清晨一般。这样的时候,唐胭脂还是忘不了绣花。他在绣着那朵牡丹时,听见火器局草地里的蛐蛐在深情地鸣叫,还看见一只绿皮青蛙从一排丝瓜架下一蹦一蹦地跳出去,好像是要急着赶去见另外一只青蛙。"这几个描写我是在小说开头随便挑的,小说后面这类描写俯拾皆是,我就不一一列举了。这样的描写加上"武侠谍战",给读者以美轮美奂、亦真亦幻的感觉。

美国著名文学批评家韦恩·布斯在《小说修辞学》中说:"詹姆斯一直忠实于这种关于真实是什么的宽泛概念,他想要在每一部新作品中寻找在以前的作品中寻找过的同样的普遍性质。虽然他显然是莫泊桑称之为'幻觉主义者'的那种'高级的'现实主义者,虽然他比福楼拜更明确,更一贯地寻求'幻觉的强烈性',而不是幻觉的真实本身,但是,他在晚年仍然想要把这同样的检验应用于自己所有的作品。"这里的詹姆斯指的是亨利·詹姆斯,写《一位女士的画像》的那位。即便是一个现实主义作家,詹姆斯也仍然在追求一种真实基础上的"幻觉的强烈性",这种幻觉同样是海飞在《江南役》中所追求与建构的诗性风格,它在某种意义或程度上消解了"武侠谍战"所蕴含的超现实感,使得故事与人物能够扎根于现实的大地。与布莱希特戏剧的"间离效果"和法国"新小说"代表作家罗伯-格里耶的将情节与叙述割裂开来不同,海飞是要弥合冲突的两种不同的存在,将人与环境自然地融合,这似乎又想回到现实主义中去。"武侠谍战"也能现实主义吗?

四、细节与人物：残酷的诗性

围绕着两个主要情节，海飞细腻地、榫卯对接般地展开了他的"武侠谍战"曲折惊险的细节的描写与讲述。海飞思维的逻辑性与谍战独特的悬念设置及细节间的前后无缝隙衔接让我不能不叹服和震撼。而在人物塑造上，与小说的整体性的反类型化一致，并没有将人物形象扁平化或者标签化，他们是发展与变化着的，虽然只有七天时间，人物也在成长和蜕变。《江南役》人物多达二十余个，无论出场多少，都有鲜明的个性与自身的生存与内心逻辑。这是一场以锦衣卫北斗掌门人田小七为首的几个兄弟与阿部和灯盏为首的倭寇间的"武侠谍战"，其残酷性可想而知，但在残酷的细节中，海飞却营造着一种诗性的氛围与存在，赋予人物以悲剧的品格，从而超越了故事，超越了武侠与谍战的传奇性，创造和丰富了类型文学文本的文学性。

1. 离开，"人"的觉醒

田小七是《江南役》的主要人物，他是锦衣卫北斗掌门人，千户大人，受皇上之命，带着他奇形怪状的兄弟——京城菜场的屠夫刘一刀、卖女人香粉和手绢的唐胭脂、硕大头颅矮胖粗壮又擅长挖地道的土拔枪枪，前往杭州，取火器局总领赵士真赶写的火器论述新著《神器谱或问》，并确保赵士真的安全。这几个人，包括田小七，是在吉祥孤儿院一块长大的，他们的父亲都早已死在辽东对倭寇作战的战场上。海飞一定是下大气力想写好田小七的，因为这部小说对海飞最大的魅惑就是源于对锦衣卫的艺术化想象。遗憾的是，我以为这个人物不是《江南役》中写得最好的人物，他似乎被海飞概念化与类型化了，尤其是在四分之三左右的篇幅里，他基本上没有什么自我，不仅武艺高强，而且思虑严谨周密，什么样的意外细节他都能事先预料得到，然后，最紧要处一定会有他的身影，飞来飞去的田小七的个性存在没有呈现出来。他的精彩之处是在结尾，但不是体现在与赵士真的女儿赵刻心之间的含蓄的爱情上。赵刻心太含蓄了，她没有完全地倾心于田小七，更没有唤醒或者将田小七从无惑的爱情中跳脱出来。田小七在与皇上的对话中已经感觉到无恙被杀，但他不愿承认这样的现实，一直活在回京城后将其从昭狱中解救出来的想象之中。倒是吴越酒楼的陪酒女柳火火写得更富有世俗的人情味儿，甘左严一直沉湎于对春小九的爱情与救命之恩中不能自拔，但柳火火的大胆泼辣与直率最终感化了醉生梦死般的甘左严。

　　田小七的精彩之处或者深刻之处，体现在与皇上朱翊钧的内心冲突中。

　　八月十五钱江大潮。皇上率百人队伍前来观潮并参加六和塔重修完工庆典，事前却没有跟地方官员打招呼。这时，杭州城东的望江门和城西的凤山门发生爆炸，并有倭寇张贴的标语："炸开杭州城，一门接一门！"田小七决定去艮山门，拦住城门外的皇上。但皇上执意前行，田小七便要先去城门试试。倭寇三支弩箭飞向皇上的车厢，激怒了皇上，他要走着去六和塔。田小七护卫着皇上，一路上与倭寇厮杀，并希望皇上实现诺言，回京城放出无恙。皇上说，她必须认罪，而不是试图越狱，罪上加罪。田小七被倭寇刺中一刀，说，皇上是不是杀了无恙？在倒下之前，他凄惨地说，你言而无信，你杀了无恙。余船海的冷箭这时对准了田小七，赵刻心挺身为田小七挡箭，田小七反将她抱起，在地上翻了个身，背上中箭。皇上问田小七，要不要跟我去登六和塔观潮？田小七说，我累了，我就留在塔底，看着皇上登塔。这时，在混乱中，田小七又被受倭寇阿部欺骗的孩子金鱼刺了一刀。连遭重创的田小七在赵刻心和昆仑的搀扶下登上六和塔，站在了皇上身边。皇上说，天卷潮回出海东，人间何事可争雄。田小七看了一眼赵刻心，心想，岁月易老，人间又何必要争雄？皇上说，一切都结束了，跟我回去。田小七淡淡地笑了，将被金鱼用刀割破了的飞鱼服用力扯断，扔向风中，说，皇上，我可能已经回不去了。这无疑是句双关语，人回不了京城，心也回不到皇上身边了。在这样的情况下，以生命效忠皇上的田小七看着远去的贵妃和国舅的背影对皇上说，杭州城之前那些被蝙蝠劫走的孩子，民间传言跟太子有关，其实完全不是那么一回事。真正的幕后策划，是郑贵妃和国舅爷郑国仲，他们兄妹是想借此暗中嫁祸于太子，让福王上位。让田小七想象不到的是，皇上却说，我什么都没听见。田小七你还没学会做人。做人的最高境界是，很多东西你不能刻骨铭心，要学会把它烂在肚子里。这是政治，即便是英雄，田小七也不懂这些。无奈之下，田小七说，杭州真好，单台兄一路保重。皇上知道，田小七叫出了他微服在欢乐坊赌博时使用的名字，而没叫他皇上，那是在真正地向他告别了。田小七终于觉醒了，这是跳脱了皇上的工具后的真正的人的觉醒。全身是伤的田小七经过七天的生死搏斗，不但战胜了倭寇等敌人，也战胜了为之骄傲不已的自己，或言之提升了自己的人生品格。

2. 刘一刀之死，英雄不再

刘一刀是京城菜场的屠夫，他的英勇与忠心及武功显然超越了他的出身，对田小七而言，更是他此行的最得力的助手。遗憾的是，他在土拔枪枪被骗离开后，前去追赶时中了倭寇的埋伏，被大卸八块，身首异处。他的死，诠释了此后再无英雄。刘一刀死前的内心世界并没有得到展示，他的言语也不多，与土拔枪枪性格完全相悖。土拔枪枪被倭寇首领灯盏假扮的瞎了一只眼的贫苦女人杨梅所骗，身中藕粉毒，在灯盏的逼迫下，他用赵士真刚写完的《神器谱或问》换取解药。丑陋自卑的土拔枪枪第一次得到了女人和女人的爱情，身心焕发出从未有过的自豪与激情，不惜背叛田小七和皇上的使命。赵士真中了毒镖，不省人事，土拔枪枪骗赵刻心，让她带上《神器谱或问》去万松岭换解药，结果单身一人与倭寇头领阿部火拼。多亏田小七带着刘一刀及时赶到，杀败倭寇，救出赵刻心。土拔枪枪承认这事是他干的，刘一刀说，你这是死罪。土拔枪枪说，我不怕死，我只怕自己活了一辈子，也没有一个心爱的女人。风雨交加的夜晚，他走了。刘一刀去追，唐胭脂拦他，人都走了，心可能也散尸了，你去追他回来又何必？但是刘一刀说，让开！土拔枪枪要带杨梅去衙门，杨梅说我要是不去呢？刘一刀走了进来，说，去还是不去，先问问我的刀。杨梅撕下面具，是灯盏。阿部将门在外锁上，屋子里钻出许多倭寇，刘一刀与土拔枪枪奋力拼杀，身受重创的刘一刀最后抱住土拔枪枪将他扔出屋外。土拔枪枪在浓墨重彩的雨帘中回头时，看见屋子里的刘一刀正用整个身子挡住破败的窗口，而很多刀子正向他接二连三地砍去。刘一刀把眼睛闭上，朝窗外的土拔枪枪凶猛地喊了一声，快走，不要回头！刘一刀被卸成八块，割下的头颅漂浮在一个水塘里，田小七游到水塘中央将其抱了回来。刘一刀嘴上不说,但他一定是懂土拔枪枪的,在土拔枪枪决意以死去换取一个自我的人生的时候,刘一刀挺身而出,他要在自己兄弟最紧要的时刻出手相助,表现出他的宽容与意气。之后的以死相搏或许别无选择,但在生命的最后时刻,他选择的是将兄弟抛出窗外,用自己的身体堵住倭寇。任何一个朝代的英雄也不过如此而已,所以,刘一刀之后,奢谈英雄。

3. 土拔枪枪,说白了,他就是个想活一回自我的俗人

土拔枪枪长得矮胖粗壮,头颅硕大,是一个因丑陋而自卑的男人,被女人看不上不说,还要被男人挖苦嘲笑。他不但不是一个成功的人,甚至还背叛了田小七及皇上交代的使命,客观上成了倭寇的帮凶,直接导致兄弟刘一刀为他丧命。但从小说人物的角度论,我觉得他是海飞在这部小说里写得最好的一个人。其实他是被海飞标签化、类型化的人物,但他内心的丰富性与变化在小说中得到了充分的表现,因此而成为一个福斯特在《小说面面观》里所称的"圆形人物"。

福斯特说,"扁平人物"在 17 世纪叫性格人物,现在他们有时被称为类型或漫画人物。真正的"扁平人物"可以用一个句子描述殆尽。他的好处一是易于辨认,只要他一出现即为读者的感情之眼所察觉;二是易为读者所记忆。他们一成不变地存留在读者心目中,因为他们的性格固定不为环境所动。而"圆形人物"绝不刻板枯燥,他在字里行间流露出活泼的生命。狄更斯的人物每一出场给人的感受都单调如一,而奥斯汀的人物则颇富新意,尤其是在对话中结合得那么巧妙且能相互辉映而不着匠痕,可以适合任何情节的要求,显得特别逼真。按照这理论,《江南役》中,刘一刀、唐胭脂、赵刻心、刘元霖都属"扁平人物",田小七如果没有结尾处与皇上的碰撞,也将被列入此类。

土拔枪枪举一把黑魆魆的铁锹,也是英勇善战,为田小七出力不少,他在西湖里的花舫船上被一群公子哥嘲笑,动了手脚,打了人砸了船,从而认识了瞎一只眼的女人杨梅之前也属于"扁平人物",但当他要与杨梅搞一场轰轰烈烈的爱情之后,他就开始"圆形"起来,他的每一次出场连几个日夜相伴的兄弟都感觉出了不同。土拔枪枪之所以能看上瞎一只眼的贫穷女人杨梅,实在是他作为男人被压抑得太久,而且他敢作敢为,不顾

一切地去追求爱情。当他发现干尸一只眼睛是瞎的,是真正的杨梅时,土拔枪枪笑了,笑着笑着又哭了。在陈留下眼里,他好像是疯了。最后,连一向严谨的田小七也说出了与其一刀两断的重话。一个卑微的底层人物的悲剧故事,如福斯特所说,表面看起来简单平扁,从不需要多作介绍就可辨识,但又不乏深度,你可以在他身上挂上某某标签,但是他却并不为这种标识所限。

值得讨论的人物还有好多,无赖陈留下、守戍军副千户薛武林,尤其是后者,他的前史与当下的复杂性,让也他更接近于"圆形人物",包括反面人物的倭寇余船海、灯盏和阿部也都有不少可谈论的话资。

五、硬安的一个结尾

2019 年 4 月,海飞写完《风尘里》的时候说:"我幻想着十年以后,田小七或许会是一个真正的锦衣卫英雄。如果我们穿越时空终有那么一天偶遇,我一定会对他刮目相看。"没读过《风尘里》,不知道田小七在万历三十年八月带领几个弟兄前往杭州,执行皇上交给的取火器局总领赵士真赶写的火器论述新著《神器谱或问》,并确保赵士真的安全的任务是否是在十年之后,但可以明确的是,此时的田小七确已成为海飞所期待的锦衣卫英雄。

荒漠中青涩的诗意与理想
——张者短篇小说《山前该有一棵树》读记

读过张者的两个长篇《桃李》《零炮楼》,那时我还在大学读研,他幽默调侃的语言和反讽夸张的叙述风格给我留下深刻印象。前者是大学生的视角,那个年代里老师的尊严被市场经济所取代,因为项目和生意,师生间甚至没了大小,整体的叙事在似是而非的语境里并不怎样可疑;后者是晚辈的视角,讲述父辈们抗日的故事,作者喜欢不时地跳出历史叙事,以当下视点发表议论,这种议论介乎油腔滑调和戏谑反讽之间,破坏了残酷的抗日历史的叙事语境,几乎可以说是一次叙述者的"狂欢",初出茅庐的我,不知深浅,曾著文批评。近二十年过去了,张者在这个短篇里仍然保持着上述幽默调侃的语言和反讽夸张的叙述风格,但不再那样地张扬,不仅大为收敛,而且温润了许多,与小说讲述的故事及叙事语境更加和谐融洽,浑然一体。

《山前该有一棵树》是个短篇小说,但感觉上它更像是一篇散文。

这是一个矿区,在天山深处,一个荒山秃岭寸草不生的地方。故事,如果说有故事的话,就发生在这里。这样的地方本来不适合人类居住,却因找到了一种神秘的石头——铀矿,兵团突然从三个建制团中抽调了近千人集结到这里。这个东西是造原子弹用的,父母们的工作便被赋予了神秘色彩,"我们这些孩子属于家属,就跟随着父母上了山"。西北干旱少雨,近千人的找矿队伍及家属生活的地方连棵树都没有,以至于"山前该有棵树"成为这些上小学的孩子们的理想,可是那个地方唯一的一棵胡杨树却在山下的胜利渠边上。在一次关于树的作文课上,他们想起了那棵胡杨树,就齐声喊,把那棵胡杨树移到我们山前吧,让我们回家能找到路。这棵胡杨树不经意中被孩子们赋予了一定的寓意,具有了寓言的味道。胡老师说:"山上没有水,树不能活。"同学们喊:"山上没有树,人不能活。"此时,树是孩子们寻找家园的路标和心灵寄托的天堂,居然上升到了精神的高度。胡老师被孩子们对树的渴望与执着打动了,他找到矿长,在春天到来的时候,将胜利渠边上的那棵胡杨树挖出来,用水罐车将它拉到山上,栽到了小学校操场中央。"它高高地耸立着,成了上山者的路标。坐在教室里依窗而望,也能看到它伟岸而又粗壮的树干,这让我们安心,给我们带来希望。"

如果说,小说的前半部分还有些平铺直叙,后半部分的故事转折了,开始有了戏剧性与冲突,诗性与感伤的情绪在叙述中也逐渐增强与弥漫开来。"我们开始了每天关注着胡杨树的消息,我们盼望着它能发出嫩芽,长叶,然后一树绿荫,到了秋天一树金黄。我们担心那么壮观的金色,小操场会装不下的。""可是,都万物生长了,它那原本似是而非的萌芽还没一点变化,更不用说生叶了。"胡老师急中生智,让所有男生晚上到胡杨树下集合。因为没叫女生,女生还不愿意,说胡老师重男轻女。胡老师绕着树挖了一圈小沟,然后让大家脱裤子往沟里撒尿。又从家里提出一桶节省下来的分配给他的甜水,对着树沟倒去。问题是这一举动非但不能帮助胡杨树成活,反而会适得其反,把它烧死。也因此,当有同学写作文为了拯救胡杨树,半夜三更悄悄到胡杨树边来一下时,胡老师当天夜里再一次将男生集合起来了,宣布了严禁私下再给胡杨树来一下的纪律。为了给胡杨树一些精神鼓励,胡老师还教给大家一首诗诵读,长大之后,大家才知道这首诗来自《诗经·国风》,只不过用在鼓励胡杨树上意思有些牵强。之后不久,胡老师在课堂上被开矿放炮时飞来的石头击中头部,当即死在了讲台上,后来被埋在胜利渠边那个巨大的胡杨树坑里。胡老师之死当然是个意外,但这个细节给人的感觉即便不谈宿命,也嫌沉重了些。不过,胡老师之死却为小说增色不少,也丰富了小说的思想内涵,提升了小说的精神高度。

那棵胡杨树当然没有活,但它就像胡老师当年所说的那样,它"活着一千年不死,死后一千年不倒,倒下一千年不朽"。多年以后,同学回到新疆,再次去了那个已经废弃了的矿山。他们没有忘记那棵死去的胡杨树,远远地看到了它的身影。"它已死去几十年,细枝已经被风掳去,只剩下粗壮的枝干,像一尊神秘的树雕。"这时,大家开始抒发各自情感与想象:"有人说它像一个女人,正张开双臂拥抱远方的云影。""有人说它像一匹天马,正带着我们向远方奔驰。""我则说它很像胡老师,他正在给我们上课,背景是那些被取走了一层石头的平滑如砥的山坡。那像一块巨大的黑板。胡老师正指着黑板给我们讲解那段《诗经》。"此时,叙述者有了属于他自己的思考与认知,而且这种思考与认知显然高出其他发表议论的同学,他的想象充满了诗意,与他们少年时对胡杨树的渴望,与死去的胡老师,在一个更具艺术形象与哲学价值的时空里遇合,升华了荒漠中的一段青涩的生命时光。这个时候,对于曾经的少年,胡杨树似乎是一种象征性存在,成了一种无法抹去的精神与情怀。"我们当然没忘记去胜利渠边看望胡老师。让我们惊喜的是,在胡老师的孤坟边真的长出了一棵胡杨树。我们围成一圈坐在树下,回忆胡老师,背诵那段《诗经》。"这新长出的一棵胡杨树,多少有了鲁迅先生的笔法,给那孤独者的身边抹上一点亮色,慰藉的当是那些后来者。

那段只有几年的青涩时光在上中学后下了山就结束了,但几十年后发酵成了现代性的"乡愁"。这个"乡愁"不单是一种诗意,一首挽歌,一曲离愁别绪,还是一种对现代社会世俗思潮的反思与批判、抗拒与自我拯救。小说结尾的一个细节是残酷的,"我们知道了当年那些神秘的石头根本不是铀矿山,是普通的石灰石。可以烧石灰,还可以生产水泥,这从后来建成的水泥厂和石灰窑可以证明。更多的是一般的石头"。由造原子弹变成了造水泥和盖房子的基石。那些诗意与理想的建构在几十年后的反讽中崩塌,荒废和耗损的不仅仅是父辈们的青春与血汗,甚至生命,也还有少年们美丽的童年,以及青涩的诗意与理想、纯真的生命与想象。

张者习惯或者说迷恋第一人称叙述。当然,我们不会将叙述者看作作者本人,即便有可能是作者本人。作者将叙述者置于故事中,他是当事者,参与了故事或事件发生的整个过程,只不过没有被赋予任何个人特征。他稍微明晰的形象出现在小说结尾:在这里,叙述者跳脱了韦恩·布斯在《小说修辞学》中指称的那种"叙述者":"在某种意义上说,他们的每一次说话,第一个姿态都是在讲述。大多数作品都具有乔装打扮的叙述者,他们用来告诉读者那些需要知道的东西,但他们似乎只在表演自己的角色。"这个叙述者虽然不是一个明确的独立人物,不过,他所制造的叙述的亲切感与故事的真实性却将读者轻松地代入小说的情境之中。尤其是叙述的少年视角,他们并不懂得许多的真理,很多东西都似是而非,它的不确定性给荒漠中的艰苦生活增添了一定的喜剧因素,又因单纯而真实。这样的叙述,似乎也淡化了短篇小说的构思精巧、情节结构化,以及追求思想深度的气质。

吊诡：历史与现实在虚空中和解
——王甜短篇小说《雾天的行军》的哲学意味

一

《上海文学》2016年第4期载王甜的短篇小说《雾天的行军》。王甜是我称之为"新生代"军旅作家中颇具潜力的一位。2012年初读她的长篇小说《同袍》，我感觉这是一部近年来难得一见的、洋溢着浓郁青春气息与时尚元素的军旅长篇小说，在军旅文学中相当炫目，当即写了评论。之后她又接连写出了以《毕业式》为代表的几个中短篇小说，我读后也写了综论。直感是，短篇小说《毕业式》在气质上最接近《同袍》，具有多个向度的象征意义，是被压抑的青春激情与活力的一次总爆发，也是个体思想与精神的一次狂欢。王甜小说给我的总体印象是一种青春的气息充盈在英雄叙事中，作品结构与人物塑造很有冲击力，女性作家常有的温婉与细腻却似乎不甚明了。

二

我认为，短篇小说是一种智者的佳构、孤独者的舞蹈。独特的视角、精巧的构思、隽永的思想与哲学的深度，以及文体探索的多向度的可能性，给作家提供了巨大的文学性表现空间。在这里，长篇小说所必备的生活的厚度不大用得上。陈彦的长篇小说《装台》近来颇受文学界瞩目，我武断地以为，21世纪以来，就小说所呈现的生活积累的深度与厚度而言，中国作家里出陈彦之右者怕是寥寥无几。但如《装台》那般细腻繁复地描述生活状态的写法显然是不适合短篇小说的。博尔赫斯为何偏爱于短篇小说（当然，还有诗和散文）？我不敢说他的生活积累不够深厚，但他深邃的哲学思想、对小说文体的奇异探索很难在长篇小说中凸显出来也是显而易见的。

1980年代中后期，以马原、余华、格非、苏童等为代表的先锋文学作家也是在短篇小说中进行他们的实验与探索的。在后来的长篇小说中，他们的先锋性已经不再，甚至丧失殆尽，用现实主义回归阐扬其对当下社会生活的关注显然是一种误读。当然，这里面有文学思潮及社会思想文化转型的作用，但长篇小说的转向也是不可忽略的因素。王甜当然不在上述作家之列，不仅仅是因为作品的成就，更重要的是作品的文学性向度。此前的长篇小说《同袍》及中短篇小说的光芒主要还是在语言、细节描写、人物心理刻画等层面上；但短篇小说《雾天的行军》却突然转向了对历史与现实的千回百转的纠缠，以及象征与隐喻和哲学性思辨。我突然想起王甜在谈到《同袍》时，有一个当时让我不太理解的、偏重于哲学思辨的说法：这部小说应该是阐释两个世界的碰撞与融合——一个是代表自然的、自由的、追求个性的属于精神的世界；一个是代表后天的、严谨的、具有规范意义的属于物质的世界。而集训是象征着精神世界与现实世界交锋的一场演练。想到这里，王甜的小说在我眼前一下子有了智者的面貌和孤独者的身影，于幽暗处闪耀出别样的光芒。

三

与当下诸多短篇小说刻意于故事不同，《雾天的行军》没有故事，只能说是有一个情节。一个雾天的早晨，张德明在母亲的诱导下，离开怀孕不久的妻子和家乡，在土著人的土地庙外的小空坝上与另外二三十个人会合后向北边去了，"之后，就再没有之后了"。张德明是没有"之后"了，但张德明的此前"身份"却因暧昧与迷茫无法证实而让他的妻子和遗腹子——县志办的"专家"陷入没有休止的龃龉中。"文革"中他的妻子的遭遇可想而知，更不幸的是他的儿子，几乎穷尽自己的后半生，企图考证和确认父亲的真实身份,却终不可得。他甚至还连带了中学的历史学"教授",随他一起最终蹈入虚空之境。

四

前不久细读了申丹、王丽亚的《西方叙事学:经典与后经典》一书,书中对西方叙事学中的"故事"和"情节"做了清晰的辨析,刚好还没有完全忘记,很适合用来分析《雾天的行军》。"故事"是指作品叙述的按实际时间、因果关系排列的事件,主要包括事件、人物、背景等;"情节"则指对这些素材的艺术处理或形式上的加工。与传统上指代作品表达方式的术语相比,"情节"所指范围较广,特别指大的篇章结构上的叙述技巧,尤指叙述者在时间上对故事事件的重新安排(比如倒叙、从中间开始的叙述等)。概而言之,"情节"是对事件的安排。我补充,应该还有人物。

之所以要在此处做这样一种梳理,是因为我觉得短篇小说的篇幅是不宜讲述故事的,完整的故事讲述势必要妨碍小说其他层面的展开。"情节"恰恰是对"故事"的颠覆或破坏,不仅可以有效地压缩"故事"的时间长度,还能够在更宽泛的空间进行文学性的延展。《雾天的行军》显然体现了王甜对"情节"的深刻认知,她正是通过对上述小说"情节"的精心结构,充分表达了她对历史与现实的龃龉,甚至可称之为吊诡的极富哲学意味的思索,这些东西依靠故事是不可能实现的。但王甜不是哲学家,而是作家,因此,她的极富哲学意味的思考不可能采用逻辑推理的方法,而是要通过一系列文学细节的叠床架屋,最终在小说中绽放她的思想闪光与哲学思辨。

五

张德明的儿子——县志办的"专家"被中学"教授"请到学校给学生做报告,可是他的学问被学生判为无用和无趣,"专家"痛苦地反问:"你们想当孤儿吗?"随后他采取了一个反击措施,给学生三天时间写出自己的家谱。结果可想而知,多数学生只能写到祖父、父亲,算上他自己才只有三代；两成学生虽然写到了曾祖父，却不知道曾祖母，连姓也写不出。"专家"退缩了，他对"教授"说："连我自己也完不成这个作业。"历史或者说传统社会的文化结构，在现实的社会生活中已经失去存在的基础或意义。这看似闲笔的枝蔓，隐喻了"专家"和"教授"在后文探究张德明"行军"去向时的虚妄。

六

张德明的参军缘于婆媳关系的"死敌"传统，这多少有点儿牵强，这种夸张的写法在某种程度上破坏了小说情节链的浑然一体；换言之，不具有必然的逻辑。小说当然重视偶然因素，但王甜却细腻地描写了母亲诱导儿子参军的过程，包括内心的种种幽暗，生怕小说的逻辑性不足，进而失信于读者。

七

不同的人或群体，对张德明"行军"去向的看法或态度颇有意味。县志办主任对"专家"撰写的条目的臧否采用了一个疑问句："说他们参加了共产党的队伍，证据呢？"这句话尚且可以用学术的严谨来理解，而他们憋住没放出来的"屁"则将"专家"企图考证和确认父亲真实身份的努力置于空中楼阁："还找那没影的人做啥？"作者又接着概括人们普遍的想法："即使证明他们投了共产党，或者国民党，又能怎么样？二三十号人，烧成炮灰也不过一箩筐，倒出来给老县城垒城墙，城墙砖都不会抬高一寸——又如何值得写进皇皇一部《离水县志》？"这对"专家"无疑是致命的一击，他"空中楼阁"般的理想彻底塌陷了。

王甜像鲁迅调侃阿Q般地顺便调侃了一下"专家"："写不了自家的族谱，更感受不到祖辈、父辈的温度。张德明只是三个可转换为书宋、幼圆或其他字体的汉字，张德明只出现在'zhang、de、ming'几个音节发出的瞬间，开口即到，闭口即走。"在深化思想的同时，也多了几分鲁迅式的老辣。

八

"专家"当然不会死心,甚至连"教授"也仍然在进行着不懈的努力。"是国军","教授"做出自己的判断,他不顾"专家"的感受,为张德明绘制了一张红、蓝两色的路线图:张德明是跟着一小股打了"回马枪"的胡宗南的部队走了,去攻打延安,失利后退至秦岭、巴山地区,然后到了西昌、海南和台湾。"专家"不可能接受这样一个结局,他从柜子里拿出了自己绘制的另一张图:张德明参加的是陈赓的部队,协同王震进行了吕梁战役和汾孝战役,狠歼了胡宗南、阎锡山两部,之后参加了晋南攻势,强渡黄河,参加鲁西南战役。"教授"终于弄懂了"专家"要的不是一个结论,而是"某一个"结论,便迎合说,他很有可能投诚了解放军。"专家"并不罢休,"那样和原本参的解放军还是不一样!"这样的争执连他们自己都觉得幼稚,于是,王甜适时地端出她的不无哲学意味的思考:"一个名叫张德明的人,站在两份路线图的起点上,他何去何从?每一个细小得不能再细小的分岔点都诞生一个新的可能,谁能穷尽每一种可能?一个单薄、渺小的个体,出发、投入滚滚的历史洪流,你能从哪滴水中把它捞出来?"这里面既有对人在"滚滚的历史洪流"中的"单薄、渺小"的无奈的感叹,又分明暗含着对"专家"的执拗的揶揄。

问题似乎不止于此,历史中的张德明无论在与不在,他已经不会在意自己的身份,倒是现实中他的儿子,也包括"文革"中的儿媳,对他的身份颇为焦虑。这焦虑似与信仰无关,而是现实的处境使然。换言之,"专家"关注的是张德明的意识形态属性,而不是作为个体的活生生的人的历史际遇。这是人性的异化吗?这样的辨析让我不能不倒吸几口凉气。历史似乎有了一点虚妄感。张德明的母亲倒不太在乎张德明的历史身份,她回到历史的原点,将注意力聚集在儿子参军一去不返的根本逻辑——媳妇就不该嫁到张家来,她不嫁到张家德明就不会宠她,她就是怀上了孩子也不敢骚情,自己就不会那么看不惯,当然就不会狠心让儿子去当兵。如前所述,这个还是用力过猛。婆媳间的龃龉自然是常有,但达到此种程度当是奇葩吧,甚至说是这个短篇的"硬伤"也无不可。

九

　　人们从各自不同的体验与角度拷问历史，尽管他们未必懂得拷问的现实意义，拷问本身就是意义，那是一种民族的狂欢。也就是说，现实在那个时代不允许历史虚无。张德明"那消失的面孔不得不面对人民群众"："参的是解放军，怎么还乡团不来灭你们呢？""怕是刀切豆腐两面光吧？共产党得了天下你说参的是共产党，要是国民党得了天下呢？你还不说你参的是蒋介石的部队？"德明的儿子考上县中被政审下来，插队时，女朋友也因父亲的问题而提分手，对方甚至以参加土匪说对其进行致命一击；德明的媳妇被揪斗了十几回，并尿了裤子。"专家"追问父亲历史身份的执拗从"文革"中的遭遇来看应该得到理解了。

十

　　"专家"和"教授"漫长的关于张德明真实身份的考证和确认几乎无望，却因一老太太近乎荒诞不经的妄语而"峰回路转"："其实，每年的那一天，那个时辰，都要起雾，那队人都要穿过镇子……"在经过半年的研究后，"专家"和"教授"先后走进了老太太所说的那片雾中，追随着数十年前的参军者们一路向北。这个结尾不免有些吊诡与荒诞，两个追问历史真相的人最终遁入了虚空。是不是可以说，虚空才是历史的真实？如果当历史存在的意义失去了现实依据的话，这一说法似乎可以成立。历史的复活，或者说它的价值意义，一定是在当下"语境"之中，失去了这个"语境"，历史就成为一种概念或符号。张德明真实身份的考证和确认有现实的"语境"吗？我不敢确定。这里显然存在着一种"遮蔽"，耐人寻味的是，是历史遮蔽了现实，还是现实掩饰了历史？或者说是相互缠绕的第三种灰色的区域？荒诞其实也并非虚妄，它往往更具有现实的合理性，隐喻着超越历史与现实的精神之境。

十一

　　历史与现实终于在虚空中和解——王甜在这个短篇中创造了一个颇有意味的小说意象。

北回归线、稻田的丰盈与清瘦
——范稳长篇小说《太阳转身》读记

一

面对小说，范稳是一个少有用力的作家，这在他的四五部之多的长篇中有充分的表现。他既不像先锋作家那样借助现代主义或后现代主义的形式的外力，也不像新生代作家那样看重叙述的技巧，以及自谑与调侃、幽默与反讽内功；他走的是扎实厚重的写实的道路，可以谓之现实主义，却不乏浪漫的理想与情怀，在象征与隐喻的修辞向度上似乎日益汪洋恣肆，彰显着一种近似于《楚辞》或《庄子》一般的宏阔与混沌的诗性光芒。

这样的小说当然从不单薄轻飘，亦不会凭空想象地编造，即便是写一个颇为传奇甚至类型化的故事——身患绝症的退休老警察不顾个人安危拼死侦办一起拐卖儿童案，范稳也要将现实生活丰满起来，哪怕是作为故事的背景，于是，在主线之外，我们又看到了艰难的乡村脱贫和丰饶瑰丽的壮族历史与民间文化。从故事叙述的角度，这些旁逸斜出的东西与中心情节并不是逻辑性的必然关联，但它们使小说成了一种现实社会，一种复杂多元的人类文化。虚构的故事因此有了扎实的生活依托与浓重的文化底色。范稳称他有结构小说的能力，也善于结构长篇小说，但这不是最为重要的因素，起决定性作用的是作家的长篇小说观。范稳的长篇小说观念意识里，一个单线条的故事，无论它怎样传奇与曲折，都不能成就一部优秀长篇小说，优秀长篇小说一定是一个立体多维的空间，包括足够长的时间，空间与时间交织出的生命与生活的独特样态才是长篇小说赖以存在的根本，他的多部长篇小说充分体现了这一时空观。

二

《太阳转身》与作家的关系是显而易见的，它是作家体验生活与采访的结果，这一点范稳并不回避，小说的后记中有详细的描述。自传式的小说强调的是作家自身的经历与经验，最典型的是20世纪五六十年代的那批被命名为"红色经典"的革命战争题材长篇小说。这对小说而言当然重要，因为来自作家自身的经历与经验确保了虚构的小说内容与描写的真实性。来自新闻，或者如范稳《太阳转身》这般的通过体验生活与采访搜集的方式获取的写作资源也不是小说的大忌，刘知侠的《铁道游击队》就是以真实人物的报告材料为基础，经过多次采访，体验生活，创作出来的。问题的关键在于，这些采访搜集来的素材是否能有效地勾连，并激发起作家的生活经验与文学想象，将其融合到一起，成为一个浑然一体的社会存在，这就不是单纯的结构的能力所能够完成的了。

《太阳转身》里有三方面主要内容：中心情节是已经退休了的前省公安厅侦查局局长卓世民在被医院诊断为胰腺占位，就是肿瘤，这种病症多数都要转移成恶性。在这样生死攸关的情况下，卓世民却毅然选择了亲自去调查侦破一起拐卖儿童案。这个孤胆英雄的人生信条是："能站着，就不躺下。"案件当然是复杂的，企业老板因自己不能生育而买养自己矿上的青年员工刚刚生下的婴儿，从而引发此案，又因黑社会团伙的背后操纵而发展为案中案；其中涉及他曾经在边境反击战中浴血战斗过的乡村，那个当年为支援前线而不怕流血牺牲的村庄的村民，因为贫穷几乎都参与到了拐卖儿童的犯罪中；卓世民曾经的部下，青山州公安局副局长居然腐化堕落成了黑社会团伙的保护伞，为了阻止卓世民的深入调查，甚至丧心病狂地企图杀掉卓世民；而狡猾凶残的黑社会团伙巨额敲诈交易，地点一变再变，最终转移到境外，且有赌场老大支撑。尽管如此，卓世民没有退缩，与拐卖儿童的黑社会团伙展开面对面的殊死搏斗，救出被拐卖儿童，他却不幸因突发心肌梗死壮烈牺牲。紧紧依傍着这一主线的扶贫问题，从主题意义上虽然很重要，但在小说里相对于主线就明显地单薄简单了许多，而且流于概念化与程式化，作家并没有提供更为新鲜的方法与经验。南山村不足三百人，是个戍边之地，几十年前在边境反击战支前中是立了大功的。村主任，也是当年支前与卓世民并肩战斗的民兵连长曹前宽，带领村里剩下的三个党员，六七个老倌，就用钢钎和大锤干了十二年，将通往山下公路的五公里的挂在悬壁上的羊肠小道挖通。虽然最后真正地将路修好通车是在州委书记刘云天调研后，在县市的支持下才得以完成，但这个事件是令人震撼的，尤其是当年反击战中在山路上如履平地的赶马人曹利群，在修路时被岩石砸断了腰而瘫痪枯萎，媳妇给他找治病钱而一去不复返，成为拐卖儿童的帮凶。而随后的卓婉玉关于壮族的历史与民间文化的研究征服了企业家林芳，林芳投资五百万，将文化与旅游结合起来，兴建了一个三千平方米的太阳广场，打造一个民俗节——"女子太阳节"，这个山村从此走上了兴旺富裕的道路。林芳虽然不是这个小说拐卖儿童案的始作俑者，却被绑上了丈夫褚志一手策划的为自己买一个儿子的战车，自然摆脱不了原罪感与自我救赎的意识。这样的脱贫显然不具有新鲜的个性化经验。第三个方面是壮族的历史与民间文化，虽然借用了大学文化人类学教授卓婉玉之口，仍涉嫌将学术研究生硬地剪贴到小说里，丰富了小说的诗性意蕴不假，终究没能与小说水乳交融。比较阿来的长篇小说《尘埃落定》和肖江虹的中篇小说《傩面》就一目了然了。

上述三个方面显然都不是范稳的经历与经验，甚至连长期积累都谈不上，之所以能将它们扭结到一起，按范稳自己的说法就是结构的能力。虽然如此，在处理这些材料的时候，裁剪之后的拼贴痕迹是显而易见的，这是小说这一文体所不能够沉默与忍受的。

三

基于范稳的苦心孤诣，或者说他对艺术的敏锐，他发现了北回归线刚巧从汤谷寨这个小村庄穿过，这个发现一定是让范稳的构思或创作豁然开朗，它重要的程度显然超越了结构。在每一年的夏至这一天，太阳都要从这里转身回归。过去也转身回归，但意义已经有所不同。汤谷寨的老人们至今仍然认为：天上的太阳曾经在一个夏至日转身离去，从此丢失了，光明不再。范稳赋予了这一现象以新的意义，一种只有文学才具备的象征性与意象性，一种美学的崇高与诗性。太阳从这个北回归线的村庄转身，不再是悄然离去，而是王者归来。这一神来之笔有如诗眼一般，一下子提亮了小说的整体色调，甚至那灰暗的乡村也跟着一下子明亮起来。当然，实现这一想象的手法是借助卓世民的女儿、大学人类学教授卓婉玉，这个办法多少都有些生硬，因为硬贴上去的感觉是明显的。大段的论文出现在小说中的现象不是没有，但还是不这样做更好，梅尔维尔的《白鲸》再怎么经典，我都不喜欢里面那些论文般的关于鲸鱼的知识。这里问题是，作家总想把某些东西向读者讲明白，或者说，他掌握了大量这方面的学问，舍不得裁剪，于是就脱离了小说本体。

北回归线，或者说太阳转身这一象征与意象在小说里被范稳普泛化，不仅仅是上面提及的小说的整体性象征，还包括几个主要人物与事件的象征。卓世民本来已经退休，回归安逸的家庭生活，开始另一种人生，这时却检查出了绝症，在这种情况下，他放弃了治疗，将最后的生命时光"转身"投入到这起拐卖儿童案的侦破中，以至于最后因心肌梗死殉职。卓世民的"转身"的意义还体现在办案的途中已经获悉自己病情的误诊，但他依然义无反顾地追踪案犯；也就是说，他不是那种低级的破罐子破摔。从小说的角度，达成了悲剧美学的效果。

林芳算不算转身？有点儿模棱两可。但南山村及汤谷寨则是不折不扣地转身了，贫穷落后的山村彻底改变了面貌，历史与民间文化在市场经济中大放异彩，脱贫致富几乎是历史发展的必然。但我的思想没有停留在这一让人们欢欣鼓舞的层面，我想的恰恰是被"太阳转身"所遮蔽的另一面，也可能是范稳有意或无意所忽略的一面，因为"太阳转身"这一象征与意象毕竟是太绚丽，太耀眼，太诱人，太光芒万丈，它几乎让作家的情绪难以抑制而无限膨胀。

"田园牧歌、诗情画意的生活，只是市场经济条件下乡村生活的表象。乡村正处于一个嬗变阶段，年轻人观念在不断刷新。只有等田里的稻秧青了又黄、稻田丰盈又清瘦十几载后，侬建光才会在生活的砥砺中回想起这一天。一个只会驾牛犁田的穷小子，要走多少路、要吃多少苦、要经历多少'复杂'，才能把汤谷寨的太阳花，滋养在这个飞速变化的世界——是开放在韦小香母亲希望的大都市的高楼大厦中,还是扎根在壮家人世世代代耕耘的稻田?"这是小说中的一段对孩子被拐卖的侬建光的描写,他体现出的显然是中国人所普遍存在的现代性焦虑。"现代性"过于宏大与复杂,我关心的是"稻田丰盈又清瘦"这一朴实而丰厚的意象的人生般的轮回。农民的生活与生命就是在这样的轮回中生长,以至于虚无。这是乡村生活的根本、农民生命中的根本。小说中接着写道:"壮族作为种稻历史久远的稻作民族,其稻作文明相当发达。壮族人和水稻的文化勾连。包阿姨说,人的魂就叫'命款',稻子也有魂的,我们叫'命榬'。我们壮族人种一辈子的田,人命靠谷子养活,人的魂就和稻的魂连接在一起了。"北回归线或者"太阳转身"的象征,农民不一定懂,但"稻田丰盈又清瘦"却是他们年复一年的生存状态,那里面寄予着他们太多的汗水与生命的记忆和刻痕。打击拐卖儿童也好,脱贫也好,历史及民间文化也好,对农民而言,稻田似乎更接近他们的生存与生命本身。与这一意象比较,"太阳转身"不免标签化,作家在思想的层面似乎用力过猛,华丽的表面覆盖着难以言说的几许铅华。

每个作家都渴望用自己的作品表达自己所处时代的思想精神的高度,但文学与其他样式的文字有所不同,它是经由作家的情感与灵魂的浸泡后的流淌,在强大的思想力的支撑下,自然地抵达人性的深处和时代的本质,被现代主义和后现代主义边缘了的巴尔扎克或许会给我们很多启示。

四

长篇小说与中短篇小说的重要差异之一是将小说的思想内涵内蕴于小说的故事情节与人物塑造之中,一种自然的意味更好。就是说,作家非但不彰显它,甚至还要隐藏它;挑明说白了,味道就寡淡了,甚至于无味了。中短篇小说则不同,有时可能还要强调和彰显它,就是说要靠它来提升小说的深度与意义。余华说:"相对于短篇小说,我觉得一个作家在写作长篇小说的时候,似乎离写作这种技术性的行为更远,更像是在经历着什么,而不是在写作着什么。换一种说法,就是短篇小说表达时所接近的是结构、语言和某种程度上的理想。短篇小说更为形式化的理由是它可以严格控制，控制在作家完整的意图里。长篇小说就不一样了，人的命运，背景的交换，时代的更替在作家这里会突出起来，对结构和语言的把握往往成为另外一种标准，也就是人们衡量一个作家是否训练有素的标准。"① 这个问题当然是复杂的，应当另论；但哈罗德·布鲁姆在《小说家与小说》的前言中说："关于想象性文学的伟大这一问题，我只认可三大标准：审美光芒、认知力量、智慧。"对照这三大标准，小说《太阳转身》都有，但似乎又感觉有些欠缺。问题出在哪儿呢？以范稳的才华与写作经验论，可能需要沉淀一下或者滞后一些时候再写，像他的名字那样，也未可知。

---

① 余华：《长篇小说的写作》，见《我能否相信自己——余华随笔选》，人民日报出版社1998年版。

没有结局的小说与"漂泊者"的命运及状态

——读徐则臣中短篇小说记

一、吊诡的结局

与徐则臣相识于哪一年,似乎有些模糊。像我们这样一些人,时间与空间观念都很差,白天与黑夜也经常是一种混沌状态,所以,即便是这样重大的事情居然没记得住也就不足为奇。记得住的是一种感觉与状态,比如喝酒谈天几乎成了我们交往的一种不可或缺的方式,酒足饭饱后也可以搂肩搭背、海侃神聊。有汉尚知,但诺贝尔何许人也已然淡忘。

想起五年前是因为那时我还不怎么喝酒,我经常坐在军艺图书馆二楼靠窗的那个几乎成为我专座的位置上,长时间地埋头于书桌后,也会突然抬起头来,扭转头久久地注视着窗外。窗外是我叫不上名字的松柏与泡桐、白杨一类的树木,它们庞大而茂盛,掩映着几条笔直的柏油路。那一天其实是无数天中极其普通的一天,但那一天因为我偶然间翻开了那本黑色封面的名之曰《跑步穿过中关村》的小册子而变得意义重大起来。可能是午后,阳光穿过婆娑的枝叶将阴影斑驳地印在长长的书桌上,还有我的身上与脸上;还有一种可能则是在晚饭后,那时,寂静的校园里各种灯光一齐点亮,树木被灯光剪出幽暗的轮廓。我已经埋头很久,这时抬起头来再次扭转向窗外。仿佛《西夏》中的王一丁和西夏、《啊,北京》中的边红旗、《跑步穿过中关村》中的敦煌和夏小容、七宝他们就隐匿在婆娑的枝叶后边,我甚至听到了他们窃窃的声音。同样是"漂泊者",我知道自己跟他们不一样,与他们比,我要幸福得多,那时我正在读研,正匍匐在文学前沿,关注着各种现象与作家作品,意气风发地在各种报刊上发表颇令自己有些得意的见解;但五年多的漂泊时光还是让我在那一时刻里,说不清哪些地方与他们似是而非地连接与沟通着,我关注他们的命运,我想知道他们未来的生活。那时尽管我还不知道徐则臣是何许人也,但我根本顾不得我的孤陋寡闻,我只知道我被他们震撼了、感动了、感染了。随后,在更长久的时光里,一种绵延无尽的哀婉与忧伤一直在我的内心回荡。

查看我当时的笔记,"没有结局的结局"是关键词。那个时候我肯定是很惊讶,惊讶那个我不知道是何许人也的徐则臣何以拧着读者的阅读趣味,偏偏不给出人物的未来,他就那么武断决绝地在人物的某一个转折的时刻让小说戛然而止。从小说的结构角度论之,就是没有结局,或按西方现代小说观言之则是开放的结尾。后来我读了徐则臣大部分中短篇,这才知道,他的很多作品都采用了这种方式结尾。即便有的作品有个结局,那也是相当模糊与暧昧的。我当然知道,这是徐则臣对小说结构的一种理解与偏爱,也可以说是他对人的生活与命运的一种认知与判断;但这仍然无法阻止我在某一个时段里,认为徐则臣有些偏执与狭隘,我甚至把徐则臣想象成了以办假证谋生的诗人边红旗,这种方式很像边红旗所为。

二、"自叙传"说仍然成立

批评家李敬泽称,由作品到作者或者由作者到作品都是正当的解读方向。读徐则臣的小说应该选择从哪儿到哪儿是五年前曾经困扰过我的问题,那时候我还不能完全做到从鸡和鸡蛋的悖论中挣脱出来。当然,那时候我还不认识徐则臣,现在我想,如果那时候我认识了徐则臣,我肯定会选择由作者到作品的研究路径。不是说徐则臣的小说写的就是他自己的生活,像黄永玉老先生的《无愁河上的浪荡汉子》,但徐则臣的小说中所写的人物与生活又确实跟他有关,很多的细节让我感觉他都曾经耳闻目睹过,甚至经历过,只不过他把那些东西统统地装进了北京的"漂泊者"那个筐里了而已。人物的命运当然与徐则臣截然不同,但他们的生命和生活中的诸多感觉与情绪却与徐则臣息息相通,从这个意义上讲,"自叙传"说仍然成立。

问题是写作这篇东西的时候我已经不是五年前那个意气风发的在读研究生了,所以,我不可能再把关注点放在小说与作者之间的关系上,现在,我更关注的是作品本身。因此,我不断地回想和追问自己,《跑步穿过中关村》中的那三个中篇让我震撼、感动,或者说感染我的是什么?当然与人物惨淡的命运与困厄的生活境况有关,但仅此而已吗?这是很重要的一方面,还有呢?那又是什么呢?徐则臣自己就说:"小说不仅是故事,更是故事之外你真正想表达的东西,这个才决定一部作品的优劣。"徐则臣还说:"小说是向着未来的,向着区别于当下的一种可能性。"徐则臣进而又说:"当下,现在进行时,漂泊,焦虑,面向未知的命运和困境,城市与人的关系,这些都表明我在探寻、发掘、质疑和求证。"我对徐则臣这些话不敢掉以轻心,更不敢当耳旁风,因为我已经体味出那些小说表层背后的,或者说小说更深层的内蕴,才是徐则臣的小说本身抑或本质。也就是说,只有读解出小说表层背后或者小说更深层的内蕴,才方显批评家本色。

差一点儿就80后了的徐则臣一点都不"先锋",相反,很现实主义,他甚至都不想有些微的掩饰。现实主义方法的选择跟他所写的人物的命运及生存状态有关,面对那些北京的"漂泊者"生活的艰难困境与命运的多舛无奈,徐则臣充满了悲悯与温情,那种近于肌肤的体恤,使他甚至顾不得小说的诸多技巧,更遑论"先锋"耳?读徐则臣小说的时候,我似乎能感觉到他写作时的那种情境,那些让他刻骨铭心的细节足以摧毁有关小说的结构、语言、思想意蕴,他只是要求自己把那些碎片般的原生态生活写好,他觉得足够啦,他自信地认为所谓"探寻、发掘、质疑和求证"自在其中。相较那种刻意于经营结构与主题的小说,我更认同徐则臣这种小说观,它去小说化,不去间离小说与读者的关系,而是让读者置身于小说之中,忘情于人物的悲欢离合与阴晴圆缺,恨不得自己也是那些人的哥们儿。徐则臣无意于彰显小说技巧一类的东西,他已经进入无技之技之境。

三、"漂泊者"的命运与状态

1.

这一次我也想像边红旗那样，从徐则臣小说的结局入手，以求证徐则臣小说的结局与人物命运及生存状态之关系。我知道这样做会很复杂，我尽可能地将其简单化，这才更符合我的"读记"之文体。一张纸条，还有一个电话号码便莫名其妙地将哑女西夏推入了王一丁的怀抱。王一丁只是一个跟别人合伙开一家小书店的普通人，他不想接受这么一个不明不白的女人，他采用种种办法想把她赶走，但他的善良及逐渐培养起来的对西夏的情感，还有三十岁独身男人本能的欲望，让他最终接受了西夏。小说似乎可以结束了，但小说家徐则臣却让王一丁获得了幸福感之后产生了对西夏身份不明的焦虑，尤其是在得知西夏的病完全可以治愈之后，他担心能重新说话的西夏在说明真相之后，会导致自己失去西夏。两难选择折磨着王一丁，而当医生打来电话通知他们去接受治疗的时候，王一丁却否认了他们曾经的预约与期待。在医生最后的求证中，王一丁虽然说话了，却不知道他说了些什么。徐则臣何以要弄出这样一个暧昧的结局？我以为他是在暗示，王一丁已经无法离开西夏了，他甚至想放弃让她重新说话这样重要的机会。

西夏的病能否治好不得而知，但徐则臣让北京的"漂泊者"王一丁与西夏在相互抚慰中获得了底层人群难得的温暖，这显然与徐则臣自身的经历与情感有关，他不忍心让他和他的小说人物受到更深的伤害，他似乎只能用这种方式来安慰那一千多万如同蚂蚁般的北京"漂泊者"。同样的原因，徐则臣在《啊，北京》中，也没有让从看守所中出来的边红旗命运过于悲惨，苏北小镇美丽贤惠的妻子把他接回了家乡。边红旗当然够不上个诗人，但他有理想和激情，他辞去教师职务只身闯荡北京，显然与儿时的梦想有关，而且这种梦想让他觉得北京就是好，用他自己的话说："北京啊，他妈的怎么就这么好呢。"但现实生活与理想毕竟不同，事实是，边红旗尽管标榜自己是个诗人，但他在蹬三轮不成后，竟选择以办假证谋生。这种担惊受怕、极不稳定的生活虽然没有将他的理想与意志消磨殆尽，与房东的女儿沈丹的爱情纠葛虽然让他时而有一种小小的窃喜,但最终还是让他身心俱疲。替小唐受过既是他对砍掉小唐两个手指的忏悔,也表现了他男人的豪气与担当。这一次的结局似乎已然明晰,但他在眯起眼睛看向太阳和天空的刹那,心情也一定是百感交集。随后哗哗的泪水,苦涩地向四面漫漶,蕴积着他对北京的依恋与无奈。

从命运与生存状态的角度看,边红旗还算不上悲惨,敦煌、夏小容、七宝们更让我为之动容和同情,更能彰显"漂泊者"在徐则臣小说中的隐喻主题。敦煌因跟随保定办假证而被抓,三个月后出来因碰上了卖盗版光碟的女孩儿夏小容而改卖盗版光碟。敦煌尽管很聪明,也很"敬业",但仍然无法改变生存的困窘,过着流离失所、朝不保夕的生活。与夏小容的爱情既是对他内心的一种抚慰,也让他对未来有了理想与憧憬;然而,夏小容的前男友矿山的出现则粉碎了他创造一种温馨小家生活的梦想。离开刚刚品尝到一点味道的生活是敦煌无奈的选择,幸好这时他在打了几百个电话后找到了保定的女友七宝,并与之发展为一种情爱,但这种情爱也因保定的出来,并发现了七宝早已当了妓女而险些崩塌。敦煌没有放弃他对爱情与家庭生活的理想追求,他与保定四处借钱将七宝淘了出来,新的生活在他面前重新展开。以徐则臣对"漂泊者"的认知与生活积淀,他几近残酷地让敦煌在救出矿山之后被警察抓获。他在被戴上手铐的一刻,他的手机响了,七宝冲他喊,她怀孕啦。也就是说,百般努力的敦煌还是没有摆脱困厄的命运。夏小容和七宝呢?夏小容没有边红旗、敦煌们的远大理想,她就想回家嫁人生子,过一种平和的普通人的生活。矿山并不是她理想的选择,跟敦煌也不可能,最终因矿山被抓而倾其积蓄。孩子成了她北京漂泊生活的最大收获。美丽的七宝的命运似乎已经没必要再重复细说了。

2.
徐则臣的小说一点儿都不花里胡哨,不玩弄任何的所谓文学技巧;语言上偶然间会有点小幽默,但那是紧紧地贴着人物和生活的,而不是出于文学性上的考虑。这些人物及他们的生活让我有一种陌生的新鲜感,我甚至疑虑,他们真的是生活在北京吗?这么多年,为什么不见其他作家描写这个群体与领域？因此，2009年的长篇小说《天上人间》的封面上就赫然地标榜着"老舍的北京是地域性的，王朔的北京是开放型的，徐则臣的北京是流动的"，这多少还是让我有些吃惊与疑虑。其实对这种概括与比较，我是不以为然的，不准确，而且还有一种不伦不类的感觉；但重要的是徐则臣已经与老舍和王朔并肩了，这个评价无论怎么说都是相当高的。描写北京生活的作家作品多了，但能够写出独特之处，以至于独霸一方，还能说不重要吗？要知道，发表这些作品时，徐则臣还不到三十岁啊。但当我读完这个其实是四个中篇连缀而成的长篇小说时，我的疑虑基本上烟消云散了。凭我的文学感觉，没有相当深厚的生活积累，无论如何都写不出这样生动鲜活的作品。也就是说，对徐则臣小说中"漂泊者"及其生活存在的疑虑完全可以打消。

《我们在北京相遇》与《啊，北京》几乎雷同，后者是要写边红旗，前者写的是群体，但将沙袖突出出来。小说写几个外省人对北京的向往与渴望，他们认为那就是他们理想中的天堂；其实不然，他们经过几年"炼狱"般的生活，最终还是无法跨进那道看不见的进城的"门槛儿"，身心俱伤显然超越了他们的想象。办假证的边红旗肯定是进去了；没着没落、无所事事的沙袖因为不放心一明与一位女学员的关系而产生报复心理，怀了边红旗的孩子，虽然最后流掉了孩子，与一明重归于好，但内心的伤痛想必也不是三天五日就能够平复得了的；而"我"则被父母及女友逼迫着回了故乡小城，除了找到报社记者这么好的工作，还要迎娶女友小童。《天上人间》写乡村少年子午来北京后的成长与毁灭，聪明导致他不像"我"那样本分，而且加速了他毁灭的速度，令我慨叹不止。《伪证制造者》中的姑夫确实算不上个好人，但残酷的生活却耗尽了他的情感与精力，以至于失去他最看重的男人的性能力。他没有任何付出的儿子将考进清华大学，这让他重新获得了激情，但就在他刚刚感觉到性能力恢复的刹那，他却被警察抓获。

此外，收在其他集子中的《居延》《把脸拉下》《屋顶上》等也都有可圈可点之处。执着地寻找丈夫的居延一直不能真正地接受唐妥同样执着的充满温情的爱情，她无法真正地忘记丈夫；然而，当丈夫终于出现在她面前的时候，她却转过脸专心地对给她打电话的唐妥说："我要做一桌好菜,都是你爱吃的。咱们就在家里庆祝。"她终于说出了一直不肯说的"家"。这个结局让我一直冰凉的身体陡生暖意。因为同一个理想——买房子,让卖假古董的和报社编辑居然走到了一起,在被警察抓获的一瞬间,是卖假古董的承担起进看守所的责任。而报社编辑为了把卖假古董的淘出来,终于把脸拉了下来,翻开电话簿,给朋友打电话,"我想借点钱"。在北京漂泊的宝来不光是生活上的困窘,精神上也极为空虚,每天半夜出去为办假证的洪三万贴小广告的生活让他有一种没着没落的感觉。一次偶然的一瞥,一个女孩儿朦胧的影像不但让他心动,而且影响了他此后的生活,最终险些为女孩儿丧命。这几部作品里的人物都有一种几近倔强的执着,人性中本来具有的,但已经在当下极为稀缺的善良与真诚。他们的执着让我看到了蕴藏在底层普通民众中的人性的光辉与力量。《我的朋友堂吉诃德》则是另类小说,徐则臣出乎意料地讲述了一个悖论的故事,由于社会的不正常,所以不能接受一个想正常的人的正常言行;而一个不想正常的人的不正常的言行,却让正常的小偷的行为不正常了。这种极具哲学思辨色彩的小说在徐则臣的小说中很鲜见,在当下中国的小说创作中也不多,劳马是显而易见的一位。

我想,这十多个中篇小说足以确立徐则臣在当代小说家中,尤其是在70后小说家中的地位。这种地位的确立当然与他所描绘的人物与生活的独特性有关,但认为一个作家仅凭人物与生活的独特性就能够征服读者与文学界,显然只能是外行者的见识。如果你只停留于表面,徐则臣的小说就过于朴实无华,也不见深奥传奇之处;那我就会毫无顾虑对你说,你肯定是不无遗憾地与小说家徐则臣失之交臂了。徐则臣不刻意于小说的主题营构与哲学象征,但不等于说没有,他是不动声色,大智若愚,是一种整体性的思辨。也就是说,徐则臣小说经营的是一种整体性思考,对他所描写的人物存在做一种整体性判断,而无意于在每一篇作品中机巧地构思出一种什么意旨。问题在于,徐则臣小说所描写的人物的生活与命运太富感染力,往往让读者无暇,甚至忽略了作品所蕴积的思想与精神。

四、城堡般的"门槛儿"与现代性焦虑

徐则臣小说的感染力毋庸置疑，但好像也不是什么文学性、艺术性之类可以言明的，因为我又想起徐则臣在《跑步穿过中关村》自序中说过的一段话："我写他们，也包括我自己，与简单是非判断无关。我感兴趣的是他们身上的那种没有被规训和秩序化的蓬勃的生命力，那种逐渐被我们忽略乃至遗忘的东西。"按说我不应该引这么多徐则臣的话，我的策略应该是尽可能不让读者知道他说的那些话，因为他说得太地道了，太有深度了，很容易让我们这些搞批评的无话可说。

想在主题层面上解读徐则臣小说显然是徒劳的，这不是徐则臣小说追求的向度；若从普遍的人性与普世的价值上去感悟小说背后所蕴含的深层意味又不免有些空泛与不着边际。我知道徐则臣的"漂泊者"小说中隐喻着一种相当宏大的思想与意味，但相当地隐晦与模糊。我不得不去揣度徐则臣。在徐则臣的经历与印象或者认知中，北京不属于外来的"漂泊者"，遍地都是机会与金钱的北京似乎有一道看不见的"门槛儿"，这道"门槛儿"最终无情地将"漂泊者"挡在北京之外。这让我想起了卡夫卡的《城堡》中的K。K不断地努力进入城堡是因为他在执行一道指令，但像西西弗斯一次次从山腰滚下来一样，他也始终不得而入。徐则臣小说中的"漂泊者"想进入北京虽然有生活所迫的因素，但他们是主动地想实现自己人生的理想，北京对他们而言就是天堂。但无论他们怎么样努力，最终都是撞得鼻青脸肿、头破血流。别无选择，他们只能黯然地重回故乡。

徐则臣在他有关"漂泊者"的小说里隐喻着相当的宿命论色彩，因而，他的人物在没有结局的结局中缺少一些浪漫的理想主义的亮色。从情感而论，这显然不是他的本意。他在小说的细节描写中给了他的人物无数的温暖、体恤与抚慰，却在人生命运的总体观照中断然地否定了他们企图改变自己身份与生活的理想。这与主流意识形态似乎有些相左与抵牾，但他秉持的现实主义文学立场让他固执地认为，这就是中国当下的社会现实与本质。残酷的不是他自己，而是物质主义的社会现实逻辑。其实，徐则臣小说中的"漂泊者"多数都是有一定理想与精神追求的，否则他们也不会远

离家乡到对他们而言极其陌生的北京来打拼。但他们显然都缺乏一定的思想准备，他们青少年时代所向往和崇敬的北京已然发生了质的变化，与他们的思想精神完全隔膜，甚至相悖了。他们没有能力去思考现代性，但现代性已经渗透到了中国社会生活的方方面面，尤其是像北京这样的现代化大都市。

中国人对现代性并不陌生，中国自近代以来，我们多次遭遇现代性；但是，包括启蒙者在内，我们对现代性一直处于似懂非懂甚至疑惑之中。进入1990年代以来，现代性给出的逻辑是，市场经济的合法化与迅速发展成为整个社会发展的最重要动力；但在这过程中，我们并没有看到近现代启蒙思想家所希望的人的自由与解放，我们在享受着市场经济带来物质的极大丰富的同时，也在忍受着日益破败的自然生态与人文生态，以及资本和技术对人无以复加的统治的痛苦和煎熬。于是，他们只能是在一种理性缺席的自在状态里进行仅仅属于他们这个阶层的本能的挣扎。

2013年8月16日的《文艺报》，发表了诗人阿多尼斯与莫言的对话。阿多尼斯说，20世纪以来有一种错误的认识，就是把政治史视为人类历史。实际上政治只是整个社会文化的一部分。一个伟大的作家不能仅仅满足于批判权势，还应该对整个社会和文化提出质疑和批判。在徐则臣的小说里，北京当然是一个实在的空间与时间，但我感觉它更是一个象征，是所有现代化都市的象征。它们对"漂泊者"的拒绝与对他们理想的扼杀，显然更突出地体现在社会文化中。因此，徐则臣的小说便是通过对"漂泊者"的命运及生存状态的精细描写，对现代性进程中的中国社会文化提出质疑和批判。从这个意义上似乎还可以认定，徐则臣的小说所"探寻、发掘、质疑和求证"的东西已经超越了"现实政治"。

让我颇感兴趣的还有一点，就是徐则臣在他小说里从不用既有的伦理道德臧否人物，甚至置法律于不顾，这样的写作伦理在当代作家中极为鲜见，在某种意义上也可以说颠覆了以往的文学传统与写作伦理。但这不意味着徐则臣认同和强调西方的价值观，徐则臣是在用一种更加宽广的胸怀与人性包容着这些既勤苦善良又不乏猥琐丑恶、既充满浪漫理想又时常堕落自弃、既不屈不挠又命运多舛的来自乡村或县城的"漂泊者"。徐则臣或许以为，与他们困窘的生活、多舛的命运及理想的毁灭比较，既有的伦理道德与法律实在是缺少人性的温暖，简单的批判并不能在真正意义上实现社会的和谐发展，而是应该站在更高远的哲学境界进行更为宏大的思考。这也许更接近现代性之本义。如此一来，我觉得徐则臣和他的小说并非如表面那样朴实无华，其实他和它有着更加崇高宏阔的理想境界，这种理想境界甚至超越了文学性，颇富老庄之意味了。

五、陈旧没落的"花街"

徐则臣的小说的另一极是乡村，或者说故乡可能更准确。那个被称为"花街"的地方在运河边上，有一个石码头。我理所当然地认为，这是一个虚构的地方，但又实实在在是徐则臣青少年时期生长的地方。故乡对任何一位作家而言都是一个巨大的文学性想象空间，在难以计数的回忆碎片里蕴积着他不尽的情感与精神资源，让他在无数次的写作中慰藉自己的灵魂。但徐则臣小说的这一极并没为他增添多少亮色，也就是说，与"漂泊者"系列比较，运河边紧挨着石码头的"花街"的故事似乎有点鸡肋之感。

我想，可能是徐则臣离开故乡已久，即便是十几年的青少年生活也没给他留下更多深刻、鲜活而持久的记忆，对于一个一直读书的孩子，尤其是读了初中和高中之后，大多都在县城生活的孩子，他与真正的故乡已然有了距离。贾平凹虽然也久居城市，但他经常要回到故乡，他一直保持着与故乡肌肤般的联系，所以他才能不断地书写当下的故乡。再看徐则臣的"花街"故事，都是过去时态的，几乎没有当下的；因此，就总体而言，"花街"是陈旧没落的，多少还有些腐败之气。也就是说，他是凭记忆，甚至是凭上辈人的讲述与传说在写作，找不到文学感觉并不让我惊讶。也因此，他才在这个系列里重点写故事，写人物一生的命运，这个时候的徐则臣无论怎样都难以调动起他出色的文学感觉，包括语言都随之黯然失色。写"漂泊者"小说的时候，徐则臣能在每一时刻都感受到人物的情感与气息，甚至他们的表情与姿态，各自说话的方式与味道，他能真正触摸到他们的每一根神经；到了"花街"就不同了，他也许是知道那个人，或者听谁说起过他，也可能与那人曾有一面之识，但仅凭这些写作显然是很不够的。尤其是对徐则臣而言，他是那种更善于描写琐碎细节的作家，故事对他而言多少有些隔膜。当然，并不是说"花街"里没有好的作品，但总归还是有些陌生与隔膜，论及细节就不可能信手拈来，而是要靠想象甚至编织。

《苍声》《镜子与刀》《夜歌》应该是徐则臣"花街"系列作品中比较好的几部。故事对徐则臣而言可能是一个阻碍，他一旦进入编织的情境，他的小说的感觉便丧失殆尽。换言之，这几部我认为是"花街"系列作品中比较好的，很重要的原因是他不是在编织故事。《苍声》的背景是"文革"，写一群少年。以大米为首的顽劣学生作恶多端，不但用各种方式参与批斗何校长，还轮奸了傻女韭菜。木鱼经历了这样一个罪恶的过程，当他听到何校长可能跳河自杀的消息后，突然就苍声了，似乎有一些寓言的味道。《镜子与刀》应该是最好的一个作品，细腻而精致，让我想起了苏童的小说。两个少年的相知居然是通过镜子与刀的对话，九果在穆鱼镜子的引导下，用那把刀杀了整天打骂他母亲、嫖花街上女人的父亲。已经哑了三个多月的穆鱼，在目睹了这一血腥的场景后跑向运河，向着河水高喊九果，他再次发出了声音。九果让穆鱼震撼，可能还有一种对英雄的崇拜。《夜歌》写两个青年人的爱情遭遇传统道德伦理的阻碍，但当两人真的走到了一起后，却又在复杂的现实与欲望中迷失。倒是最大的反对者——母亲重归人性的至柔之处，用自己已经不能唱歌的沙哑的嗓子唤醒了半植物人状态中的布阳，她自己也在这一漫长的过程中恢复了曾经的歌者身份。这一寓言似乎多了种反讽的意味。

"花街"系列作品中的《露天电影》本来是一个不错的题材，写在乡村放映电影时放映员与村里妇女偷欢的情节，如果就此展开大量的细节描写会很精彩；但徐则臣把它写成了一个报复的故事，尤其是孙伯让治理放映员秦山原的情节，看着让人并不舒服。我猜测，这个报复的故事可能是这篇小说产生的最重要的因素。《人间烟火》《养蜂场旅馆》《梅雨》《我们的老海》《失声》《鬼火》等作品似乎写得很勉强，有一种硬写的感觉。这些作品一方面是编织与臆想的痕迹很重，没有真实感；另一方面还缺少一种内在的支撑，普遍缺乏钙质，似乎站不大起来。

六、小说的真理

渴望回到五年前,并不是对青春与生命的欲望与奢求,而是怀想那时纯粹被徐则臣小说中的那些"漂泊者"们的理想命运与生存状态所震撼与感染,以及随后在更长久的时光里产生的那种绵延无尽的哀婉与忧伤。我记得那时的那种纯粹体现为一种感性的阅读,一种完全的情感的进入,不知道何时便会有泪水在脸上流淌,西夏、敦煌、夏小容、居延、沙袖都让我至今难忘。现在已然不同,作为一个准专业的读者,一个所谓的批评家,你很难让自己沉湎于作家所营造的文学情境,你会不时地从作品中跳出来,不光是挑剔,还要解读和阐释,在这个过程中要表现出独特的思想与观点、你的不人云亦云、你的标新立异。而读徐则臣小说的最佳状态应该是前者。

从这个意义上说,我以为批评家的阅读是一种非人性化阅读,而普通大众的阅读才是真正人性化的阅读。批评家们的理论也未必就能够真正地接近小说的本质,倒是普通大众在某种意义上更有可能接近小说的肌理与真理。

建构内心的困境与挣扎
——马晓丽小说的一种读法

一、对立冲突的小说叙事

用时尚的说法，马晓丽当属美女作家。作为晚辈这样称呼似有轻浮之嫌，但就如同词语的"后现代性"异化一样，长幼的伦理色彩在中国当下社会生活中正在被时尚语词日益消解，伦理中的礼仪色彩似乎有所弱化，增长的是人性中的自信与平和，还有一份近百年来几近丧失殆尽的达观与幽默。我不认为这种嬗变只是浅表化生活的滥觞，它已经或正在深刻地改变着我们的思维与文化。向着"后现代性"转型的中国社会，碎片化、抹平深度、反讽、戏仿等正在植入日常生活，价值与理想沦为虚幻与泡沫不再是危言耸听，更多的人更加认同浅表化生活就是生活本身，连荷尔德林所谓的"诗意地栖居"也已经成为遥远的绝响。

在这样世俗化的语境里，美女作家马晓丽在她的小说里似乎走着一条与当下社会文化心理相反的路径，她非但没有淡化伦理关系，相反，用一种很极端的方式——对立与冲突，切入人物与故事，并在叙事中展开相当残酷的人性较量。给她带来巨大声誉的长篇小说《楚河汉界》、荣获第六届鲁迅文学奖短篇小说奖的《俄罗斯陆军腰带》、中篇小说《云端》，还有多篇未被论者重视的散文随笔无不如此。当然，无法否认的是，无论是战争年代还是和平时期，生活总是严峻的，人性总是在经受着政治与伦理的严苛拷问；但是，这种极端的对立与冲突并非生活的常态，也就是说，马晓丽的小说是在用一种戏剧化的方式将非常态的人性予以概括和强调。

文学与生活现实的悖论是无法构成问题的，构成问题的是美女作家马晓丽为何选择这样一个极端人性的角度进入小说叙事？又何以对人性中最为隐蔽的内心世界兴致盎然？绕过这个问题，读马晓丽的小说似乎就失去了小说已经具有的思想高度与哲学意味。

与军旅生活相关？是由军旅题材的特殊性所决定的吗？这是无论谁都最容易想到的一个选项。不过我以为只能说有这个因素，却不尽然，而且马晓丽本人亦反对用军旅题材来看待她的作品。那么是军人思维的惯性使然？军人总是要明确谁是他的对手或敌人，马晓丽的叙事在对立与冲突中展开也不无道理。不过，这样的认知或解读总让我觉得有些牵强与肤浅；也就是说，没能更深入或切近作品的本相与作家的灵魂内面。也许，她还沉浸在现代主义叙事的"深度、焦虑、恐惧、永恒感"之中，这一点似乎可以在她的随笔《九级浪》中见出端倪。

二、《九级浪》：自由心灵的隐喻表达

在我看来，《九级浪》是一篇近年来难得一见的直抒己见且激情澎湃的随笔文章。马晓丽以悲悯的情怀，将苏联斯大林专政时期的一代文豪高尔基内心的矛盾、痛苦、纠结、挣扎揭示得淋漓尽致，入木三分；而索尔仁尼琴、米沃什、伊姆雷、昆德拉和克里玛对民主与自由的追求更加反衬了高尔基人生最后一个阶段的悲剧色彩。在政治专制的时代，驯服者与不肯合作者之命运令人唏嘘不已。马晓丽对此做出了这样的自白："索尔仁尼琴、米沃什、伊姆雷、昆德拉和克里玛都是在精神驱动下的自主选择，他们都是自我心灵的追随者，是精神的探寻者和追问者，是真正意义上的精神强者。他们坦诚地直面这个充满了谬误的世界，早已抛却了个人层面的利益计较和狭隘情绪，所以他们诚实无我，所以他们没有仇恨，所以他们平静从容，所以他们能够占据哲学的高度。"关于这篇无关小说的随笔，我之所以想多说几句，是因为马晓丽通过这些享誉世界的文坛巨匠的苦难命运建构起人的内心的困境与挣扎，也因为他们非凡的经历与影响力，更加让我们感受到一种思想与精神的震撼。或许，从另一个侧面获得对马晓丽小说叙事的思想与哲学的认知也并不让我感到意外。

1928年高尔基回国时，享受到了国家元首般的礼遇，苏联政府还专门给了高尔基一栋坐落在莫斯科河畔的宫殿般的豪华住所。据说，高尔基对这一切感激涕零。从前的高尔基曾写出过这样充满激情的诗句："我来到这个世界是为了说不！"但在感激涕零之后，高尔基还能大声地说出那个"不"字吗？马晓丽写道，我们已无法知道高尔基当年究竟承受过什么样的精神压力，经历过什么样的内心挣扎，只知道回国后的高尔基开始称呼斯大林为"主人"，加入了颂扬斯大林的大合唱，并在其中充当了最谄媚的高音。

马晓丽并不就此收手，她还将同为东欧，也经历了最强烈的斯大林化时期的另外几位作家拉来与高尔基比较，采用的仍然是她小说中对立与冲突的方法。回国后的第二年，高尔基决定接受斯大林的"微妙的使命"，去索洛维茨劳改营参观视察。四十年后，此次视察成为索尔仁尼琴在巴黎出版的《古拉格群岛》第一卷里最著名的一个章节，里面讲述了受尽虐待的索洛维茨岛上的犯人们，如何期待着高尔基的出现，如何期待着高尔基能像从前那样坚持正义解救他们。回到城里以后，高尔基就立刻发表了文章，宣传索洛维茨岛的犯人生活得很好，改造得也很好。良知——高尔基终于摈弃了这个作家最基本的道德底线。

1951年，衣食无忧的波兰驻法国外交官米沃什悄然离开使馆，从此走上了自我流放的艰难道路。匈牙利的伊姆雷和捷克的昆德拉、克里玛在日后同样受到了困扰，同样面临着最后的抉择。在经历了1956年的匈牙利事件之后，伊姆雷仍然决定留在匈牙利。他说，自己必须"从那些正在被施加催眠术的大众中走出来，从那种使得你没有个性没有命运的历史中走出来"。由于参加了1968年"布拉格之春"改革运动和对苏联入侵的批评，昆德拉就被列入了黑名单，他被禁止发表任何作品。苏军占领捷克之后，克里玛带着全家去美国讲学，很多朋友都劝克里玛不要回国了，因为当时他在美国有工作有房子，而回去有可能会坐牢甚至死亡。但克里玛不愿当流亡作家，执意要回到捷克去。他说："因为这是我的祖国，因为这儿有我的朋友，我需要他们正如他们需要我一样。"

可想而知，这些文学巨匠在那样极端的时代里经历了怎样的肉体与精神的折磨，但他们为了真理与自由，义无反顾地选择了一条思想精神的"不归路",不仅建构了强大的内心世界,自我人格也在残酷的搏击中实现了升华,与他们伟大的作品一起永垂不朽。而这样富于独立人格与批判意识的精神底色,对于马晓丽的文学观念和小说叙事而言,究竟有着怎样潜在而深刻的影响,答案已经不言自明。

三、"精神分析":马晓丽的"白日梦"

想到弗洛伊德多少有些偶然,而且让我自己都感到有点惊讶。读完中篇小说《云端》之后,紧张甚至有些惊惧的感觉慢慢松弛下来。天不知什么时候已经昏暗,书屋向北的窗外一片冬天才有的混沌与迷茫,楼下快车道上车流像一条条彩练一样飘荡,人行道上的行人却显得影影绰绰。书桌上的茶水已经凉透,而两个名之云端的女人的形象也像窗外的天空与景物一样暧昧起来。《云端》当然有思想性,但这思想性以隐喻的方式藏匿于两个女人的战争之中,突显在读者面前的是女性内心深处的尖锐撕扯与搏击,因此,它更接近西方的所谓心理小说。弗洛伊德的影响了20世纪西方诸多文学大家的"精神分析"学说,瞬间充盈了我的脑海,《云端》像水墨在宣纸上洇开去一般,清晰地铺展在我眼前。

弗洛伊德在谈及艺术的时候认为,艺术家要突破人的意识层面,进而深入到无意识的奥秘之中,揭示人的内心世界的真实,实现人物精神的升华。确认马晓丽是否受弗洛伊德影响对我而言无关紧要,重要的是弗氏的"精神分析"的观点能否让我深入或切近马晓丽小说的本相,答案若是确定的,我为什么不去试一下呢?马晓丽选择以对立和冲突的角度切入小说叙事,她一定是认为这是人物展开内心世界的最重要的方式,人的内心的真实,尤其是无意识的那一部分,会在利益冲突或生命攸关的时候不自觉地、尽情地表现出来,这对于刻画人物性情,或者塑造人物形象无疑是最佳时刻。这样的想法与弗氏的"精神分析"的观点有着深刻的关联或遇合。马晓丽显然也意识到了人类的另一弱点,即往往不愿意面对自己的困境,更不想承认自己在困境中的挣扎;于是,她以建构的姿态将这一人类最隐秘的部分在小说中呈现出来。如同悲剧将美好撕破给人看一样,马晓丽要将无论是崇高还是丑陋,却是最真实的东西,用她的说法,剥洋葱般地一层层撕开。在中国当代女性作家中,如此着力于这一思想或哲学向度的似乎并不多见。对立冲突所形成的戏剧性和紧张感是自不待言的,小说的可读性随之增强,而叙事学意义上的叙事动力的形成自然水到渠成。这一方式或方法,在马晓丽的小说写作中显然已经驾轻就熟,而且是乐此不疲。

我虽不赞同弗洛伊德所谓"一切艺术都是精神病性质的"的结论,但他接下来的观点还是让我多少有些认同,"艺术家就如一个患有神经病的人那样,从一个他所不满意的现实中退缩下来,钻进他自己的想象力所创造的世界中。但艺术家不同于精神病患者,因为艺术家知道如何去寻找那条回去的道路,而再度把握着现实"。马晓丽在文学性地建构人物的困境与挣扎之后,用诗意来升华人物的形象与精神,让小说重新回归现实,至此,她的"白日梦"得以完整实现。

四、《云端》:两个女人的战争

《云端》无疑是一篇相当独特的小说,由于情节很简单,便无法构成我们已经习惯了的故事。让我惊讶不已的是,这篇没有故事的小说居然因两个女人间的内心较量而惊心动魄。原名云端的解放军女战士洪潮受命负责看守几名国民党军官太太。洪潮在大家的印象中"水似的简直拿不成个儿",用政治部主任的话说:"小资产阶级得很哪!"洪潮无论如何都想象不到,在她负责管理的军官太太中有一个跟她同名,也叫云端;更让她想象不到的是,这个跟她差不多一样羸弱的、"通体散发着一种天然的松散味道"的年轻女人居然在不久后跟她进行了一轮又一轮的"你死我活"般的较量。

一个曾经叫过云端,现在改名洪潮,但她内心仍然叫自己云端,另一个就叫云端,两个都叫过云端的女人仿佛就是天敌,即便不是政治上两个敌对阵营,也注定了她们互为对手的命运。洪潮和云端的较量是内心的一种极其微妙的感觉,这种感觉其实首先不是来自对方,而是来自自己的内心深处,一种看不见甚至也很难具体意识到的东西在作祟。洪潮的许多次突然发怒,并非源自政治观点的相左与分歧,而是她内心深处女性的无意识,她自己和读者一样都感到有些莫名其妙。弗洛伊德称无意识为本我,本来它在内心深处是一种睡眠的状态，却被外来的一种莫名其妙的东西唤醒，然后它经由自我而日益发酵，终于引发山崩与海啸。这让小说中的洪潮，以及作为读者的我都始料不及。

美国学者霍夫曼在《弗洛伊德主义与文学思想》一书中说："导致疾病的心理障碍远不是身体上受到损伤或精神官能不足的结果，想必是导源于精神上相反力量的某种冲突。再者，弗洛伊德坚决认为没有任何受压抑的愿望可以完全被排除在外，'愿望还存在于无意识中'，它最终会成功地'进入意识之中，代替受压抑的思想———一种伪装起来而又无法辨认的代替物，痛苦的感觉就与这种代替物发生联系，以致病人以为他已经通过压抑摆脱了那些痛苦的感觉'。"①洪潮的"心理障碍"，或言之"受压抑的愿望"从她的被改名起就已经开始了。洪潮是被表哥带进革命队伍中来的，她的参加革命显然有"被"的因素，她早先的被政治部主任称之"小资产阶级"的那些东西自然就被"精神上相反力量"——革命所压抑；但"那种愿望还存在于无意识中"，一旦被外来的某种力量所刺激，就会在不自觉中爆发出来，难以遏制。

洪潮开始并不知道谁是云端，但洪潮注意到有一张脸上的"眼神儿有点不太一样，没有那种磷火般的惊恐，却有着一种与此情此景完全不符的涣散。大概就是这涣散令洪潮不舒服"。很神奇的直觉，但这又跟洪潮有何关系呢？唯一的解释就是源于那些被压抑的东西。洪潮也喜欢《西厢记》，但她现在不可能公开地看，因此对云端明目张胆地捧着《西厢记》就不免嫉妒。此前两人是在暗中进行着较量，第一次公开冲突是因为一封信。为了瓦解被围困的国民党军，主任让洪潮组织军官太太们给前线的丈夫写信。云端写得很简单，但她的独特表达方式——在自己的名字上印上鲜红的唇印让洪潮无法接受，两人在抢夺信时将信撕断，断裂的地方又恰好是在名字和唇印处，两人的仇恨从此而生。云端的独特表达何以让洪潮如此失态，并大动干戈？其实正是触动或刺激了洪潮作为女人的内心情

---

① 〔美〕霍夫曼：《弗洛伊德主义与文学思想》，生活·读书·新知三联书店1987年版，第29页。

感，云端所为恰恰是洪潮即便是想为也不能为的。

　　小说中这样写道："但无法否认的是，这些人身上还有另外一些东西，一些使洪潮感到舒服的东西。比如说话的语气声调，比如走路的神情姿态，比如讲究的衣着和洁净的生活习惯等等。洪潮清楚地知道，这些统统都属于资产阶级的旧习气，是应该被她所唾弃的。但没办法，这些东西总能与洪潮内心深处的某些感受相呼应。"信件冲突后，云端的目光变了，集中了，固定了，出现了一种从未有过的令洪潮感到不舒服的专注，让洪潮莫名其妙地发堵。云端则感到了洪潮的审视，很锐，也很冷。两人的再次冲突起于云端的晨妆。云端发现女长官的眼里满是欣赏，这让她信心陡增，觉得可以压女长官一头，便放慢速度，格外仔细地画着、享受着。让她没有想到的是，洪潮再次被激怒了，伸手去抢她的粉盒。粉盒突然从云端手中脱出，如飞雪般扬了出来，猝不及防地落了两人满头满脸……客观地说，洪潮似乎已经有些歇斯底里，胜利者的权力压倒了人性的理智。换言之，洪潮被压抑的愿望自从看管国民党军官太太那天起便已经活跃于意识之中，只不过还处于"秘密"与"伪装"的状态而已。"从这天起，洪潮就陷入一种无法摆脱的压抑之中了。处处都能感受到云端释放出的那种带有敌意的气息，空气都因为渗进了太多的敌意而变得黏稠滞重了。"

　　就在洪潮心里越来越恐惧的时候，主任给洪潮下达了一个任务：命令洪潮把被围困的国军团长曾子卿的太太从俘虏们的住处搬出来，单独跟她住到一起。主任特别嘱咐洪潮要好好照顾曾太太的身体，要让曾子卿看到我们的诚意，要通过我们对曾太太的关照来感化曾子卿，争取曾子卿。更何况，主任做出这个决定的理由还是洪潮给提供的——曾太太怀孕了。云端开始还以为是洪潮为更方便整治她，故意恶心女长官，逮哪吐哪，怎么恶心怎么弄。但云端很快就发现女长官对她并无恶意，每天都给她端来好吃的，又替她打扫呕吐出来的秽物，而且也越来越觉得她其实并没有想象得那么凶。在半夜里发现女长官瑟瑟发抖时，云端居然拿起自己的衣服过去盖在女长官的身上。洪潮被惊醒的瞬间掏出手枪对准了云端，吓得云端一句话也说不出来。"后半夜，她们谁也没睡着。但奇怪的是，从第二天早上起，她们都感到精神仿佛比往常好了许多。也说不清是怎么回事，好像一夜的折腾不仅没加剧内心的疲惫，反倒使心里原先抽紧的那些皱褶也松散开了。"这显然是她们和解的开始。

《西厢记》再次成为两个女人进入彼此内心与情感的媒介，在山上自然的风景里，她们不由自主地向对方敞开心扉。作为女人，云端显然是更纯粹，她甚至有些忘乎所以，不光是谈自己肚里的孩子，还希望这个男孩能像她的丈夫子卿一样，像子卿的容貌，像子卿的性格，像子卿的英勇善战，像子卿……云端没想到，这下又把洪潮气着了，洪潮骤然提高了嗓门："你那个曾子卿算什么英雄？！他是国民党反动派，是民族的败类，是人民的敌人！"显然出乎云端的意料，她声音里带着明显的哭腔说："子卿他多年为国效力、尽心尽责。就算……就算……不管怎么说，他还打过日本鬼子，参加过平型关战役、淞沪会战。他三次负伤，多次受到上峰的表彰，还亲手杀死过一个日本少佐呢！""那又怎么样？"洪潮冷笑道，"我男人曾经一口气砍死过十一个鬼子！""想知道我男人是谁吗？"洪潮冷冷地问，"我男人的名字叫贺——辉！""就是那个把曾子卿牵进包围圈的贺辉！就是那个正在战场上跟曾子卿打仗的贺辉！"洪潮越说心中的自豪感越强烈："就是那个让你们国民党军队听见名字就闻风丧胆、缴械投降的贺辉！"这完全是政治语言，本来是在谈女性的情感，突然跳跃到政治与战争中去。也就是说，作为女人的洪潮再一次被云端超越，而洪潮又不自觉地用政治，甚至用自己的男人作武器，展开对云端的压制性的反击。用"精神分析"的观点论之，洪潮被压抑的女性情感以"秘密"与"伪装"的方式对现实中的"自我"进行不自觉的反抗。

性的私密性让女人间的交流变得亲密无间，但洪潮没想到会引得云端说出那样一番令她震惊、令她心动、令她向往的话。洪潮怎么也没料到性事在云端的生命体验中会是那样美好，那样快乐，那样令人心驰神往。那一刻，洪潮忽然发现自己做女人做得很可怜很失败。一种强烈的自卑感紧紧地攫住了洪潮的心，心口开始绞着劲儿地疼痛起来，疼得洪潮差点哭出声来。云端脸上那恬静的笑容就像一把锋利的刀子刺进了洪潮的心口，心中原本忽明忽暗的火苗如同被风惊醒了似的，突然熊熊燃烧起来，直烧得洪潮两眼炯亮、双颊通红。恨就在燃烧的炉火中迅速地抽芽、生长、粗壮起来了。"洪潮发觉自己再也忍受不了这个女人了，自己恨这个女人，恨她那张脸和那张脸上的所有表情，恨她的男人和那男人带给她的所有快乐，恨她的《西厢记》和她所有的《西厢记》做派，恨她的怀孕，恨她的呕吐，恨她所拥有的一切一切！不知什么时候，洪潮摸出了手枪，黑洞洞的枪口对着那张熟睡的脸，在黑暗中久久地闪着冷冷的青光……"本来的欣赏，如今却都变成了仇恨，如此迅速转换的根源似与霍夫曼的判断相同："正常与反常的界限主要在于受压抑的强烈程度以及面对自我反抗，受压抑的愿望试图再现自己时所使用的暴力。"①

丈夫曾团长的死讯让云端突然变成了另一个人，在与洪潮相对时，她们的目光中交流着彼此心中最深刻的仇恨。直到此刻，她们才发现眼前的这个人才是自己真正的敌人，才是自己最憎恨的人。下面的对话将两个女人的战争之惨烈发展到无以复加的程度：

"我是不能把你怎么样，"云端说，"但我会可怜你。"

洪潮打了个愣："我看你还是先可怜可怜自己吧！"

"不，我没什么好可怜的。"云端微微一笑，"我有子卿，我此生有子卿足矣。我只是可怜你，可怜你枉做了一回女人！"

见洪潮脸色突然涨红，云端又继续说道："我问你，你懂得情吗？你懂得爱吗？你懂得男女之间的欢愉吗？你不懂，别看你也是为人妻，但你却什么也不懂。"

洪潮的脸色霎时变得苍白。

云端几乎凑到洪潮的面前，口含讥讽地在洪潮的耳边说："那你还算什么女人？那你还做什么女人？你不配！"

"住口！"洪潮歇斯底里地大叫起来。

"我不会住口的。"云端说，"我不仅不会住口，我还要告诉你，你那个男人也不配，他不配……"

枪响了，云端自杀了。随后，洪潮也知道了老贺的死讯。我想，云端

---

① 〔美〕霍夫曼：《弗洛伊德主义与文学思想》，生活·读书·新知三联书店1987年版，第30页。

如果在知道丈夫死讯的同时也知道了洪潮丈夫的死讯,她们很可能会和解。在消解了政治或意识形态后,回归人性的自然本性也许会是她们共同的选择。

马晓丽在随笔《令人不安的巴别尔》中坦言:"虽是取自同棵现实之树,摘得的真实之果的质地却各不相同。这期间的差别恐怕不在于运气,更不在于技巧,而在于眼光,在于境界,在于隐在眼光和境界后面的那个主宰着你的心灵。"就我个人而言,并不喜欢为马晓丽带来鲁迅文学奖的短篇小说《俄罗斯陆军腰带》,与《楚河汉界》和《云端》比较,它让我感觉有些浅显与轻薄,虽然也是对立与冲突的叙事方式,但并非是两个军官之间的较量,而是不同民族文化间的一种碰撞,这种碰撞不存在输赢,只能是一种展示,最终在一种诗意中消解。可能与篇幅短有关,但最重要的还是"隐在眼光和境界后面的那个主宰着你的心灵"。就是说,《俄罗斯陆军腰带》这个短篇所描述的故事与人物,没有那个主宰着作家的心灵震撼,它只是完成了一个短篇小说所应具备的叙事技巧。

五、《楚河汉界》:理想与现实间的心灵博弈

最早接触马晓丽的小说是《楚河汉界》,2003年的秋天,那时我正在军艺文学系读本科二年级,刚刚有了想做文学批评的想法。当时我不知道从何处开始,父亲建议说,你是军人,批评当然要从军旅文学入手。那时对军旅文学知之甚少,军艺同学们谈论的文学话题,大都是博尔赫斯、卡夫卡、马尔克斯、陀思妥耶夫斯基之类。父亲又说,你先读读李存葆的散文集《大河遗梦》和马晓丽的长篇小说《楚河汉界》。

《大河遗梦》是《文艺报》的名记者胡殷红给我索要来的,上面有李存葆的签名,可以想象我当时激动的心情。《楚河汉界》是在《小说选刊》长篇小说增刊2002年下半年号上读到的,读后就不仅仅是激动了,而是激动得有些澎湃。我觉得如此之力道不大像出自一位女作家之手,而且几十万字居然从头到尾笔力不减,没有力不从心之感,亦没有明显败笔之处。待澎湃有所减弱,我给马晓丽打了个电话,本意是想跟她聊几句,谈谈我初步的看法,没想到却被她迎头一盆冷水,她说,我不认识你啊,没啥可

聊的。撂下电话我才觉得有些冒失，因为从声音中能感觉出她似乎有些警惕或者疑虑。虽说冰火两重天，但她的孤傲与高冷并没有影响我要做批评的激情。不久，我评论这两部作品的习作都在《文艺报》上发了出来。一两年后，前者折桂第三届鲁迅文学奖，后者则荣获曹雪芹文学奖。我的文学批评就起始于这两部书名有河的作品。十余年后，我越发认识到，这两部作品是21世纪初年军旅文学的重要收获。

彼时，我对《楚河汉界》的关注点集中在多层次、多向度的矛盾对立与情感纠结上，我的阐释也基本上是在社会思想意义的层面。这部小说人物杂多，却各具代表性，是对当时社会生活图景的一种浓缩。不同的年代出生、不同的家庭出身、不同的社会背景，导致小说人物思想意识与价值取向迥异。周汉身上具有老一辈"农民军人"坚实厚重的革命传统，周东进受革命传统熏陶而达成了纯粹的理想主义军人情结；周南征异化了的功利主义"务实思想"；魏明坤起于底层、希冀通过个人奋斗改变现实境遇与命运的狭隘意识；周和平在商品经济大潮冲击下，内心充满了唯我自私、金钱至上的实利主义观念；黄妮娜在失去了"阶级"的护佑后，内心的空虚、虚荣导致她丧失了鲜活的生命力和个性化的生命内核，从而无法避免悲剧性的命运沉沦。这些相互冲突的思想意识与价值取向构成了小说复杂的网状结构。

在那篇题为《对峙：在倾斜的棋盘上》的评论文章中，我概括了小说所描写的五个方面的对立冲突：不同价值取向与思想意识、不同社会阶层间、军营与地方生活、历史语境与现实世界、个人感情与其他因素。这五个方面的对立冲突交互在不同的人物间，其中最重要的对立冲突表现在周东进与魏明坤之间，这也是小说的叙事主线。我不认为这种分析有什么不对，但十多年后，我对自己当年忽略了人物彼此心理上的较量而略感遗憾。

魏明坤与周东进的对立冲突始于儿时。冲突的双方魏明坤更主动，目标也更明确；周东进似乎并没有从心底将魏明坤作为一个对手来看待，他本身所具有的家庭出身与社会关系，以及对职业军人的理想本然地构成了他与魏明坤较量时的文化结构背景。从社会学的角度论之，这种对立冲突源于阶层间的不平等并不错，但是对于平民出身的少年魏明坤而言，他还无法从那样的高度去认知如此复杂的矛盾存在，几十年来，无法抹平的是心灵深处的屈辱与卑微的刻痕，这才是他与周东进半生中的对立冲突的根本所在。

从后来十几年间魏明坤与周东进冲突的事件来看，魏明坤的很多做法都显示出他内心的强烈畸变，按世俗常人的道德伦理判断，几乎有些不可理喻。这似乎已经脱离了纯粹个人间的争斗，其背后更多地附着了社会历史的复杂意味。依据"精神分析"批评的观点，魏明坤的自卑情结是源于自身的缺陷——父亲的残疾与修鞋匠的身份，这让本来就比大院里的高干子女矮三分的魏明坤更加觉得低下，这种"自我"压抑与"本我"混淆在一起，形成了一种有如力比多一样巨大的潜能，让他不择手段，甚至不顾人格的扭曲，以超乎常人数倍的努力，忍辱负重，最终"超越"周东进。从小说人物塑造的角度论，周东进没有魏明坤写得好，马晓丽在周东进身上赋予了过多的理想主义色彩，这种理想主义显然束缚了周东进，大院里的高干子女性格与为人处世方面的负面因素在他身上被清除得过于干净，从而失去了鲜活的个性。魏明坤则不然，马晓丽在主观情感上对这个人物的贬抑反而使其鲜活起来，他的一些超出常人思维的行为让他的性情与个性表现得淋漓尽致。

魏明坤与周东进的第一次重要冲突的起因是，经常与魏明坤带领的胡同孩子打架的大院孩子突然一阵风似的当兵走了，当然也包括大院孩子的头领周东进。魏明坤让与周东进的父亲周汉司令仅有一面之交的父亲去找周汉司令，他也要当兵，这样的举动对一个少年而言显然是超出常态的，而父亲的卑微再一次刺痛了他的心。入伍后，周东进那种高干子女的优越感以及漠视的眼神也让魏明坤感受到一种屈辱和愤懑，这种敏感显然也是来自对出身的自卑。对于魏明坤内心深处的波澜，周东进几乎一无所知。周东进对魏明坤是不设防的，魏明坤甚至都进入不了他的视野。在两人的较量中，周东进是既不知己，亦不知彼，输赢可以说在魏明坤发狠要与周东进较量一番的时候就已经注定了。果然，周东进在当兵的第一年便被魏明坤击倒了。从军事训练的角度，射击、刺杀，还有手榴弹，周东进都是全连第一，当周东进认为自己手拿把掐会被评上"五好战士"的时候，魏明坤几句话便将其掀下马来。魏明坤不仅列举了周东进干部子弟的"骄娇二气"的种种表现,还揭发他嘲笑指导员的辽西口音。用周东进的话讲,魏明坤使的是阴招,这仍然与他的底层出身有关。

在上军校这件事情上,魏明坤与周东进两败俱伤,但魏明坤凭着顽强的韧劲和不服输的勇气,再次找到周汉,告周东进的状。虽然事关他自己能否上军校,进而改变自己的命运,仍然有恩将仇报之嫌。南线的自卫反击战由于战场形势瞬间变化,加之周东进的指挥有误,过早地暴露了自己主攻的意图,让担任助攻的魏明坤的四连抢先攻下395高地。但前指对周东进的五连也十分满意,因为他们牢牢地牵制了大部分敌人,很好地配合四连完成任务,因此给予嘉奖。而魏明坤冷眼旁观,这一次他要跟周东进进行人格的较量,他正在一步步走向成熟。魏明坤没有想到,好大喜功的周东进居然说出了自己指挥有误的实情,全连的嘉奖不但被取消,他本人也因此离开了野战部队。魏明坤升任了副营长,而周东进则在人格上超越了自己。

这一轮较量与之后小说中最重要的情节——究竟是事故还是英雄典型的纠结有些相似,因事关周东进所在的边防二团能否评为安全标兵团、团长周东进能否晋升副师职、周东进的大哥周南征能否再进一步提拔成为将军,尤其是那个牺牲了的班长能否被评为英雄,还有虽然活下来了,但左脚已经截掉、右脚只剩脚掌的战士鲁生的后半生将怎样度过等,而显得尤为重要。在这最后一轮较量中,周东进和魏明坤都实现自己人格的升华,这种升华不再是彼此的明争暗斗,而是相互的认知与理解的深度达到了人生与理想的一种超越性的境界。在大哥周南征的苦口婆心般的劝说下,周东进虽然有过动摇与痛苦的挣扎,因为他不知道自己能否承担得了如此复杂庞大的后果,但最终职业军人的那种理想与浪漫情怀还是战胜了世俗的虚荣、虚伪,甚至虚假,求真战胜了谎言。

在父亲生命的最后一刻,这个与父亲对立冲突了几十年的"逆子",扑进了父亲的怀抱,这一融合显然是具有强烈的象征意义的,也隐喻了一种精神与品格的现代性延续。作为新任军分区司令员、周东进的顶头上司,魏明坤内心里是最不愿意将周东进提拔上来的,但周南征推心置腹的坦诚,让他不能不尽弃前嫌,完全站在了周南征一边,并配合周南征做好典型的宣传工作。面对同样被周南征说服了的周东进,魏明坤却突然有了一种失望的感觉,甚至感到了一种惶惑,不知道自己到底在期望着什么。在魏明坤的心中,周东进"是一个无论经受多少挫折都始终保持真纯和激情的人,这是一个无论经历多少坎坷也不肯放弃真诚和理想的人,面对他,你会不由自主地被感动,被震撼,甚至会感到有点不舒服,心里或身体的某个部位会隐隐作痛"。其实,此时此刻,正是魏明坤内心世界积淀多年的一次升华,既有思想精神层面的,又有品德人格层面的。他在世俗意义上获得了事业的发展,但也深深体会到了自己思想精神与品德人格的矮化,尤其是在面对周东进的时候。

小说的结局,周东进将他硬要来的参谋陈奇交给魏明坤,他认为陈奇擅长宏观研究,长期放在基层会限制他的眼光,不利于他纵览全局,进而会损害他的想象力和创造力。这让魏明坤颇感诧异,便问周东进为什么要交给他,周东进的回答不能不令魏明坤惊讶不已。周东进说,你的那份成熟与老练使我对你有一种特殊的信任感。周东进诚恳地说,你的成熟从小就对我有一种吸引力。对你身上这种超出同龄孩子的成熟,我一直是既讨厌又欣赏,既嫉妒又羡慕。我从来没说过,是怕你知道了会骄傲,会误以为你比我强了。此时,两个较劲了二三十年的对手都已经超越了自己,进入达观的思想境界。马晓丽也用小说的方式建构起了两人在理想与现实间搏击的内心困境与挣扎,描摹出两个独特而又宽广的心灵世界。而在小说最后一节中,周汉与油娃子的对话则让小说呈现出开放式结局,一种意犹未尽的诗意得以超越现实向未来延宕开去。

痛感叙事的思辨意涵与存在之境
——王凯小说论

一

读王凯的小说,我想到了米兰·昆德拉,但这并不意味着王凯的小说像昆德拉。因描写的时代、政治背景以及语言、风格的迥异,它们之间可以说没有什么可比性。之所以想到了昆德拉,是由于我发现王凯对小说的理解或认识在某些层面与捷克文学大师很相似。比如,昆德拉说:"小说是对存在的探索和发现","存在并不是已经发生的,存在是人的可能性的场所,是一切可以成为的,一切人所能够的"。①换言之,小说家是以自己的方式、自己的逻辑通过对现实生活的描述,去发现、思考"存在"的复杂意味。小说是对确定性的怀疑,是对可能性的发现,而"存在"恰恰存在于小说家的发现之中。

作为"新生代"军旅作家②的代表,王凯有着扎实完整的部队任职履历,基层与机关生活体验丰厚而深切。他善于挖掘、描摹日常生活中人物丰富的生命情态和驳杂的心灵世界,对社会转型期青年军人的精神处境和命运遭际进行了富于生命痛感和思辨意味的追问与省察。王凯对英雄精神的叙写夹杂了复杂幽微的人生况味——主人公在坚守和妥协间逡巡——在英

---

① 〔捷克〕米兰·昆德拉:《小说的艺术》,生活·读书·新知三联书店1992年版,第42页。

② 参见傅逸尘编著:《"新生代军旅作家"面面观》,作家出版社2018年版。

雄理想、伦理道德和庸常现实的缠绕纠结中，传达出昆德拉式的"存在"的焦虑。这种焦虑既是对现实的回应，更内蕴着形而上的思辨。

读王凯的小说，我还会时常感觉到疼痛。那是一种从青年时代绵延而来的成长的痛感，夹杂着生命的青涩和稚拙，裹挟着大漠的荒凉与粗粝，挽歌般刻录着军人的理想与执着。从军校到沙漠，从机关到连队，王凯小说的生活幅面相对固定，人物大都似曾相识，故事也谈不上有多复杂，反复书写的就是部队基层或机关的日常生活，以及青年军人的生命情态。看似单纯的故事题材与单一的小说面相，令我心生疑窦——巴丹吉林沙漠深处、空旷却又逼仄的军营里，究竟还有多少可以挖掘的文学资源？王凯的叙事极限会在何时到来？焦虑中更有期待，恍若沙漠中一口越挖越深的井，我们终要面对的是灵感的枯竭还是喷薄而出的新生？

王凯却依旧淡定从容，一篇接一篇、不紧不慢地写着。直到长篇小说《导弹和向日葵》又安静地摊开在我面前。读着读着，心生痛感。没错，又是那种熟悉的痛感叙事。不得不说，叶春风、钟军、车红旗、兰甘、白雪歌……这些青年军人的成长故事又一次击中了我。

现实生活磨炼、砥砺着年轻的生命，虽谈不上苦难，却充斥着无奈与压抑、欲望和沉沦。任凭你如何奋斗挣扎，绕不开的是复杂的人际关系和适者生存的潜规则。眼看着青春的激情、锋芒乃至生命本身一点点遁入大漠深处，消弭无形，你不得不服膺命运的逻辑，为富于痛感的生存经验喟叹、感伤。疼痛，是生命最为敏锐的触觉，也是王凯小说最有魅力的美学质素。这疼痛关乎世俗、欲望，关乎爱情、成长，最终指向的是理想和信仰。小说的结尾宛若寓言般绽放出灿烂夺目的精神光芒。始终葆有赤子之心的叶春风，终于跳脱了世俗欲望的羁绊，穿越了幽深的时光隧道，闯入一片充盈着理想情怀和英雄主义的精神荒原——似重获新生般，打量着这片熟悉而又陌生的沙漠，脑际萦绕着一片轻盈的迷惑。王凯以一种极富象征色彩的抒情笔调，回望疼痛缠绕的军旅青春，在生命的自我省察中描摹出军人灵魂的面影。

"世界以痛吻我，我要报之以歌。"泰戈尔在《园丁集》中更多地融入了青春时代的体验，细腻描述了爱情的幸福、烦恼与忧伤，成就了一部青春恋歌和生命赞歌。王凯的《导弹和向日葵》又何尝不是呢？他深谙部队生活的现实种种，以辛辣而又戏谑的笔调，真实生动地揭露出过往军队内部存在的不堪和暗面，将部队领导、机关干部、连队官兵等人物形象塑造得穷形尽相。尤其是将外部世界对个体生命的威压和规训书写得细致入微，令人感同身受。然而，王凯并没有沉溺于生活的疼痛本身，而是将尖锐的痛感转化为宽广、坚韧、通透的人生态度；他的文字充盈着厚重的现实经验和超拔的哲学思辨，似歌者般吟唱着军旅生活宏阔辽远、高蹈正大之气象。

《导弹和向日葵》堪称王凯痛感叙事的集大成之作。读完小说的最后一页，我不禁悲从中来。从上大学起，就看王凯的小说，我的军旅青春和他小说中的人物一起成长、成熟，又最终消逝隐匿于变革前行的时代洪流。我突然想回望一下王凯这十余年来的小说写作，那一篇篇毛茸茸、沉甸甸，嬉笑怒骂间已经令人泪水涌流的小说背后，当真也折射出了我的军旅、我的疼痛、我的青春……

二

小说的终极关怀当是关乎生活和生命，是对人的心灵世界和生命情状的考量与描摹，它依赖着作家丰沛的生活经验与积淀，以及对生活本身的真切体察与精深研究。但在这个主观倾向占上风的文学时代，我们通常很难读到像生活一样真实、鲜活、饱满的客观性作品。于是乎，精确和真实也便成为一种稀缺的叙事能力。从某种意义上说，客观性、形象性和真实性也是优秀小说的显著特征。

在王凯的小说中，我们不仅能读到对沙漠天气、风物及环境的精确、优美的描写，还能清楚地看到人物的外貌、行动、言谈和性格，连同他们微妙复杂的内心世界也同样精确而清晰地呈现在我们面前。如果说，小说家在作品中成功地表现深刻的主题内容和博大的思想情感是一种有难度的写作，那么，追求小说真正意义上的客观性效果就难上加难。因为，要写出客观性的作品，需要作者花费更多的心力，需要足够的耐心进行认真的观察、冷静的分析和慎重的判断。小说虚构性的想象不管多么诡异、奇特，最后都必须服从生活经验逻辑和内心情感逻辑的制约。小说家若想更逼真地还原生活，使作品褪去浮华和造作，就必须对鲜活真实的世界充满敬意，就必须具有朴素诚恳的情感态度。王凯对巴丹吉林沙漠深处的军营、对自己同代人的军旅青春都怀有深深的敬意和浓厚的兴趣。他秉持一种理性而扎实的客观态度，因而得以更全面、更深入地认识现实生活，更细致、更真实地把握外部世界。他笔下的军旅生活，具象而沉实、细腻且绵密。

短篇小说《一日生活》以基层连队普通一天的日常生活为线索，将基层连队从早起床出操到晚熄灯查哨，中间经由整理内务和洗漱、早饭到晚上的点名、就寝等，各个环节写得清晰而通透，表现了在军营的严格限制下指导员"我"和战士马涛各自苦闷而濒临幻灭的爱情。短篇小说《残骸》把一种无聊的生活状态书写得摇曳多姿。茫茫大漠，一辆卡车载着三名官兵，风驰电掣数十公里，赶在老百姓之前发现并回收导弹残骸。对各种导弹型号、发射方式所形成的残骸的形状、材质、颜色，甚至气味、老百姓回收的价格等，小说都给予了巨细无遗的呈现。

短篇小说《卡车上的伽利略》从一件非常小的事——为了去哪家吃羊肉而发生冲突入手，一个小横截面、一个并不复杂的故事，在王凯的笔下被叙写得富于生活的情趣，足见王凯对生活的谙熟与深切的体察。短篇小说《正午》则将部队机关的日常工作和机关干部的生存状态描写得入木三分。正午，原本是休息时间，是机关的真空状态，没有故事发生的时间段。王凯则敏锐地捕捉到正午这一既短暂又漫长的时段对年轻军官上尉齐的特殊意义，将一种感觉、心境和情绪进行富于诗意的延伸和放大。

王凯小说的切口往往很小，是一种深井式写作，而非大江大河的汪洋恣肆。中篇小说《终将远去》描述了一位连长在老兵转退中面对现实的挣扎、退让和无奈，由此牵引出老指导员张安定宽阔而伟岸的军人胸怀。一盘炸馒头片承载着指导员"我"对过往的回忆，对老指导员的追思，以挽歌的形式表达了对现实生活本质的怀疑和思考——"反正早晚都要走，军队要的就是一个人一辈子质量最好的那几年"。纠结的情感、残酷的现实，军队在这里被刻画成一部机器，精准、强大、冷酷而又高效；而年轻士兵的单纯质朴、血肉丰满、细腻敏感与之构成了巨大的反差。从上述作品中不难看出，王凯对部队基层生活的熟稔可以说渗透进连队的每一个细胞、每一寸光阴、每一个角落。

在长篇小说《全金属青春》中，寻常的军校生活被充满了机智和妙味的叙述激活，居然也跌宕有致，扣人心弦。小说中的一个细节令人拍案叫绝：肖明因被同宿舍的同学孤立而痛苦难抑，在极端心理状态下与哨兵发生冲突，最终导致被退学处理。在肖明离校当晚，同宿舍每一个自觉不自觉讨厌过这位室友的人都辗转难眠，陷入了莫名的不安之中。肖明一入学就以"积极追求上进"姿态出现在大家面前，他的种种表现，在成熟得略有些冷漠世故的各位室友看来似乎有点平庸与可笑，但当这位只不过按照一般社会逻辑寻求自我塑造之路的孤独个体遭遇惨败时，本该幸灾乐祸的同窗室友们却无法不自责，他们自以为是的"看透"，却被证明是另一种更可怕的平庸与可笑。这部小说始终在冷峻与温暖、沉稳与俏皮、荒诞与有趣、理想与现实之间游走，延宕出巨大的情感张力。

王凯的小说整体上看是静态、滞重、非线性的，动作性不强，好像是一幅幅厚重的油画，笔触是粗粝的，线条是棱角分明的，调子永远是深灰色的。他擅长记叙一个生命的截面、一个静态的特写、一种氤氲着复杂情绪的场景。小说的叙事速度很慢，甚至人物的面目也都比较模糊，但是读后那一种或灿烂或黯淡或悲壮的生命情状却会给你留下深刻的印象，并玩味良久，宛若寓言般带有某种哲学思辨的意味。

三

与传统的以故事来结构小说的作家不同，王凯很少刻意编织传奇好看的故事。在他的小说里，步枪的烤蓝、导弹的味道、军装的触觉纤毫毕露；沙漠特性、自然景观、风物人情极富质感，生活本身的气息、肌理、脉络，以及主人公的心理活动、情感世界、官兵之间细腻幽微的关系都被原汁原味地保留下来；似乎也不着力于人物形象，写的是富于生命痛感的生活本身，是某种氛围、状态、场景、情绪，抑或一种感同身受却又无法言明的心境。这对于当前整体上湮没于故事中不能自拔的小说叙事而言尤为可贵，也构成了王凯对当下小说过度依赖故事性的一种叛逆性意义。

在王凯看来，故事只是小说之"用"，发现、追问、辩驳、判断，个体对世界的独特理解、故事与现实与人性之间的关系才是小说之"体"。

王凯的小说具有一种挽歌气质，逝去的青春岁月在尘封的记忆里发酵，但味道依然熟悉，让人想起那些缓慢而笨拙的时光。在故事的外壳之下，看似不疾不徐的叙述却蕴含着强大的情感张力，不动声色中积蓄着撼人心魄的力量。王凯小说的焦虑在于，要么通过强大的写实能力使生存自身产生复杂的"存在"意味，要么在新的、现代的意识和视角下，对军人的生存状态和心灵世界做出独特别致的考量。

中篇小说《楼顶上的下士》以军营日常生活为线索推进故事，聚焦人性真实与职业伦理的矛盾、基层连队官兵的精神与心理。小与大、个人与集体、微观与宏观，多重辩证关系拓展了小说的生活幅面和主题。小说的结构呈发散性，题目与故事的关联更是值得玩味。小说的前半部分，楼顶上的下士——姜仆射，并不是叙事的核心。他若隐若现、形象模糊地出现在连队管理、任职分工及军营内外的现实生活中。在王凯自然而然的铺叙中，读者率先通过李金贵、王军等人物，并围绕战士复员的现实逻辑建立起对指导员的信任感和同理心。及至小说的后半段，姜仆射作为故事里的"小"，形象逐渐凸显，与以"大"为重的指导员互为各自转变的线索，"大""小"之辩将有关自我价值、个人权利与义务之间的权衡和盘托出。

中篇小说《迷彩》是一篇颇富有现代主义色彩的佳作。军官唐多令因为意外得知女朋友于盈盈曾经与她的上司有染，愤而与之争吵，导致女友与他断绝联系；而唐多令无法摆脱对她的思念，一次次地去于盈盈新的工作单位寻找她，一天天地等待她的消息。小说描述了唐多令既爱恋又无法释怀、既痛苦又无法解脱的矛盾状态，用大量笔墨表现他备受煎熬的寻找与等待。有点类似荒诞派戏剧《等待戈多》，等待意味着希望，等待也意味着机会的丧失。等待或是放弃，并无明确的答案，但它们都是那么地贴近生命的本质。

中篇小说《沉默的中士》刻画了一名内向懂事、甘于寂寞、尽职尽责的战士形象，他不多言语，自愿到远离众人的车场值班，勤勤恳恳又遵守纪律，但结局是他被发现曾在入伍前参与过一起抢劫杀人的罪案，由"我"出面亲自逮捕了他。小说之前的情节铺垫，在结尾处瞬间土崩瓦解：人心灵的秘密，需要沉默来坚守，更需要喧嚣来遮蔽，车场的冷清环境恰恰凸显了主人公内心世界的波澜；而人与人心灵间的距离之遥远，是远远超出我们日常的思维和想象的，人的"存在"本质上是隔离而孤独的；但是，人与人的关系，以及对自我的认知又是可以通过交流与沟通来达成理解的，而交流与沟通的过程是永无止境、永不停歇的。

中篇小说《换防》叙述了一位连长与指导员在面对部队离开大城市换防到偏远地方的变故时所做出的不同选择，以及由此带来的不同的人生命运。小说直面和审视"我"人性中软弱与黑暗的盲区，从而衬托出另一个不曾出场却又无处不在的人物在困境中所做出的奉献与牺牲，以及人性中的善良、高贵甚至是伟大。短篇小说《魏登科同志的先进事迹》在叙述结构上别具特色，作者采用了类似影片《罗生门》的结构方式，以"我"受命整理资料无意中发现一本调查笔录为线索，把一场意外事故当作故事起因，列举了若干谈话人对魏登科同志的评价，并把这些评价作为笔录原封不动地"誊写"到小说里。作品犹如一面多棱镜，读者在每一个棱面上会见到未曾谋面的主人公魏登科的不同侧面。作者想表达的是时代强加给人的政治性符号最终对人性造成的扭曲，以及小人物对境遇的无奈与无力。短篇小说《任务》以伍秋原和老宝贵一家的交往为线索，写出了一名面临转业的军官的生活常态，这或许也可以看作当下许多军官的生活状态和心理状态的缩影。小说沉浸在一种蓬松而绵软的叙述情绪中，叙事脉络是简单的，但牵出了诸多沉重而痛切的社会问题。

世俗化的关系与军营战友情的冲突错位、欲望失落与无奈忧伤是王凯小说的常见主题。当所有人都无力自拔的时候，人的灵魂、命运和现实生活之间形成了悖论，这悖论里堆积出荒诞感，于是小说便开始接近寓言。王凯的叙述看似漫不经心，内在气质里却有着深重黏稠的质疑和悲悯，是那种深植于大漠的粗犷和苍凉。荒芜恶劣的自然环境、体制内部的现实压力，对那些年轻军人的宝贵青春而言，无疑构成了压迫性的"存在"。面对那些硕大无朋而又坚硬无比的"存在"，青春、理想、欲望、爱情的柔软肉身遵从着心灵的召唤，在狭窄逼仄的空间里横冲直撞、遍体鳞伤。

对于笔下的人物，无论地位高低，无论正面反面，王凯都怀有一种深沉的情感——悲悯与诚挚的爱。正是这种悲悯的情怀和感同身受的理解，使得小说中那些远非英雄甚至不那么正面的人物，虽然有着道德、性格或行为上的缺陷和瑕疵，依然会在某一时刻流露出质朴、善意与诚挚的一面。

在王凯看来，单纯地揭露、批判与嘲讽并不难。尤其是站在政治正确的立场上批判过往军旅生活的阴暗面，甚至将某种现实存在彻底抹去，都是相对容易的。正是基于对现实经验的熟悉，王凯没有拘泥于表浅的日常事象，更不愿做出廉价而浅薄的价值判断。他选择潜入现实生活的深层肌理，再反身而出，试图以一种跳脱和超越的视角赋予现实生活以一种整体性的观感，对人物的现实遭际和精神困境报以深切的理解和同情。比如《导弹和向日葵》中的主人公叶春风，尽管在很多事情上表现出幼稚与迷茫，但内心深处纯粹、清高，有着浓烈的英雄情结，而且能一以贯之地坚守，不因境遇的改变而令心灵蒙尘；在经受了种种潜规则和世俗欲望的考验之后，依然不失赤子之心，最终收获了精神的成长和灵魂的超越。王凯在故事层面进行批判和思辨，而在人物身上寄寓激情和理想，这正是小说动人之处、价值所在。

四

一部伟大的小说之所以不朽，首先是因为它塑造出了不朽的人物形象。但是塑造不出令人印象深刻、经得起反复言说的人物形象，恰恰是现代小说的一大危机。进入21世纪以来，中国小说最严重的病象正是经典人物形象的缺失。以至于我们再难以像说出《安娜·卡列尼娜》《高老头》《欧也妮·葛朗台》《羊脂球》《约翰·克利斯朵夫》等文学经典那样，如数家珍般随口说出我们这个时代优秀小说的名字。我们的作家甚至早已丧失了将小说人物的名字作为标题的自信和勇气。问题在于，作家对自己笔下的人物是否真正了解、熟悉，是否充满理解、悲悯和爱意。

在《导弹和向日葵》中，叶春风、罗慕、白雪歌、车红旗、兰甘、钟军等人物形象之所以令人印象深刻，就在于王凯循着传统现实主义文学观念，着力"塑造典型环境中的典型人物"，于生活的流态中写出了上一个时代军队的重重积弊，道出了和平年代青年军人心中的无奈与苦涩。叶春风这个人物就是千千万万基层带兵人的代表，他们有文化、有理想，也有拼搏奋斗的志向。然而，在严酷的自然环境和人文生态中，叶春风和他的同学们尽管拼尽全力、左支右绌、心力交瘁，却依然难以实现自身的抱负与理想。

在巴丹吉林沙漠的军营中，爱情无疑是一种奢侈品，是年轻军人们赖以确证自身生命存在的重要象征。小说中的爱情书写，作为一条重要线索贯穿全篇，令人唏嘘、震撼。在艰辛与孤寂中，爱情既可以彼此温暖、抚慰；也可以作为一种稀缺的商品，交换世俗的利益；更可以被多舛的命运玩弄于股掌间，暴露生命的卑微和人性的丑陋。女性人物尽管依然不是王凯小说的重点，但是白雪歌这个人物写得尤为精彩。在小说结尾处，这个看似心机深重、行为放荡的女孩终于表露出她真实、纯粹的心灵内面。种种委屈和隐忍、生命的沉重和背负一起涌上心头。当她最为真实的情感秘密被揭开时，那种悲伤、愤懑连同一道尖利的疼痛深入骨髓。必须坦言，那一瞬间，我流泪了。

青年军人的爱情构成了《导弹和向日葵》的主要故事线索，日常生活的烟火味儿里甚至氤氲着浓重的欲望气息。性与爱在王凯的叙事中是置于前景的符码，勾连着身体与灵魂，也对抗消解着人际关系的残酷和生活的困窘艰辛。叶春风那种骨子里透出的清高和孤傲，显示出在残酷的世俗存在中，个体生命所能保存的选择生活道路和命运归宿的最终权利。理想和现实间的巨大落差，构成了悲剧性的审美氛围。人性的深度、生活的可能、命运的波折、人物的形象，都在悲剧性的故事中次第浮现。从欲望的密室中逃脱，闯向自由精神的旷野，其中的无奈、欢愉、解脱既闪烁着人性的光芒，也传递出反抗带来的生命痛感，更构成了对历史谬误和时代症候的隐喻。在这个意义上，作家站定了省察和批判的立场，小说的审美气质也因之变得深沉而开阔起来。

在中篇小说《沙漠里的叶绿素》里，类似的故事同样在上演。对于性资源的追逐，使得"僧多粥少"的大漠军营成为爱情与人性的试验场。这里的沙漠也可以看作是对当前这个情感上"过于粗粝也过于干燥"的时代的隐喻。"在沙漠酷烈的生存环境下，'逐水草而居'的动物本能占据上风，生存的需求压倒了爱情的渴望，理想再一次溃败于现实。于王凯的创作中，我们一次次感觉到理想与现实的错位。这种错位被美学化为一种堂吉诃德似的'不合时宜'的人物形象——这个形象是一个纯粹的理想主义者，对于理想的爱情是迷恋和执着，如此的不可思议，几成偏执；他怀抱理想却脱离现实、耽于幻想,无视已经发生了变化的时代,这使他的行动看上去滑稽而夸张;然而,他是一个永不妥协的斗士,他为实现理想而奋不顾身的精神令我们折服。相对于灵活多变的动物性生存法则,这个固守不变的人物身上无疑具有着某种'植物性',一如'爱情'……他选择了'我'——陈宇——那个'本我'作为叙事人,以他的眼光来呈现彭小伟的种种'可笑',以一种滑稽戏谑的叙事语调,写出了理想与现实之间的紧张关系,写出了'理想主义'在'现实主义'时代所遭遇到的种种尴尬。这使得小说具有某种戏剧性和喜剧性。然而,小说结尾,当彭小伟举起他为了向丰亦柔证明其爱情忠贞而自伤的手指头,反问'我':'你能说,这不算爱情吗?'这凛然的发问,却真让我们无言以对,悲从中来。"[①]意蕴上如此尖利冲撞的主题,显然源于王凯对世界的冷眼和质疑,而丰厚的意蕴和存在感恰恰是小说区别于故事的最重要的标志。

五

王凯就像一个手工匠人,拿着放大镜捕捉着巴丹吉林沙漠深处某座军营里一群年轻官兵的喜怒哀乐。灰蓝色的沙漠,暗绿色的军营,王凯小说的背景大都是冷色调的,灰暗中闪耀着金属的光泽。王凯笔下的巴丹吉林沙漠,以其艰苦卓绝、荒无人烟的特征,作为与生命力相对立的一种自然景象而存在;但由于责任与使命的要求,军人必须驻扎于此,以鲜活的生命、强大的精神与充沛的情感去抵御沙漠的吞噬。两者之间既对抗又相互依存的关系,很容易造就观念上的荒诞感。

中篇小说《蓝色沙漠》充满了自我拷问的意味,把军人精神与情感中最脆弱、最迷茫的部分呈现出来,让人看到生命的真实与荒诞是无法剥离的正反两面,而"陷入"与"逃离"是小说主人公所面临的现实境遇和精神困境。闻爱国是那么轻松自如,纵身一跃就能实现逃离梦想,但最后他却因为违纪而受到处理,之前的种种努力与经营毁于一旦。人物的命运轨

[①] 饶翔:《如果这都不算爱》,《青年文学》2017年第7期。

迹直指陷入与逃离的悖论关系，当你逃离了某种环境，同时就陷入另一种境地，两者反复推动，相互转化。小说叙事细腻绵密，严格地遵循着生活本身的逻辑，可延伸到最后，往往得出的却是与世俗和现实背道而驰的结论。这正是王凯的高明之处，小说家的视角是独特的、异质性的，对现实和生命都怀揣着强烈的质疑和焦虑。他笔下的人物大都外表平静、内心执拗，执着探寻和追逐的是不同于世俗逻辑的另外一重可能性，是精神的飞升和超越，是人心的不同选择。

六

当下的青年作家在小说叙事中，总是显示出一种简单的性质和片面的倾向：每每将一种情感结构推向极端，而缺乏在复杂的视域中平衡地处理多种对立关系的能力。而《导弹和向日葵》则始终是在复杂的网络中展开矛盾冲突和情感纠葛。叶春风和他的军校同学们之间、同学与同学之间、机关层面的横向联系、与基层的纵向关系，凡此种种构成了一个错综复杂的关系网。故事的推进和人物的成长都需要在这重重交叉的网络逻辑中才能实现。而军营和沙漠宛若庞然巨物，横亘于小说的景深处。冰冷、沉默，悄无声息地吞噬着周遭的生命，也消耗着内部的能量。小说中的人物如同陷入了一个巨大的磁场，不管如何逃离，怎样回避，终究逃不开这无物之阵的笼罩。王凯洞悉外部世界对个体生命的影响和改写，并将这一过程书写得纤毫毕露、惊心动魄。的确，我们的文学应该从狭窄的个人视域和封闭的内心世界走出来了，应该以一种客观的态度面对丰富驳杂的外部世界。客观性不仅意味着人物形象的精确和真实，更意味着写作伦理的强健和美学精神的开阔。

《导弹和向日葵》在《当代》2015年第6期刊载时，曾题为《瀚海》，我个人更喜爱这个题目，言简而意深，准确亦含蓄，给人无限的想象空间。作为重要的象征意象和思想线索，章节前面引述梅尔维尔长篇小说《白鲸》的片段，贯穿全篇。《白鲸》中那种对海洋文化的崇拜、对自然伟力的向往和对强健人格力量的赞颂，实际上也揭示出王凯对小说的理解和趣味。"瀚海"作为小说的核心意象，不仅描述出沙漠的本质，更勾连着辽远而宽广的外部世界。沙漠如海般壮阔，而人物的命运就如同巴丹吉林沙漠深处的弱水，蜿蜒流过干渴、粗粝的河床。坚韧和严酷、逼仄和辽阔，诸多反义词构成的沙漠存在与海洋的意象遭遇，显得尤为意味深长。

王凯说，他小说中人物的名字都来自唐代边塞诗人岑参的《白雪歌送武判官归京》中的诗句，小说中的人物因为名字天然地沾染了些许诗意，诗性的意象和抒情的笔调显示出作家的理性认识、情感态度和道德立场。他不但描写现实，而且解释现实；他不但传递经验，而且超越经验。瀚海和《白鲸》的意象最终指向的是存在主义式的精神超越，释放出一种打破心灵的局促与狭窄，让精神飞升的向上拔擢、向外发散的力量。王凯的痛感叙事由此获得了充分的现实感、概括力和整体性，终于跳脱了狭窄庸常的底层视角，达至开阔辽远的存在之境。

"反英雄叙事"的精神内面

——西元中篇小说读记

一

英雄应该是早期的狩猎与稍后的战争的产物，其本质在于诸多方面的超人特性，这种特性是在塑造和传播的过程中逐渐建构起来的，与神话传说及图腾崇拜似无二致。千百年来，对英雄的崇敬与渴望已经成为人类的一种集体无意识，抑或是一种无法抹去的精神性想象。

中国人的英雄情结，或言对英雄的崇敬与膜拜，从对《三国演义》与《水浒传》的超常迷恋中即可窥一斑；但百余年来近现代史的屈辱让中国人的英雄梦想几乎丧失殆尽，直到抗日战争及之后的解放战争的伟大胜利才重新唤起大众崇尚英雄的澎湃激情。1949年后，虽有朝鲜战争和几次局部自卫战争的胜利，但和平发展与经济建设已经成为主流，尤其是1990年代以降市场经济的迅猛发展，人们重归生活的日常性与世俗化，英雄渐行渐远，终于淡出人们的视野。但历史的轮回却有些出乎人们的意料，泛娱乐化的世俗生活流行了不过十余载，以影视剧为表征的英雄叙事在21世纪初年大规模地重回银幕与荧屏。人性化、个性化甚至草莽化特征凸显，浪漫奇崛的传奇故事以及英勇悲壮的牺牲气概让人们心向往之。

20世纪五六十年代的"红色经典"亦被二度创作，大众对英雄表现出了自改革开放以来少有的崇敬与渴望。这股英雄叙事思潮是一种相当复杂的存在，而我更愿意从积极的意义去解读。也就是说，消解日常的庸俗性对人们脆弱心性的侵蚀，反拨人生理想与价值的失落迷茫或许才是背后隐含的深意。至于当下泛滥的抗战神剧,一方面与泛娱乐化的文化生态相关,另一方面或源自因历史屈辱与痛苦而产生的民族主义的精神焦虑。

二

70后"新生代军旅作家"西元,近年来连续发表了数个军旅题材中篇小说——《锻炼锻炼》《遭遇一九五〇年的无名连》《界碑》《死亡重奏》。让我为之惊异的不是他在创作上的连续发力,而是这些小说跳脱了传统英雄叙事的观念与理路。他所着力描写的人物几乎没有符合传统英雄标准的,都是普通得不能再普通的基层部队官兵,形象自然谈不到伟岸,言行也说不上崇高,私心杂念更是不少,非但与高尚沾不上边,甚至连人物名字也有被西元故意矮化之嫌。最重要的是他们没有显赫传奇的经历,没能做出影响或者改变某一事件进程及人们生活状态的事迹,与人们习以为常的英雄印象相去甚远。如果说《锻炼锻炼》《遭遇一九五〇年的无名连》《界碑》反映的是和平年代的军旅生活,没有了战火硝烟的衬托,连官兵自己心中的英雄意识也逐渐冲淡,英雄的"风光不再"或许不足为奇;然而,详细描写朝鲜战争中一次残酷阻击战的《死亡重奏》也没有出现我们熟悉的英雄形象,仍然是一群普通的基层官兵,他们当然也都视死如归,并与敌人搏斗至生命的最后时刻;但他们却没有我们已经熟知的那种民族大义与祖国利益高于一切的英雄志向,即便是面对残酷血腥的战场与死亡,他们还是保持着自自然然的生命常态。许多牺牲士兵的名字,连一直战斗到最后的连长魏大骡子自己都不知道,后来干脆都不想知道了。直至小说结尾,我都没有发现西元在努力塑造人物,更遑论英雄人物。这几个中篇的阅读让我提心吊胆,甚至有些替西元后怕,如此一地鸡毛式的生活碎片,靠什么来支撑小说的结构呢?西元对军旅文学进行探索性叙事并不让我惊讶,诧异的是他断然拒绝既往的英雄叙事传统,甚至彻底颠覆了大众心目中早已固化的英雄形象。尤其是他刻意而为的人物及生活,还有对思想、精神的日常性描写,似有重归1990年代初期"新写实"小说的倾向,我所谓的"反英雄叙事"并非出于批评策略的考量。

西元当然不可能让他的小说到此为止,其实在阅读的过程中我就已经想到了,"反英雄叙事"实乃西元小说之表。在消解英雄之后,他却在悄然地建构着小说整体性的英雄主义精神,不但不张扬,甚至有些隐晦,有时还不得不使出已经不那么时尚了的象征或隐喻的手法。英雄主义当是意识形态化的结果,作为特定的思想、宗旨、学说,它张扬的是崇高的理想信念与高贵的生命价值。英雄主义与英雄的区别在于它强调的是一种精神,这种精神可以体现在英雄身上,也可以在普通人身上呈现。英雄主义具有一定的形而上意义,它更有可能在某个群体中得以充分彰显;而英雄却是一个具体的、个人化的形象存在。西元何以要通过"反英雄叙事"的方式而隐晦地建构小说整体性的英雄主义精神?这当然是基于他对当下中国社会现实,以及军旅生活存在的独特思考。英雄的缺失并不仅仅因为战争的阙如,更重要的在于精神的虚无与理想的崩塌。英雄似乎已经成为人们心中永恒的怀想,而人类价值理性的目的性选择使得在文学中建构英雄主义精神成为可能。换言之,西元在他的这一系列小说里,通过象征和隐喻,将那些散落的人物和碎片化的生活细节勾连起来,英雄主义的精神内涵在掩卷后产生的思绪,如同江南绵延不息的梅雨,在悄无声息中滋润着大地上的稻粱菽稷。至此,西元小说的思想精神向度已然清晰起来了。

三

《锻炼锻炼》[①]中旅党委秘书、组织干事丁三帅被下派到三营当代理教导员,准备半年后回来接任组织科的老科长的职务,短暂的一年时光,让踌躇满志的丁三帅真正体验到了这个只有三百多官兵的教导员居然如此难当。小说在三分之二的篇幅里用侧锋细致地刻画了一个在基层浸泡了多年的主官贾营长的形象,贾营长的思想境界谈不上高尚,他带兵的手段和为人处世的方法独特而实用,在机关和基层间协调游刃有余。小说描绘的都是日常性的军营生活,没有一件惊天动地或惊世骇俗的事件,而且两

---

① 西元:《锻炼锻炼》,《解放军文艺》2013年第1期。

个主官丁三帅和贾营长又都各怀心事。也就是说，在某些事情上或者在某种意义上，他们未必比他们手下的士兵更具有家国情怀和献身精神。然而，在现实的军营里贾营长却是全营官兵的主心骨，只要他在营里，哪怕是他在睡觉，全营都是妥妥帖帖的。小说的最后写贾营长去南方学习不在营里，丁三帅就感觉到了一种大家都不把他放在眼里的情绪，他终于因几个老兵在午夜里的吵闹而大发雷霆，这一"爆发"的内在因素显然是对被贾营长压抑的一种报复性的情绪释放。贾营长和丁三帅显然都不具备英雄的品格与情怀，但他们身上又不时地释放出一种耐人寻味的真性情，而这种性情又注定会在某一瞬间里绽放出灼人眼目的光彩。

《遭遇一九五〇年的无名连》[①]写指导员王大心带领四个战士从一个基地赶赴戈壁滩上的一个小火车站，装卸工地用的水泥。先前说是七天，结果干了一个月。这个地方没吃没喝，什么都要从几百里外的基地往这里运，而且连住处也没有，只能在一个破旧的红砖房里将就一下。五个人，每人每天要将一火车皮的水泥卸下来，再装到从基地工地赶来的卡车上，劳动量之大可想而知。问题是连长调配给王大心的四个战士都有些问题，或者不能干活，或者属于调皮捣蛋的那种，还有女性化的，只有一个从农村来的通信员是个"好兵"。罗三闯是小说着墨最多的一个人物，但他觉悟不高，看问题也有些阴暗和偏激，虽然干活不差，但他显然离英雄的形象相去甚远。这几个"老弱病残"起早贪黑，戈壁滩上白天太阳暴晒，水泥灰弄得全身到处都是，加上汗水的搅和，烧得浑身火烫，而且晚上连个澡也洗不上。他们牢骚怪话挂在嘴边自不必说，彼此之间还都不服气，经常窝里斗。但他们最终却坚持下来了，在那没水没电没人烟的戈壁滩上搬运了一万吨水泥，基地整个工程主体就是靠这五个人一袋水泥一袋水泥背出来的。这样一些有如散落在河床里碎石般的生活细节很难让你联想到英雄，于是，西元将一九五〇年朝鲜战争中的一个无名连参加的一场阻击战拉进小说中来，让这不同年代的两个人群形成一种隐喻关系，小说因此获得了一种内涵丰富的思想深度，五个官兵行为背后所蕴含的英雄主义精神

[①] 西元：《遭遇一九五〇年的无名连》，《当代》2013年第5期。

也随之弥漫开来。

《界碑》^①仍然是在写人物群像,某特种旅的日常性工作与生活,每个人都有自己的理想,但这个理想的实现却遭遇现实的种种挫折。让指导员王大心棘手的问题是连里转上士的名额只有一个,按资历和能力应该让李钢钉转,可是营长及旅政治部干部科代表旅长打电话要他必须把名额给上官飞飞。王大心没办法,只好准备了酒菜与连长一起给李钢钉送行。被李钢钉一顿抢白倒还在其次,让王大心无地自容的是刚刚谈完,旅里突然来了紧急任务,全连立即赶赴西北建武器试验基地,而最重要的建筑设备塔吊除了李钢钉没人玩得转。王大心硬着头皮要求李钢钉随队时,李钢钉以腰不行加以拒绝;但连队集合的时候,李钢钉还是站在了队尾。李钢钉没有什么崇高的志向,但在西北基地没人能够装大梁的时候却挺身而出,最后为了救徒弟上官飞飞,被断裂的钢丝绳打瞎了双眼。旅文化俱乐部的白洁想通过出一张重要的唱片来改变命运,但没钱做推广,只好违心地玩命陪一位局长喝酒,但最终还是没能做成。新任务来了之后,她被旅长派到西北基地,在艰苦的施工生活里,她被战友们感动,本来在又一次陪酒中认识了一位喜欢她的老板要出资给她做推广,但她坚决地拒绝了。李高工刚退休不久就被旅长重新拉到队伍中来,他之所以来,也不是说多么地高尚,而是在家里待不住,离开了队伍就不知道怎么生活了。然而,在工地,他不但负责技术指挥,还在没有人手的时候亲自砌砖,尤其是在装大梁的时候,他带着李钢钉上到几十米高的厂房上成功地指挥架设大梁。魏大骡子也是被钟旅长临时点的将,赶鸭子上架当了指挥长。魏大骡子相当于副团职,虽然是技术九级,但他并不真的懂工程技术。当材料供应商打着基地首长的旗号以百分之五的点给他回扣,从而降低材料标准的时候,他真的纠结不已。但最后他还是被李高工和李钢钉大无畏的献身精神所感染,下令拒绝了材料供应商。界碑其实是一直装在王大心的心里,它来自祖父辈们的艰辛的历史,后人可能永远都不能理解,但不知什么时候你会与它遭遇,在那一瞬间它便横亘在了你的眼前。在工程结束后返回的天昏地暗

---

① 西元:《界碑》,《解放军文艺》2014年第7期。

中，王大心感觉到了它的存在。

四

在我看来，《死亡重奏》①是西元最出色的一部中篇小说，也是21世纪初年军旅小说中独具一格的重要作品。小说借用西方的音乐形式的结构，既非常严谨，又描写了不同的死亡情景和让人难以想象的残酷的战斗画面，交织成一曲丰富而复杂的"死亡重奏"，一改西元之前小说在结构方面的随意性。对战争场面和人物内心的描写极富文学性，其华彩程度为21世纪初年以来的军旅小说所不多见。超出连长魏大骡子经验的战斗的残酷性完全被诗性消解，甚至连死亡也不再令人恐惧，与西元此前小说的世俗化叙事形成强烈反差。

小说写朝鲜战争时的一场7号高地的阻击战，高地下边有条公路，被中国人民志愿军包围了的美军十来个师只有打通这条道路才有生还的可能，团长给连长魏大骡子下达的战斗任务是守住这个高地，不让敌人从山下的公路南逃，时间是直到一二三师赶到。交代人物"前史"是西元小说普遍采取的方式，从叙述的角度论，它延缓了小说发展的速度，但这不是西元的目的。西元通过"前史"的叙述来达成对人物现实情感、心理和思想的观照，尤其是在人物死亡前的短暂时刻，"前史"让人物在诗意的回想中赋予死亡以宗教般的意义。如果说和平环境下对英雄的塑造在某种意义上有些勉为其难，那么这样一场残酷的战斗无疑为西元提供了描写英雄的土壤和条件。这些人物虽然都视死如归，但西元却仍然固执地拒绝升华他们的思想境界，战场在他们心中似乎已经成为普通的场景，与以往记忆中的生活相比没什么特别之处。十四岁的二斗伢子是个新兵，刚刚补充到这个高地上，但他是那场战斗的唯一幸存者，小说每一章前的第二人称叙述当是以二斗伢子的视角对战场的观察与感受。西元对战场的丰富感觉通过二斗伢子表现出来，但二斗伢子却并非重要人物。

---

① 西元：《死亡重奏》，《钟山》2015年第1期。

其实在西元的小说里几乎没有重要人物的概念,他只是按照人物的经历尽情地发挥他的想象。比如说连长魏大骡子,他是这场阻击战的最高长官,他到高地一看就知道自己怕是不能活着回去了。西元没有将魏大骡子描写得多么英勇与智慧,用他自己的话说,我他妈可没那么些崇高。他很平实,作为一个老兵他在战场上表现得很淡定,而且有一套自己的经验。在面对美国俘虏的时候,他也没有表露出强烈的民族主义情绪,而是彰显出中国人朴实的人道主义。在被打瞎了一只眼后,他甚至咒骂一二三师迟迟不到。他说我就是一个庄稼人,为国家壮烈牺牲?国家在哪儿呢?我随九兵团从海南岛一头扎到北朝鲜,一天好日子没过上,你说我能愿意吗?但是,魏大骡子又说,我站在高地上,那鬼子就别想站在这儿。我倒是要和他们比一比,到底谁的命更硬!最后,魏大骡子死在了敌人坦克的炮火中,连尸体的踪影都不见了。

上官富贵也是一个老兵,但始终保持着农民的单一的执着,他让魏大骡子给他划出归他守卫的阵地,这似乎有些可笑,但他的"前史"是二十年前他爹把自家那一亩九分地的地契攥出了血。黄河决口,全家九口逃往陕西,仅他一人活了下来,浑身上下没一颗粮食,只在裤裆里缝了一张地契。将历史勾连起来,我们就理解了他对属于自己的那块"地"的几近偏执的确认。上官富贵随后又说,你放心,我不会让鬼子越过去半步。英雄主义精神不是已经蕴涵在这可笑的两句话里了吗?后来,上官富贵面对冲上来的美国大兵一枪一个地射击着,但美国大兵还是冲了上来,而且眼看着就要跨越魏大骡子给他画的那道线,上官富贵急眼了,握住刺刀朝着最前边的那个美国大兵冲去。这个河南农民对美国大兵对准他的黑洞洞的枪口很漠然,他低着头,死死地盯着那条画在地上的线,他的心头只有爹死前的话,没地就没命。上官富贵在与敌人进行了更为残酷的搏斗后,在半夜的严寒里坐在自己的阵地上死了。饥饿已经将文书王尽美折磨得对死亡没了恐惧,高地如果是最后的墓场,也没什么可痛苦的,只是在它还没有成为墓场之前,就必须待在这里。王尽美望着风雪中灰色的太阳,脑海里闪现着他亲历的日本鬼子占领南京后的一幕幕悲惨的景象,在与美国大兵的搏斗中他想到的是如果让美国大兵的皮靴踩在这座高地上,身后就是另一座南京城。在敌人的刺刀刺穿了胸膛后,他掏出了隔壁家姐姐送他的照片,他想起在下雨的小巷里与姐姐拥抱的那一刻的美丽……

五

同样是描写战争的残酷与生命的无常,西元的中篇小说近作《坑道里的冲锋号》[①],则通过对感官经验炸裂般的重彩深描,凸显出个体生命的"内爆"奇观。这是一篇值得细读和回味的佳作。小说通过低姿、微距叙事,慢镜头回放、显微镜透视般重建微观战场,聚焦基层官兵直面死亡的生命存在,写出了生之坚韧、活之勇毅、死之尊严。从故事情节的角度来说,《坑道里的冲锋号》很难说有什么新意。上甘岭的坑道作战,读者大都耳熟能详。西元没有正面去写战场进程和战斗过程,而是着力发掘战场背面的存在:漆黑的似乎没有尽头的坑道、暗夜里抬头可见星空的堑壕、一个个裹挟着前史记忆和奇特技能的个体生命、一段段在迎向死亡的过程中发出的呓语和独白。

深邃曲折的坑道,这是一个迥异于我们习常认知的战场时空:冷静无言,黑暗幽闭,阻隔着人对外部世界的感知,却又放大了孤独生命的脆弱感官。饥渴、疼痛、焦虑、恐惧、窒息、濒死、友善、仇恨、情爱、亲情、哲思、妄念,凡此种种,集合铺排为炸裂般绚烂的感官盛宴。声音、气味、触觉、嗅觉、光影,人的五感在这种极端环境里被彻底激发,映射出异于既往战争图景的同时,也印证了个人的肉身和主体的存在。

比如,小说中多次写到气味。"越往坑道深处爬,气味越骇人,浓得如同棉絮、堵住气管、喉咙、肺叶子,像铁箍一样牢牢裹住胸口。""小美吸进第一口带甜味的空气时,由于用力过猛,差一点呛死过去。他觉得这是他一生当中过得最黑的一段时光。与坑道里相比,世界上任何黑暗都算不得真正的黑暗。"王大心以时间对抗脱水,数着自己的心跳,但是无法保持意识的清醒,于是一次次重来。如此精妙、准确的生理和心理感受描写,在小说中俯拾皆是。

---

① 西元:《坑道里的冲锋号》,《北京文学》2022年第7期。

坑道就是一个连接生与死的管道。坑道外，矗立着战争这个随时吞噬生命的无物之阵，死亡的仪式随时在坑道外上演；坑道里，看似最恶劣甚至是"反人类"的生存环境，却又扎实护佑着一个个年轻而脆弱的生命，活着，进而成长；坑道口宛若存着一扇看不见的窄门，推开门，不知是走进生还是堕入死。西元经由对坑道战这一极端经验的特写，强化并放大了人的感官经验，进而写出了个体生命不同寻常的战场感受。这种感受是生理的、感官的，亦是心理的、精神的。

西元在《坑道里的冲锋号》中试图探寻和表达：战场上死亡是如何发生的，而人们又是怎样准备迎接死亡的。像小美和王大心这样有机会耐心细致地迎接死亡，以彰显生命的重量和尊严者是极少数的，毕竟绝大多数的死亡都是突如其来、不期而至的。

现实战场环境中，死亡接二连三地发生。小说中很多人物，出场后仅寥寥几个字后就死去了，包括营参谋长、通信员小黄，生命的脆弱可见一斑。"一个战友，死时神态安详，小美记得他是和敌人拼小刀子时牺牲的。"还有受伤的美国兵，目光凶狠地盯着小美，他试图爬下阵地，但很快就在一轮炮火覆盖下无影无踪了。嘎嘎拖回了一个美军俘虏，活着时漂亮极了，但死后却很难看。嘎嘎对待美军俘虏的尸体依然葆有尊重，"他把俘虏的腿搭在后背上，向坑道深处拖。他把尸体码好，转身要走，想了想，又爬回去，用袖子把俘虏的脸擦擦干净，端详了几眼，才离去"。这一看似不同寻常的举动，在漫长的黑暗中或许也仅仅是出自人的生理本能，但也透露出嘎嘎对美的那种超乎寻常的感受。

嘎嘎本来是英雄，却因为与朝鲜姑娘英子的情爱，而循着生理本能的召唤，不管不顾地当了逃兵。情欲的美好、日常的安稳，生活的希望，依然顽强地对抗着死亡的宿命。而李大棉裤重新回到坑道后，竟然非要钻进坑道最深处睡一觉，而且是要枕着战友的尸体入睡。极端的恐惧和麻木让生命向内收缩，在这里，生与死的界限被打破，个体生命发生了"内爆"。

主人公新兵小美，五岁时便没了爹娘，学唱戏时，又亲眼见证了师傅的死亡，小小年纪却多次在暗夜中经历死亡。他害怕死亡，更害怕黑暗。在坑道中，幽闭恐惧的他呼呼喘着粗气。而王大心教小美破解黑暗恐惧的办法，就是把幽闭的坑道想象成辽远的星空宇宙。在这里，个体生命之小与自然时空之辽远阔大，竟然经由狭窄的坑道勾连在了一起。迎向死亡的过程，亦是思考死亡的过程。"与其说我们是在与敌人较量，不如说是在与死较量。"王大心与小美的对话，于现实的战争之外又引爆了一场发生在生命与灵魂内部的战争。

经历了十天残酷战斗考验的小美，完成了自我的成长与救赎，不再害怕死亡和尸体了。他有了审视新兵的资格，也开始有了心事，突然睡不着觉了，和李大棉裤一起抽烟。"活着太苦了，死了反而很轻松。""学会了死亡，反而不会生活了。"生与死的对照凸显了战争的本质，从希望到绝望再到希望，坑道已成炼狱。

从炼狱中逃出生天的小美，终于有资格和王大心展开平等对话。最后一战来临前，王大心拉着小美一遍遍爬山、下山，直到精疲力竭。王大心说："这几天，我突然明白了，我们这些从坑道里出来的人，是没法回到人间的，这个意思你懂吗？当你去过一遭炼狱，你会觉得人间都好生古怪。"个体生命的"内爆"，破除了生与死的二元对立。"生活—死亡"不再是一个遵守自然法则的时间流程，亦非人为推演的逻辑链路，而成为一个终究无法抵达的虚空之境。王大心和小美好像反反复复滚石上山的西西弗斯，接受惩罚，也接受试炼，却永远无法停歇。最后一战来临之前，他们其实都已经历了多番生死的轮回。

死亡如影随形，所有人都有预感，要直面死亡的恐惧。小说中的人物无论前史如何，都在思考，每一次叙事视角的转换就是一种思想角度的变化。刘审计作为小说中唯一的知识分子形象，脑子受到炮弹的惊吓，不太正常，后来被毒气弹熏得明白了，开窍了，有了预知未来的能力。他不再焦虑，超脱生死，浑身上下洋溢着纯粹的快乐，脑子里想着各种稀奇古怪的事情。在生命用分秒计算的战场上，刘审计想到的竟然是五十年以后的事情。时间在他这里被无限拉伸了，对未来的想象，使得日常生活的美好重新获得了意义。他向小美讲述腊肉的四川老家做法。从他的爷爷、父亲再到儿子、孙子，勾连起百年时光，种的延续恰恰是战争的价值和意义所在。

小说对死亡的终极思考保持着情感上的客观冷静和细节上的浓墨重彩，这种反差带来新鲜的阅读感受。写生死的轮回，亦写生命的坚韧，西元终究还是为这个关于死的残酷故事,涂上一抹关于生的亮色。

迎接死亡的过程,远比死亡的瞬间更加痛苦,也更加惊心动魄。反攻前一天,夜晚来临,小美换上新军装、新内衣内裤,里里外外换新的过程,就是死亡前的仪式。李大棉裤关于新兵名字的一段话,真实也深刻。战场上个体生命转瞬即逝,而新兵的生存概率尤其低。一场战斗下来,大多数将要面临死亡,以至于就连己方战友都不关心他的名字叫什么。至于他的感受、心理、精神就更是微不足道,即便留存下来,也终将被宏大历史湮灭,被传奇故事改写。西元反其道而行之,把这些原本微不足道亦无从道哉的生命存在全部打捞起来,将个人体验极尽放大。与之相对应,战争背景被虚化,英雄的意义被抽离,小说中的人物始终在思考,越想越深,深入到了战争的肌理、骨髓、本质,甚至深入到了浩渺无尽的虚空,进入了哲学思辨的存在之境。

六

西元的文字凌厉、精微而又充满力量,卓越的想象放大了人物感觉器官的灵敏度。叙事视角的自由切换,让小说中多个人物都有了回溯个人前史、表达主观感受的"第一人称"。第一人称叙事的好处是可以随时独白,直接表达内心的感受。为了凸显个体的声音,小说采用了多声部重奏的方式,不同的人物都能发出自己的声音。随时转换叙事视角、多重声音和感官交织,使得小说有了复调叙事的交响感,这也使得以往单向度的战场真实呈现出了复杂的样貌。

《坑道里的冲锋号》结尾处,小美终于知道了王大心小纸条的秘密。然后,便去参与挖掘王大心的遗体。他当然没能寻到遗体,找到的只有那个装着几百封战士请愿书的挎包和军号。此时的小美终于消弭了最后的脆弱与犹疑,他选择和战友们的遗体坐在一起,没有丝毫的恐惧。个体生命的"内爆",于此更进一步,生与死终究融为了一体。王大心的生命归于寂灭,渗入了这些请战书的字里行间,也化为了无声的号音。同样地,个人与集体终究融为了一体。这是小说主旨深刻之所在,也是无奈之所系。

西元好像突然发现了一个惊人的事实,他无论如何发现、托举这些鲜活甚至怪异的个体生命,仍然无法抽离集体这个宏阔的背景。离开了集体,个人终究无法独立存在。就像嘎嘎,那么热烈地追逐昙花一现般的情爱与个体生命的自由,甚至不惜背弃英雄的壮举、背负逃兵的骂名,终究还是无法逃离被集体重新同化、规训的命运。

小美站在高地主峰上,时光倒流,回到原点。冲锋号响起,最终的审判如期降临。"它是如此的纯粹,又是如此的坦白,它是高地上唯一能穿透硝烟的东西。它让死去的灵魂重生,它让焦躁的人儿安睡。"无声的军号在小美的内心听觉里炸裂,他坚定地认为死去的战友也一定听得见。这号音便与以往战争叙事中的冲锋号有了不同的味道,关乎心灵的熨帖、精神的救赎、灵魂的安放。小说的叙事逻辑由此发生了偏转,从对战场"真实"的复现变成对"超真实"的拟态。小美和他的战友们打破了有限生死的窄门,闯入无限的时间与空间的荒原。现实与历史、情感与政治、个体与总体于敏锐细腻的感官时空中"内爆",达成了辩证统一的和解——成为一种超越的、永恒的存在。

小说对战场环境及自然景观的抒情性摹写,具有强烈的象征意涵。"周围突然有了微光,小美发现自己置于浩瀚的宇宙之中,身前身后头上头下遍布着日月星辰。太阳、月亮、银河在不远处漂浮着,简直触手可及。太阳像颗黄豆,月亮也不过就是白芝麻那么大,发出冷冷的清辉……"星辰大海、历史长河、时光流转,小说透过柔弱却又坚韧的小美的视角看到了生死无常,感悟到了轮回有序;于战争强烈的不确定性中,写出了难得看到的秩序感、仪式感、永恒感;进而,建构起了一个由"内在经验""内在的人"构成的繁复而丰饶的文学时空。

七

传统的英雄叙事当然可以满足大众的想象性期待,尤其是对虚构文学而言,它为作家预留了巨大的创造空间;但文学终究不能远离生活真实,艺术地还原真实既是一种悖论,也是考验作家的尺度。我不敢说西元在这几个中篇小说里对英雄叙事的探索达到了怎样的高度,我只是认为他对英雄主义的强调更接近事实本相。从历史的角度看，用文学的方式还原本相不见得是最好的方式，却是重要的方式。

西元的小说注重对战争及人性本质进行深层勘探，在浓缩变形的时空中容纳体量巨大的时代信息；将历史、现实、梦境、幻觉、议论、哲思熔于一炉，最大限度地拓展多维叙事空间；由此生发出对战争的深层次感悟，体现出强烈的理性色彩与哲学思辨品格。换言之，西元的小说大都不是"跑故事"的。对于事象表层、故事起承转合等"外在经验"，他笔触跳荡、大胆留白，往往不做过多停留；而在战争主体的感官心灵、情感精神、日常生活、生命存在等"内在经验"层面，则是勉力探索、纵向掘进。就像他近年来持续深耕的抗美援朝战争系列小说，因为不断发现并放大战场上人的感官和感受，敏锐捕捉主体与环境相互作用的细节，而显得格外真实且酷烈；种种极端的生理、情感、精神反应，都被浓墨重彩地描摹、表呈；丰盛的感官经验、逼真的死亡拟态、冷酷的战争伦理，深深撩拨、震撼着读者的神经和心理，亦成为西元小说的一种风格标识。

大多数情况下，西元都是一副理性、深沉的样貌示人，无论是在生活中还是写作中都显露出惊人的耐心，安静而漠然，透出淡淡的哲人气质，在"新生代军旅作家"中颇为另类。他的小说有着鲜明的后现代诉求，在文体形式和叙事视角等层面屡有新鲜独特的探索，显露出某种先锋的面相。这在当下几乎清一色现实主义、迷恋故事的军旅小说写作中，稀缺而出挑。比如从结构角度论之，他的小说有如中国传统的水墨画，采用"散点透视"的方法，没有中心情节，自然就不存在围绕中心情节结构故事，说没有故事似乎更准确，也不突出所谓的"主人公"。他聚焦于碎片化的日常生活，将思想与精神寄寓其中，然后以一种象征性的暗示来提升小说的意义与思想。

整体而言，西元的小说似乎有些粗粝与散漫，但生活原本不就是这个样子吗？那些精巧的小说当然好看，也更具文学性，但距离真实的生活其实已经很远。我不认为真实是评价小说的最重要的标准，但真实让我当下的阅读更有耐心。我相信我的感觉与判断，西元未来的小说创作更加值得读者期待。

在荒诞、反讽中的理想主义
——朱山坡"长篇小说"《蛋镇电影院》读记

一、长、短篇之辨

我不认为《蛋镇电影院》是长篇小说,但小说的版权页上却写得明确无误,"长篇小说—中国—当代"。在我看来,长篇小说起码应有核心情节与人物贯串,以及相对长且繁复的头绪,史诗性是其最重要的文体特征。现代主义与后现代主义虽然反叛了现实主义,用寓言、象征、荒诞、解构、碎片化、取消深度等手法淡化,甚至消解情节的连贯性、人物的典型性与宏大叙事的美学意义,但其仍然保持一定的长度和整体性结构。先锋性的探索当然值得肯定,不过,也在一定程度上造成了长篇小说的现代性危机。

《蛋镇电影院》具有现代主义小说的质素,比如它的叙述语言、反讽与荒诞的手法等;但还不能说就是现代主义小说,现实主义仍然是它的基本底色。我不认为它是长篇小说的主要原因是没有核心情节、人物贯串及繁复的头绪。小说故事的发生与人物活动的背景虽然都在蛋镇和电影院,但每个故事的人物却是不同的,有本镇的,亦有外来的。有几个人物在不同的故事里多次出现,个别的细节也在不同的篇什里提及,但只是一种叙述的点缀。小说的构思与结构是短篇小说式的,通常围绕着一个人物来进行,一共十七篇,每篇又都是独立的存在,所以不可能有绵长而繁复的头绪,更谈不上史诗性的美学风格。

短篇小说无论采取什么样的方法,它的构思与结构都与长篇小说迥异。

罗杰·福勒认为，短篇小说旨在创造一种独特的效果，在构思中精选事件和具有严格的把握必要性的分寸感；短篇小说应该是具有教诲意义和具有代表性的，是一个褊狭疆域中的世界；它通过把注意力集中在某个具体人物、某个事件或某种情感上，通过紧缩，避免离题或重复，从而建立了统一的印象，并给人以完整的感觉；它满足了我们对悖论及具体形式的渴求，满足了我们发现经验之中的戏剧形式和重要性的渴望，即使这意味着为了效果而牺牲表面的真实。[1]《蛋镇电影院》完全符合上述观点或要求，尤其是这句"把注意力集中在某个具体人物、某个事件或某种情感上，通过紧缩，避免离题或重复，从而建立了统一的印象，并给人以完整的感觉"，用来指认《蛋镇电影院》的文体特征可谓恰如其分。

谈论文体之辨有意义吗？毕竟现在进行跨文体写作正在时尚之中，但不同文体在叙述语言及结构方式等方面的差异与界限仍然是存在的；更为重要的是，作家选择什么样的文体，客观上也表明了他对人物或故事，以及更为宽泛的社会生活的态度与认知，不可不辨。

二、生命的温热与情感的挚诚

蛋镇和蛋镇的电影院在文本里都是虚构的场景，有点近似于戏剧中的舞台，一些本镇的，也有外来的，多少有点脸谱化的人物轮番粉墨登场。故事与细节都不复杂，是中国画的写意方法，或者是线条勾勒的手段，尤其是叙述语言的反讽修辞风格，读起来有如散文般轻松与舒坦。

我相信，蛋镇及蛋镇的电影院，曾经都是真实的存在，这样的判断并不是因为作者在后记里有这样一句话："前些年，我回到'蛋镇'，发现古老的电影院已经荡然无存，原址和周边盖起了超市、家具店和旅馆，大街上来来往往的人好像再也不需要电影院。"这句话当然是可以作为佐证的，不过我想强调的是《蛋镇电影院》带着作家朱山坡生命的温热与情感

---

[1] 参见〔英〕罗杰·福勒：《现代西方文学批评术语辞典》，春风文艺出版社1988年版，第57—58页。

的挚诚，在怀旧中有些伤感，对消逝的生命、场景与那个年代的气息不乏"乡愁"，在叙述中，这种状态与情绪是作家几乎无法自控的。作家当然可以用自己的才能将虚构演绎为逼真，甚至让读者为之流泪；但作家与所叙述的故事或描写的人物之间的关系，仍然能够被读者所感知和洞悉。

当然，这一点不是评价文学优劣的标准。但是，对作家或作品而言，这一点又不能说是无关紧要的。换言之，带着作家生命与心血的作品和完全靠二手资料编织出来的故事是不可同日而语的。比如说，我们会鲜明地感受到《红楼梦》和《三国演义》的不同，这跟作家与其所描述的人物及故事之间的关系是分不开的。前者是曹雪芹的"自叙传"，乃泣血之作；后者是历史演义，作家研究并收集了大量稗官野史与民间传奇，讲述的是智谋诡诈及善恶忠奸一类的带有普遍性的价值与主题，其中的概念化倾向也是显而易见的。还有，不论我们现在如何评价20世纪五六十年代的"红色经典"，那批作家在讲述战争与斗争故事时，那种亲身经历过的情感乃至经验，都是后来的年轻一代作家无法单纯依靠想象而达成的。西方的经典作家其实也是这样的，福楼拜、托尔斯泰、卡夫卡、詹姆斯·乔伊斯，等等，他们的小说都倾注了自身的生命与灵魂。我之所以要强调这一点，是因为我们当下的小说写作中有太多生硬的故事与情节的编织，很少能感受到作家生命的温度，更不要奢求其自身的独特生命与经验表达。我很难概述《蛋镇电影院》究竟表达了什么样的思想与主题，或许写作时的朱山坡也不想很明白，他不想让文本留下过浓的编织痕迹，他就想本原地呈现出来，因为生活与生命就是那个样子，索性就那个样子好了，这是一种混沌的、不明不白的存在。小说写的就是蛋镇、蛋镇的电影院，以及蛋镇的那些"愚钝"的青年们在那个新旧交替的时代中，原生态般地存在与生活。

三、愚钝、荒诞底色中的理想主义

加缪在《西西弗斯神话》中如此定义"荒诞"一词：从人们在日益混乱的世界里寻求目的和秩序的决心中产生的惶恐不安。后来，加缪发现这种带有喜剧化色彩、具有抚慰取乐的超脱性风格容易让人们误解成为德国纳粹的残暴张目，于是转向了自由人文主义："荒诞运动、反叛运动等等的最终目的是同情……也就是说，归根到底是爱。"①加缪的转变遭到荒诞派戏剧最重要的作家贝克特和尤奈斯库的反对，他们更坚信人生活在一个一片混乱的世界里，在这个世界里人与人之间沟通是不可能的，幻想比现实更可取。个人没有真正的用武之地，他是其形而上处境的受害者。因此，他们抛弃了线性情节及合乎逻辑的性格发展和理性的语言。存在主义哲学中的"荒诞"概念具有不可名状、难以用逻辑推理的特点；而对"绝对自由"的追求，就势必带来焦虑、孤独、隔膜的心理体验。

　　作为文本的蛋镇，当处于20世纪七八十年代，也就是中国改革开放之初。这是一个南方小镇，朱山坡形容它"封闭、脆弱、孤独、压抑、焦虑乃至绝望、死亡，同时也意味着纯净、肥沃、丰盈、饱满，孕育着希望，蕴藏着生机，一切都有可能破壳而出"。其实这不仅仅是对蛋镇的概括，也是那时中国社会与中国人的现实境况。说蛋镇是中国社会的一个缩影或许言过其实，但说中国社会的政治经济、思想文化在某种程度上对蛋镇施加了重要影响则是必然的。是时，刚刚从"文革"中恢复的中国，自身的政治经济、思想文化及社会民生中充斥着龃龉、悖谬和滞重。与西方文明的碰撞和冲突，使得20世纪七八十年代的中国处于压抑与焦虑、希望与生机混杂交错的无序状态。这种状态给作为思潮与哲学的荒诞主义提供了阐释的空间与可能。

　　其时，政治与思想上的波诡云谲、风云激荡，显露出一种大时代的气象；然而，对于封闭的蛋镇或者愚钝的蛋镇人们而言，那些东西似乎距离他们还很遥远，他们刻骨铭心感受着的却是一个个鲜活、坎坷甚至惨淡的生命。理想在那些异样的人的心里是有的，而多数人所感受到的却是社会的杂乱与无序、道德伦理的颠倒与失据，他们的生活状态更接近于鲁迅小说中看客般的"苟活着"。因此，那些异样的理想者也如同鲁迅小说中的仁人志士一般，无法与蛋镇的人们交流与沟通，他们只能在幻想与焦虑、孤独与隔膜中坚守自己的"理想主义"。最终，或者离开，或者以生命的

---

①参见〔英〕罗杰·福勒：《现代西方文学批评术语辞典》，春风文艺出版社1988年版，第100—101页。

代价祭奠"绝对自由"。

　　这当然是中国社会发展的一个必然过程,但这一过程里人们命运的多舛与艰难却往往被历史的大叙述所遮蔽进而遗失,文学的捡拾则让人们重返生命记忆。那不经意间的一瞬或一抹,甚至都够不上鸿爪雪泥,但它们却堆积出了曾经的生活,点画出一个时代的精神与命运的轨迹。朱山坡以反讽的修辞方法讲述蛋镇人们在那个时代的生存与命运,但他不是在嘲笑和挖苦他们,而是如加缪的转变那般寄寓了同情与爱。蛋镇的人们对自身生命与理想几乎是忽略不计的,他们更在乎那些异己的人的生活与命运,似乎只有他人的生活才是生活。在这个意义上,朱山坡对故乡的回忆,其内在精神似乎更接近于鲁迅小说这一脉。

　　当然,朱山坡没有停留在这一层面,或者说他更想在哀婉与忧伤中给蛋镇涂上一抹鲁迅笔下极其吝啬的亮色。鲁迅的吝啬是因为他看不到,甚至连想象都懒得想象;而朱山坡不肯让他的蛋镇迟滞于"封闭、脆弱、孤独、压抑、焦虑乃至绝望、死亡"之中,所以才强行地赋予那些与愚钝的看客们迥然相异的年轻人以生命的希望。然而,被朱山坡寄予厚望的年轻人在付出了生命的代价后,却几乎没有一个现实的结局,他们都成了一个虚无的精神性存在,他们像影子般缥缈于蛋镇人们的脑海里。或许,这就是那个时代留给朱山坡的印象,一切都存在于不确定中。只有不确定,才可能生发出希望,让理想主义有一个安妥之处。

　　蛋镇的电影院犹如戏剧中人物活动的主要场景,亦像老舍笔下的茶馆一般。看电影是它的工具性功能,更为重要的意义则是在那里寄托着小镇人们的精神与理想,甚至是美好的未来与希望;尤其是年轻人,他们赋予了电影院更为丰富的意蕴与趣味。人物在这里登场,故事在这里展开,蛋镇几乎就是一个背景,这里才是生活本身。于是乎,隐喻或象征就成为无法绕开的存在。

四、文本阅读手记

　　《凤凰》:凰几乎不食蛋镇烟火,她的美丽损害了蛋镇许多年轻人,谁也弄不清她在等待一个什么样的人。荒诞的是,蛋镇的青年不光是死心塌地等待，在等待中变成大龄青年，他们甚至中伤竞争者，或被人中伤，无缘无故地被扣上盗窃犯、强奸犯、窥阴癖、同性恋、手淫专家、阴茎短小者、性病患者等帽子，流言蜚语充斥着蛋镇的每一个角落。有人的房子半夜着了火，有人崭新的单车被削去了骑鞍，长此以往，蛋镇有可能因此毁于一旦。

对凰而言，似乎嫁给谁并不重要，或许她根本就不是在等待一个什么样的人，而是离开，离开蛋镇才是她从不敞开的理想追求。离开简单或者说容易吗？不然，这几乎可以上升到人生的高度，甚至带有哲学与信仰的向度。

《胖子，去吧，把美国吃穷》：胖子章跟凰一样，就是想离开蛋镇，他的目标比凰明确——去美国。他瞧不起蛋镇那些愚钝的人们，不管他们怎么讽刺挖苦嘲笑，也不顾父母的反对，他十几年如一日，按自己的方式坚持做着各种准备。蛋镇的人们都为胖子章焦虑不安，就像自己的事儿一样地关心着他哪一天去美国。终于有一天，他像堂吉诃德般只身乘坐自制的小船从蛋河驶向美国。与凰一样，谁也不知道胖子章身落何处。这样的理想与追求确乎有些荒诞，但荒诞也是理想，就像堂吉诃德与风车大战。这就是蛋镇人，不凡的蛋镇人。

小说的妙处在于，朱山坡并不关心胖子章究竟去没去美国，而是将笔触轻曼地荡开，用反讽的方式写蛋镇的那些看客：有人说，胖子章第二天夜里便回来了，怕别人笑话，一直藏在家里不敢出来见人；但蛋镇的人们跑到他家里翻箱倒柜，连地窖里的老鼠洞也不放过，还是不见胖子章的身影。大家议论，无论是作为活着的人，还是作为死魂灵，胖子章到底会不会把美国吃穷？唱衰派段诗人声称胖子章根本就没有抵达美国，无论是肉体还是灵魂都没有。太平洋如此辽阔，风浪如此巨大，鲨鱼如此众多，十万个胖子章也无法通过。就算幸运漂到美国，没有签证也落不了地。大家发誓找到胖子章在美国的证据，在一次观看美国电影《洛奇》时，在拳击赛场的观众中发现了他们熟悉的身影，电影院里异口同声地发出一声惊呼：胖子章！

《骑风火轮的跑片员》：孙吴是蛋镇电影院的义工，他跑片不拿一分钱；奇怪的是，他却不爱看电影，对任何电影都没兴趣。他骑着一辆坚固的凤凰牌自行车，多数时候是到邻镇，偶尔也会去六十公里之遥的县城。孙吴跑片的途中摔过无数次，掉进过池塘、河道，撞飞过石头，还摔断过腿，磕掉过牙齿，却从没损坏过胶片。有一次摔晕在水沟里，被人发现时还死死地护着胶片。孙吴最后一次跑片却因为摔破了后脑勺，仍然坚持狂奔赶路而死。此时，"我们突然想起来，他骑车从我们中间经过的时候，我们就没有听到他的喘息，手脚僵硬，面无表情，目光呆滞。关键是后脑勺渗着血，滴洒在大街上，像是来不及擦拭的汗水。由此可以推断，孙吴在回来的路上就已经死了"。

　　作家对人物的描写入木三分，情节虽然看似荒诞与虚无，却是对孙吴的理想与信念的礼赞。也可以说，孙吴用生命完成了自我救赎。

　　《英雄事迹报告会》：在蛋镇，英雄只是一个时代的象征性符号，并不直接作用于有些愚钝的人们的思想与生活，于是才会有报告会时屠夫老詹突然不止地发笑，破坏了严肃和崇高的报告会现场。英雄在离开报告会场电影院的时候将自己的假肢从车里扔了出来，这条假肢引发了随后的荒诞闹剧。一是放映室因存放假肢让放映员蒋卷毛磕磕绊绊，进而影响了他的工作。看门的卢大耳向电影院院长老吴提出了一个有建设性的建议，把英雄的腿送给同样因战争缺了一条腿的荣春天。没想到，卢大耳却被荣春天连打带骂地赶了出来，还挨了一记大耳光，因为荣春天缺的是右腿。卢大耳又想出一个办法，将假肢拆成零部件堆到放映室的一个角落里，这样就不影响放映员蒋卷毛。但零部件容易生锈，卢大耳不得不经常光顾屠夫老詹的肉铺，要些肥肉擦拭那些零部件。受此事件影响最严重的还是始作俑者屠夫老詹，他和大家都认为政府一定会处罚他，可是又迟迟等不来处罚，这让他更加不安，魂不守舍。屠夫老詹经受不住这样的折磨和煎熬，投案自首，从此老詹像鬼一样消失了。

　　究其实，屠夫老詹的发笑当属人之常情，因为他在那一瞬间想起了一个黄色的段子。问题是时代不正常，时代有些荒诞。小说在荒诞中蕴含着隐喻，在反讽中充满了怜悯，这有点儿近似于卡夫卡。

　　《全世界都给我闭嘴》：写了曾经的两个大打出手的情敌，在参加过战争后，身体上留下了无法挽回的伤残。一个耳朵聋了，一个失去了一条腿，而心灵上的创伤更是让他们在现实生活中无法像正常人那样坦然自如地生活。狂躁、乖戾使得他们与蛋镇的人们无法和平相处,这种冲突终于蔓延到了两人之间。但最后,对战争与人生的独特体验与深刻理解,既疗治了战争带来的身体与心灵的创伤,也超越了与社会现实的冲突。

这种超越显然不是蛋镇所能够理解的,也是单纯的理想主义所可以容纳的,因为它在某种意义上隐含着哲学的意味。

《1985年的莎士比亚》:一个为了戏剧而不惜一切的青年,抓住父亲与一个女护士有染的把柄,从父亲那里弄来大笔金钱,几乎是挥霍般地排演他心中的《哈姆雷特》。正式演出前,他父亲与女护士结婚了,父亲不在乎他的要挟了,而电影院院长老吴却逼他交钱,否则就不让进电影院演出。于是,他撬开了蛋镇卫生院财务室的保险柜,在首演结束后,他被警察带走了。后来,父亲垫上了卫生院财务室的钱,他被放了出来。这样的一个青年,在蛋镇人眼中,简直就是一个不务正业的败家子。不仅是败家子,问题是他的行为极其荒诞,以那样一种不无卑鄙的手段从父亲那弄来钱,去排一个什么没人看得懂的《哈姆雷特》,没有人见容这个固执的青年"莎士比亚"。

有意味的是,临离开蛋镇的时候,青年"莎士比亚"找到了"我",把他的相机送给了一直期望能有一台相机的"我",然后说:"我们不能只看眼前。我们二十年后见。""我没有进国营酿酒厂工作,成为我的父亲,而是顺理成章地成了国营照相馆的职工。"作者没有交代青年"莎士比亚"的后来,但由"我"及彼,我们也应该想象出青年"莎士比亚"一定会有一个辉煌的前程。

《下流美工》:原来蛋镇电影院的电影海报都是院长老吴用隶书写就,马虎潦草不说,用纸也极其普通。但突然一天,电影海报变了,上面画了演员美丽的肖像,大家都认为,能画出这样美丽肖像的画工一定是个女人。但画工从来不出来,谁也不知道长什么样。此后展开的是"我"与大鼻子吉安之间激烈残酷的抢夺电影海报之战,"我"甚至将大鼻子吉安的大鼻子打塌,险些进了派出所。对于蛋镇的少年而言,表面看是对海报上美丽演员的喜爱,其实是一种内在的对美的精神需求。换言之,电影海报成了对两个少年的审美启蒙。大鼻子吉安不将"我"送进派出所的唯一条件居然是要一张跟被撕碎了的演员肖像一模一样的电影海报;而"我"为了跟画工学画电影海报，选择不去当兵，不惜要求将大鼻子吉安第二次被人打塌的责任揽到自己身上。画了那么多美丽电影海报的画工不是美女，而是一个让丑陋的大鼻子吉安都无法接受的粗俗男人。

　　作为艺术象征的画工最终还是不能为蛋镇人所接受，他的离开本来就是蛋镇文化的倒退，而继承了画工技艺的"我"，用每张电影海报换三个鸡蛋的条件也被电影院院长老吴拒绝，则意味着蛋镇的文化重回旧日时光。围绕着电影海报而展开的冲突，似乎有些荒诞不经，其实这是发生在蛋镇的最具人文主义色彩与理想主义的一次多角度博弈。

　　《深山来客》《在电影院睡觉的人》《大产房》：在一个缺少文化的年代，电影几乎就是人们的渴望与理想，它所达到的高度居然与生命一致，我们是应该嘲笑人们的愚钝，还是应该礼赞他们的情怀？或许都不需要，就有如北岛的名句"卑鄙是卑鄙者的通行证，高尚是高尚者的墓志铭"，蛋镇的那些异样的理想者根本就不可能获得蛋镇人的理解，他们也不需要蛋镇人的理解，以生命的代价祭奠"绝对自由"才是他们矢志不渝要践行的理想主义，这简直就可以说是19世纪中期的"生命哲学"的高度了。

　　《深山来客》中，嫁给了农民的女知青因严重贫血而无法医治，在生命的弥留之际，唯一的要求就是隔一段时间让丈夫背着她来蛋镇电影院看一次电影，直至生命的消亡。与女知青有着同样情结的是《在电影院睡觉的人》中的贾长腿，他是粮库的保管员，原来是上半夜睡觉，下半夜巡视粮库。后来因为当群众演员在电影院里拍电影时，被女演员的美丽长腿所诱惑，将自己的长腿缠到了女演员的美丽长腿上，而被女演员扇了耳光，之后每天上半夜都不再睡觉，而是坐到电影院挨耳光的7排16号的位置上，不是看电影，而是睡觉。蛋镇的人们当然无法理解，连电影院院长老吴都有些不忍，说老贾对电影上座率贡献很大，却不看电影。段诗人还忘不了挖苦贾长腿，说他是在等待布谷鸟（布谷鸟就是那个扇他耳光的女演员），就像等待戈多。谁也没想到，有一天，老吴再也没能将睡觉的贾长腿叫醒。《大产房》的荒诞在于，旺兰不在电影院里看电影就生不了孩子，把电影的重要性上升到了一个前所未有的高度。前三个孩子都还顺利地生在了电影院，第四个孩子却是难产。结局如何不知道，但她的丈夫老骆的哭声清脆稚嫩，像极了新生婴儿，似乎象征了这一理想的延续。这就是蛋镇的一些异样的人，在那样的一个思想文化荒芜的年代，他们却有着超越时代与世俗大众的独特精神。曾经美好的那一刻，如同生命一样刻印在了虚无之中。

《先前的诺言》：长毛小子简直就是一位哲学家，父亲四年前曾经许诺让他和弟弟进电影院看一场电影，而他对这一诺言的追究不仅超越了自身年龄，也超越了社会大众所能理解的哲学与逻辑的双重高度。父亲死了，母亲让十五六岁的长毛小子拿着父亲生前攒下的十八块钱，去买一口厚的棺材。谁都不会想到长毛小子牢记着四年前父亲的诺言，他既要看一场电影，也要买一口棺材。在这个过程里，他与死去的父亲、电影院院长老吴，还有棺材铺的李独眼展开了一场极其精彩的对话。长毛小子要求看在他死去父亲的面子上给他免票，老吴却不答应。因为蛋镇经常死人，让死者家属免费看电影，也能让电影院破产倒闭。老吴随后把球踢给了棺材铺的李独眼，但李独眼也不同意优惠，说就是自己死了，一样要付十八块才能躺到厚棺材里。长毛小子说，你优惠我一块钱，将来等我妈妈死了，我会花十九块钱买你的一副棺材。李独眼说，如果你妈妈知道你这样做，她永远都不会死。长毛小子的绝望和悲伤最终让李独眼答应给他优惠一块钱，但长毛小子却拒绝了，说，我不需要你的优惠，我必须用我爸的钱看电影，因为那样破坏了你的规矩，父亲也没有兑现自己的承诺。我既要买副好棺材，也要看场好电影。长毛小子决定花十六块钱买一副薄棺材。这时弟弟插进来一杠子，反对他买薄棺材，说爸爸会从棺材里掉出来的，而且妈妈也不会同意。长毛小子诡辩道，谁能说得清楚爸爸攒下来的十八块钱不是给我们兄弟看电影的呢？现在，我们把十六块钱花在他的身上，妈妈和爸爸都会说我们懂事、孝顺。少年对诺言的理解与信仰似乎超越了成人，成人可以用许多理由为自己开脱，但在少年那里，诺言就是生命中唯一的真理。而电影在那个年代里代表着文化的高度，足可以成为少年的理想。

在我看来，这是这部小说中最好的一篇，也是最有思想深度与人生逻辑的一篇。

《电影院史略》《站住，麻风病先生》《三级片演员》：第一篇写两个对待历史的立场完全不同的人，围绕着蛋镇电影院的历史展开的冲突，把现实的荒谬写到了一种极致。老吴最后主动与李前进和解，其实是对当下社会现实的一种绝望。换言之，荒诞的不是历史，而是现实。第二篇是关于谎言的寓言,谎言最终成了蛋镇人们的笑谈,娱乐着封闭、无聊、懒散的人们;而蛋镇人对"语境"天赋般的使用,所产生的荒诞与戏谑的语言效果,颇具现代主义的味道。第三篇格调虽说不高,却是那个历史阶段里一种社会现象的真实表现,也是蛋镇底色的一部分。

五、反讽:修辞与叙述策略,或文学风格

《蛋镇电影院》的第一页、开篇的第一段落就是反讽:"蛋镇人喜欢钻牛角尖,好吹毛求疵,有时候连简单的显而易见的问题都争吵得不可开交,难以达成共识。然而有两件事情毫无争议:一是电影院是看电影的地方,二是蛋镇最漂亮的姑娘是凰。"这一段落可以说既彰显了这部小说的语言修辞特色,也为小说叙述的整体风格定下了基调。刚读的时候你可能会把这当成作者的幽默,但事实上它隐含着幽默的反讽。余岱宗认为:"反讽叙述希望达到的效果,与叙述者字面上的陈述往往是错位的:'言在此而意在彼'是反讽的基本修辞面貌。"[①] 余岱宗综合多方观点,进一步阐述道:叙述者在叙述过程中,为读者提供了至少两套代码,一套代码是"表面的""显在的",在字面上提供了貌似正确的道理,而另一套代码是"内在的""隐藏的",通过叙述者在语言上的婉转周旋,利用历史语境的差异或逻辑上的谬误,让读者心领神会后者的正确与前者的错误,或虽然明白"错误"却依然坚持错误而产生的荒谬感。

在开篇第一段落里,作为同是蛋镇人的叙述者语带自嘲般的反讽,先抑后扬,表面上是先批评然后又表扬,可是如果仔细地玩味,你就会觉得哪里是在表扬啊,说电影院是看电影的地方,蛋镇最漂亮的姑娘是凰,这么浅显的东西还需要达成共识吗?这无疑是对蛋镇人们的愚钝、狭隘、无所事事的挖苦与嘲讽!《胖子,去吧,把美国吃穷》这标题本身就是反讽,小说中有这样一句:"胖子章说,现在我爸也养活不了我——我只能

[①] 南帆主编:《二十世纪中国文学批评99个词》,浙江文艺出版社2003年版,第63页。

到了美国才能永久地活下去。""他说得有道理，实际上也是为我们分忧，因为我们蛋镇太穷了，养不起这个食量惊人的大胖子。"表面上是顺着胖子章的话恭维他，真正的内涵却是讽刺他的不自量力，人家美国要你吗？还比如说，同是这篇小说，关于胖子章到底去没去美国一事大家意见不统一："'太平洋上空那么多的死魂灵，风一吹就散了！就算幸运飘到美国，没有签证也落不了地！'写过无数诗篇赞美暴风和死亡的段诗人对胖子章向来有成见，但说话不应该那么直截了当，不近人情，'更不说他的皮肤又黄又黑的，还不会写诗'。为此，我们跟他争吵过，差点拳头相向。"这一小段里，反讽的对象就不是胖子章了，而是段诗人了。他一本正经讲述的几个理由，因逻辑上的谬误而让读者产生一种啼笑皆非的荒谬感。

再比如，《1985年的莎士比亚》里，"这一次，他断不会骂我'废柴'，他的心里应该这样对我说：'你配得上为哈姆雷特提靴，甚至，有资格为伟大的莎士比亚提靴。'如果我妈妈能从病榻上爬起来坐在电影院的观众席上就好了，哪怕她不明白自己的儿子提着一对靴子在台上走来走去是干什么。这是伟大的一天"。这是长期自卑、压抑后的狂想，把一个极其微小的角色无限夸大，本来是喜剧的效果，仔细咀嚼，似乎已经悲剧化了。

米克在《论反讽》中说："喜剧因素似乎是反讽的形式特点所固有的因素，因为在根本上互相冲突、互不协调的事物与或真或假的深信至无知无觉地步的态度结合了起来。谁也不会明明白白地使自己陷入矛盾境地……因此，故意设置的矛盾的表象，便制造了一种只能在笑声中求得消解的心理张力。"这也正如汤普森所说："在反讽中，情感互相冲突……它既带有感情又带有理性——无论如何，在它的文学表现中是如此。要想理解它，人们必须保持超然而冷静的态度；要想觉察它，人们必须为出了偏差的人物或理想而感到痛苦。笑声发了出来，但又凝固在唇吻上。我们所关心的某人某事被残忍地戏弄着，我们观看可笑的事，却被它刺伤了感情。"①

吴义勤在其专著《长篇小说与艺术问题》中特别强调了叙述语言的重

---

① 参见王先霈、王又平主编：《文学批评术语词典》，上海文艺出版社1999年版，第207—208页。

要,他认为:"决定一个作家与另一个作家及一个时代小说与另一个时代的差别、判定小说艺术是否在向前发展进步的唯一依据就只能是'叙述与语言'。所谓深度、力度,甚至主题、题材等毫无疑问是相对的,只有'技术'才是绝对的。"①在《蛋镇电影院》里,朱山坡的着力点显然不在"所谓深度、力度,甚至主题、题材等"方面,这多少有悖于短篇小说艺术之圭臬,对这一点朱山坡当然不会是疏忽大意,他是沉醉在于荒诞情境中进行反讽的叙述之中无法自拔。在整个作品中,他的反讽无处不在,无时不在,简直就可以说是巴赫金"狂欢"概念的具体演示。"由于狂欢化包含着对权威的'反叛'、原则的颠覆、中心的消解、杂多的拼凑等等,因而哈桑以这个术语来概括后现代主义的特征。他说:'这个词自然是巴赫金的创造,它丰富地涵盖了不确定性、支离破碎性、非原则化、无我性、反讽、种类混杂等,这些我都已经分析过。但这个词还传达了后现代主义喜剧式的甚至荒诞的精神气质……'"②在《蛋镇电影院》里,我们似乎很难辨析朱山坡的反讽究竟属于语言修辞,还是小说叙述或者文学风格,它们完全地混融在一起,很难分开;但是,它的"权威的'反叛'、原则的颠覆、中心的消解"的特征是显而易见的。其实,在整个小说中,还隐含着对时代的反讽;只不过,在这一层面,因小说语言修辞与叙述整体风格的过于彰显而容易被读者所忽略。

六、在历史的回望中彰显"当代性"

汪民安认为:一个当代人不仅要在空间上拉开他和自己时代的距离,他还要在时间上不断地援引过去。他引录阿甘本的话:"当代人不仅仅是指那些感知当下黑暗、领会那注定无法抵达之光的人,同时也是划分和植入时间、有能力改变时间并把它与其他时间联系起来的人。他能够以出乎意料的方式阅读历史,并且根据某种必要性来'引证它',这种必要性

---

① 吴义勤:《长篇小说与艺术问题》,人民文学出版社2005年版,第4页。
② 参见王先霈、王又平主编:《文学批评术语词典》,上海文艺出版社1999年版,第669页。

无论如何都不是来自他的意志,而是来自他不得不做出回应的某种紧迫性。"① 也就是说,做一个当代人,总是要在某一个迫切的关头,自觉不自觉地向过去回眺。电影院对蛋镇而言,就是天堂,是理想、灵魂、精神的归依处。在这里,外来的、新异的人和事物与保守的、愚钝的观念进行博弈,一些青年的理想与热血在这里被挥霍殆尽。

《蛋镇电影院》以少年的视角,围绕着电影院展开各种异样人物故事的叙述。朱山坡并不倾心于人物性格的塑造,也不着力故事的完整性,只呈现人物特定时段的不无片面与琐碎的生活,由于传奇与荒诞,淡化甚至消解了主流意识形态的笼罩,呈现出一种更具"民间文化"意义与世俗趣味的景观。

朱山坡对故乡的回望,不是近年来流行的乡愁,而是人对当下存在的确认。21世纪初年,中国人当下的存在已经高度世俗化,一切都围绕着金钱与物质运转,理想与精神早已边缘化,在某些局部甚至已经完全消失。那些曾经被蛋镇人嘲笑与抵制的青年已经是明日黄花,非但不再,甚至于被人们误作现代神话也未可知。如此,朱山坡对蛋镇电影院的"引证",既完成了对单一的历史化的抗拒,也强烈彰显了自身思想精神的"当代性"。

---

① 汪民安:《什么是当代》,新星出版社2014年版,第118页。

写出幽微无言的生活之深

——黄咏梅短篇小说集《走甜》读记

一、从日常经验的线团里找寻意义的线头

  黄咏梅是个爱猫的女人。这一点，从她的微信朋友圈里可见一斑。经常可见的画面，大致有两种。一种是与猫咪对视，猫咪的眸子纯粹且幽深，充满了对世界的好奇和警觉，如同镜像，映照出五光十色的小世界；另一种是从猫咪的身后拍过去，似在借用猫咪的视角，悠闲散淡地打量窗外的风景。小区里随风摇曳的花木、广场上跳舞阿姨们夸张的颦笑，底商美发店里操着港台腔的年轻师傅，这些寻常日脚、俗世风物都被猫咪收藏进邮票般精致密实的视域里，当然这视域也是黄咏梅的。

  维特根斯坦说："要看到眼前的事物是多么难啊。"习焉不察的事物最不容易写。远方、宏阔、伟岸的事物，可以有充分的想象空间，而身边那些具体、细小、卑微的事物呢，要进入作家视域很难，写得出彩就更难；而黄咏梅恰恰是个擅长写日常生活的女作家。就像猫咪执着地要在乱麻一样的线团里找出线头一样，黄咏梅也总是持续不断地从我们身边的俗世烟火中，牵出一个个出人意表却又意味深长的故事。她的笔下没有多少传奇，更多的是日常经验。在她看来："日常生活和写作之间的重要关联在于，怎样从日常生活的蛛丝马迹中看见、认识并且呈现出难以言说的时代和历史意义，而不是为我们已经审美化的商业景观锦上添花。"

  谈论当下的中国小说，一个核心词语一定会高频出现，那就是"日常经验"。毋庸置疑，日常经验是作家们最为倚重的写作资源。日常经验，

好似一个巨大的无物之阵，统摄覆盖了现实生活的方方面面，成为沟通个体与时代的最为重要的通道。更进一步说，日常经验正在成为吞噬一切的黑洞，对日常经验的高度依赖已经成为当下文学创作的一种症候。与之相对应的，极端经验正在衰弱甚或消亡。说真的，我倒是渴望从黄咏梅的小说里读出些大漠孤烟、金戈铁马、波澜壮阔的雄浑味道来；但是对不起，那实在是与猫咪的气质不符。不是猫咪可以自由出入的领地，或许也不在黄咏梅的视域里。

这么说，殊非贬义。事实上，日常经验并不好写。现在有一种流行的说法，认为中国的社会转型如此剧烈，时代变革如此深刻，现实生活的丰富性远远超过了作家的想象力。实则不然，所谓的文学想象力，不在于作家能想象出多么荒诞不经、稀奇古怪的事体，而在于作家的目光能穿透事物的表象，在有限的"世相"空间里，表呈迥异常态的微妙感受和发现。从这个意义上说，聚焦日常经验，写出幽微无言的生活之深，无疑是这个时代最有难度的写作一种。

短篇小说集《走甜》[①]，收纳的依然是俗世生活和日常经验。职场、情感、家庭，写字楼、咖啡馆、老街巷，构成了一个个缠绕纠结的线团。读小说时，我仿佛看到，黄咏梅炫技般从容不迫地从中梳理出线头，铺展开一个个耐人寻味的故事。从这些精短的故事里，除了能读出黄咏梅式的安静与温暖，还能感受到一种理性和思辨的锋芒。

二、守护"古老情感"的恒常价值

《给猫留门》有着精密纤巧的小说结构。现实时空里，老沈与儿子沈小安关系紧张，妻子去世后更是无法有效沟通。儿媳妇李倩与公公之间的矛盾引而未发，母女关系也缺乏温情。李倩对猫毛过敏，不让女儿养猫，孙女雅雅无法与爷爷走得更近。这些看似无法克服的矛盾因为一只小白猫"豆包"的出现，而暂时得以缓解。爷爷收养这只流浪猫"豆包"，便成

---

① 黄咏梅：《走甜》，花城出版社2019年版。

了维系爷孙和父子关系的纽带。多年未见的老同学刘进乐突然来访，戏剧性的偶然因素改变了生活原有的逻辑，打破了老沈家微妙脆弱的平衡。刘进乐作为外部世界的闯入者，一方面，勾连起老沈不无悲情的个人命运和家族前史，揭露出老沈父子矛盾的根源；另一方面，客观上造成了猫咪"豆包"的走失，引爆了老沈家庭内部的现实危机。怎样向孙女雅雅和儿子沈小安做出交代，成为老沈如鲠在喉的心结。

  猫咪，虽然不是小说的主角，却担负着重要的叙事功能。过去时态里，老沈赶走了儿子沈小安心爱的大黄猫；现在进行时态下，老沈又丢失了孙女雅雅心爱的小白猫。猫咪既是情感的容器，承载着脆弱的亲情，亦是命运的隐喻，指称着老沈的父亲以降三代人无处安放的人生。老沈的父亲曾偷渡南洋，名义上的华侨身份在特殊的年代里成为一种原罪，却在变革来临时成为一种资源。然而深重的历史背负使得老沈无法及时顺应时代的巨变，而儿子的命运亦因此而沉沦。从这个意义上说，小说中的人物虽然不是马尔库塞所批判的那种极度商业化社会中的"单向度的人"，却是另一种历史情境下的"单向度的人"——历史在其中处于匿名状态的不自由的人。

  小说结尾处，老沈转脸去看自己曾经工作过的防空洞，眼中没有商业街的喧嚣和繁华，心里满是对儿子的歉疚。草木蓊郁，山体浑圆，依然难掩山体内部的恒久伤痕。老沈到底没有说出想向儿子解释的话，围绕着猫咪的走留所做出的所有想象和希冀，都被儿子漫不经心和不痛不痒的回答所击碎。面对正在钓鱼的儿子，父亲那种谨小慎微、那种逡巡踯躅，令人心疼。在那一刻，老沈就好像那条上钩的白鱼，默默承受着命运给他的致命一击。那些历史的隐痛、人生的悲剧终究无法在现实中得到抚慰，命运的乖谬也无法与现实的遭际轻言和解。那种迁延了半个世纪、关涉三代人命运的心灵重负，最终被轻描淡写地悬置起来。父与子真的和解了吗？痛苦还在轮回吗？无奈还在传递吗？在历史的无物之阵里，个体生命尖锐的痛感，宛若一声沉重喑哑的叹息，在空旷的江面上散佚，听不到回声。

  黄咏梅试图复现一种古老而隐秘的情感，坚守一种恒常不变的价值。几代人默默承受、彼此小心翼翼守护的恰恰是小城街巷里散淡的寻常日脚，是最可宝贵的亲情、最可珍重的人世。诚然，时代在剧烈地变革，但对普通的个体生命而言，对于绝大多数无言的个人来说，世界也可以是不变的。历史蜿蜒向前的河道里，有泥沙俱下的翻腾，亦有静水流深的守成。老沈还会给猫留门，但猫咪不再回来，一起走失的或许还有那些刻骨铭心的疼痛。

小说的故事层面并不复杂，却留存了丰饶的时代信息。老沈与父亲、与沈小安之间的情感鸿沟连同那巨大而空旷的历史纵深，居然被前后两只猫咪填补、缝合了起来。小说的结局没有向外飞升、向上拔擢，反而是向内收敛、向下收缩。那些无言的痛苦、无处安放的命运，那些沉重异常、力有千钧的人生况味，一同隐遁到了历史的深处，让人感喟时光的力量、生命的流转。黄咏梅总是怀有猫咪般敏感而细腻的情怀和心事，因而她看待世界的角度是不一样的。每一重与历史联结的通道，都凝结着作者对时光、记忆和生命本身的真切体验。

同样是描摹隐秘而幽微的情感，《病鱼》的表达显得更为集中也更具戏剧性。因为承受不了"我"的轻蔑、训斥和怀疑，满崽突然行凶劫持了"我"，这一突发事件打破了原本平淡甚至无聊的生活节奏。满崽就像父亲鱼缸中那条生病的发财鱼一样，孤独而悲伤，疯狂而绝望。多舛的命运和糟糕的境遇将满崽变成了一个怪胎式的可怜人物。小说从始至终都在铺垫一种怀旧的情绪，"我"父母对满崽的关切与包容，当然指向了一种悲悯的情怀，更可珍视的还有"父一辈子一辈"的特殊情义，那是一体化时代的遗产。

同是小人物，同样经历了特殊的年代，"我"父母之所以给予满崽这条"病鱼"以最大的温情和包容，其背后的逻辑依然是一种古老而隐秘的情感，依然是那种恒常不变的价值，那是父辈们亲手建构并勉力坚守的情义的世界。父母去监狱探视满崽，满怀父母般的爱与温情。作为同事，两家人共同经历过那个困难的年代。浓重的人情味，恰恰是医治现代人心灵隔膜的良药。父母生活的小城，保持着稳定不变的样貌，仿佛依旧处于"前现代"的状态。作为女儿的"我"，经过大城市现代文明的洗礼之后，再回家反倒成了一个闯入者、一个持异见者。一进小城，感觉什么东西都小，就连母亲都觉得缩小了一倍。这种别有深意的反差有趣且有力，映衬出小说结尾处，父亲抱起满崽这一举动的辉煌和壮丽。鱼缸里和人世间宛若"平行世界",互为镜像,互为隐喻。鱼生病了,可以用消炎药治疗。满崽心灵的病症与伤痛,却需要包容、尊重和爱来医治。小说看似是写日常,其实是写存在;看似是写生活,其实是写命运;看似是写现实,其实是写历史。满崽说:"孙叔叔,我曾经试图改变过,那个命运。"这句简洁的话,裹挟着巨大的悲伤与无奈,令人心碎的同时,也透露出黄咏梅对时代变革大潮下弱者命运的关切和省察。

小说结尾处,满崽与"我"父亲告别时的神情,就像在跟一个兄弟告别。在这里,满崽与父辈达成了和解。"我"父亲对满崽父亲在"文革"批斗时踹向自己的那一脚,也给予了毫不迟疑的谅解。《病鱼》就是在写这样一种值得珍视的中国式的情感和人际关系,尽管苦涩、悲凉却也坚韧、温情。其实,这种情感距离当下并不久远,从父辈流传下来也不过几十年的时间。然而这几十年间中国社会发生了太过剧烈的变化,社会阶层、伦理道德、家庭结构、人际关系都发生了根本性、颠覆性的变化。看似繁华光鲜的现代性生活表象之下到处潜藏着裂隙,需要填补。无论时代如何变化、苦难如何重压,日常生活都坚定地存在着,不容修改,人的内心深处也总有一些恒常价值是不变的。从这个意义上说,日常生活是时间长河中最为稳固的部分,是人类精神永不破败的肉身。

或许,当下的文学过度依赖日常经验,使得作品的主题、故事的走向、人物的形象多有相似之处,但这并不是问题的核心。核心在于价值危机,价值危机才是文学真正的危机。价值危机导致精神的溃败,直接代价是把人格的光辉抹平,只相信人性的黑暗。写不出值得珍重的人世,无法给出对世界具有建设性的判断,这也透露出作家的灵魂视野存在着重大的缺陷。而黄咏梅的文字里,充满了基于理解的同情和释然,她小说中总有"我"的存在。那种感同身受的关切和悲悯,使得她笔下的人物最终都能得到尊重和理解。正因如此,她笔下的生活是值得珍视的,她笔下的人物是值得同情的,她笔下的苦难是可以超越的。

三、极端经验与日常经验的"互见"

黄咏梅的小说大都有着温情脉脉的故事外壳,内里则蕴含着一种深刻的悲伤和冷静的省察，那是作家对日常生活的洞见。她不满足那种只是向内关怀自己的生活，而试图从高度和广度上拓展生活的边界。她敏锐地发现了生活中的问题，而且尖锐地表达了自己对生活的质疑。

《献给克里斯蒂的一支歌》写的是职场生活、女同事之间的关系。"我"虽是有着英文名字的职场女性，价值判断却极其传统和保守。对比之下，克里斯蒂就是一个奇怪的、谜一般的人物。她的存在，如同给理所当然的日常生活方程式里代入了一个变量。事实上，她的突然离去并没有改变小说的故事走向，一切都依然按部就班地进行，但是人生的况味已经发生了潜在的、不易察觉的改变，作家追求的就是这种复杂微妙的变化和可能性。

小说刚开始，克里斯蒂就来"我"家拜访，还推荐了她最喜欢的《圣诞忆旧》。"这个苏克，很 sweet 的。"甜腻的感觉可以遮蔽生活的庸常，是麻醉剂，也是障眼法。按照世俗的标准衡量，克里斯蒂是一个失败者的形象，四十多岁了，名字还排在部门的倒数几位，升职无望。可是，从没见她有任何不满情绪。当我和其他人都对职场潜规则既愤愤不平又跃跃欲试时，克里斯蒂却超脱地看穿了职场的本质，始终保持冷静的头脑和清醒的判断。下班途中，"我"见到她，短发里垂下两根白线，戴着耳机，她沉浸在自己的世界里。世界在她的眼中被听觉重新塑形了。这是一个有意味的细节，她选择听她自己想听到的声音，自觉地和喧嚣的世界隔离开来。仍然是一桩突如其来的意外事件，打乱了日常的节奏。克里斯蒂毫无来由地参加了一场游行活动，并从此从公司消失了。而"我"和男朋友实现五年规划，按揭买房，要结婚了。两种生活选择和价值判断互为镜像，彼此映照。"我"代表的是一种普遍意义上的世俗生活，当属日常经验；而克里斯蒂表征的则是一种极端经验，是传奇，是谜语，她尽可能保持着自身的独立性。这种遗世独立、不同流俗，恰恰是对现代性语义下人们单向度生活的反拨。

关于现代性与日常经验的关系，黄咏梅说："小说于我而言，就是写生活中的人和人、人和世界的关系，书写内心的想法和感受。然而仔细想想，无论怎么说都离不开人，也就是评论家常用的一个词——主体性，相较于传统，主体性的彰显大概是审美现代性的特质之一吧。"她所写的这一组"人到中年系列"小说,抽丝剥茧般剔除了现代性覆盖在日常生活之上的精神罩衣,将诸如孤独、暧昧、出轨、嗑药、冒险等这些现代性的症候置于前景,暴露在阳光和灰尘之下。在黄咏梅的小说里,咖啡不仅是现代生活的道具,也透露出作家的观念和立场。现实生活往往对应着咖啡的苦涩,需要加糖来调味。"走甜"的本意,就是黑咖啡,不加糖。对应到黄咏梅的写作伦理,就是祛除现代性之魅,祛除甜腻的遮蔽,抵达本质的澄明,揭橥生活的真相。走甜是一种品位,也是一种眼光。黄咏梅用她机警的目光,审视着日常生活。眼光的背后,作家的价值判断亦袒露无遗。

在《走甜》里,黄咏梅采用双重视角,分饰男女,写中年人的情感生活,精准而细腻。苏珊是记者,人到中年,内心渴望激情,憧憬平淡的生活中偶有浪漫的邂逅。苏珊依然怀有一颗少女心,渴望浪漫、刺激,试图于庸常的家庭生活之外,寻觅新鲜的情感慰藉。在苏珊这里,纯粹的情爱当然是一种极端经验,能够抵消日常经验对生命、青春的损耗。小说的另一重视角是他的,一个有魅力但是事业上遭遇瓶颈的中年男人,闷骚、精致、自恋。小说中,咖啡是一种重要的隐喻。苏珊喝惯了走甜的咖啡,倒觉得醇香,越浓越黑,仿佛独自一人走在伸手不见五指的夜里,体会到某种神秘和美妙。而他选择的却是甜咖啡。他很自恋,要去求官。说到底,作为苏珊的镜像,他是一个世俗的人。苏珊的各种想象,其实都是为了对抗日常经验,对抗庸常,与他相比,她的想法更加纯粹。她只是想要重新确证自己的身体,渴望一场不一样的情爱,有肉身感却无肉欲。小说花了大量的篇幅铺垫她与他邂逅的美好,爱情到来的欣喜,却在结尾处发生了戏剧性的反转。一瓶斧彪驱风油,搅黄了激情的约会。影响故事走向的是一个小小的道具——苏珊的老公宋谦从香港带回来的正版斧彪驱风油。关键时刻,正是苏珊身上驱风油的刺激气味如当头棒喝把男人拉回到了日常,从暧昧的情愫中清醒过来。最具讽刺意味的是,他虽然放弃了美好的性爱,却同时收获了仕途上升的机会,获得了妻子的褒奖。苏珊这一晚却睡得很好,老公在床边放了一个紫檀木的小斗柜,疑似治好了她的失眠症。这些小道具的存在,无非是在提醒主人公,那些所谓的美好与刺激,不过是虚妄的浮云,现实生活的冷酷逻辑究其实质就是不断祛魅的过程。她与他,在互见中,映照出彼此的中年镜像,生活和爱情的真相亦随之水落石出。

《证据》中，人和鱼的对话是在梦境里，忧郁且荒诞。沈笛是个家庭主妇，就像那条消失的蓝鲨一样，折射出的是现代性的夫妻关系。婚姻关系中的女人，却处在前现代的思维逻辑中，在家庭的封闭空间里左支右绌，男人却在网络等公共空间里游刃有余。沈笛发了一条微博，这一戏剧性的因素，改变了故事走向。又是一桩极端经验，打破了日常的平衡。大维的处理方式，并没有考虑到沈笛的感受。在大维不在的日子里，沈笛用摄像头正对着床上的自己，想要留下所谓的证据。当日常生活中充斥着虚妄、谎言、策略时，当网络的虚拟世界与家庭封闭空间的隔断被推倒时，她想要用物理的方式简单粗暴却直接有效地表呈现实生活的真相。

更多的时候，作家都在写一种理想、一种向上升腾的东西、一种抽象的事物，或者是一种语言的自我缠绕，而很少看见人在生存的地面上前进时所留下的痕迹。写作的难度在于回到普通的人群中，回到此在，回到事物和存在的现场。然而，日常经验写作最容易陷入的泥淖，就是被纳入公共价值的领域，以致无法再获得"个人的深度"。经验之所以会被缩减、被单一化、被公共化，一个重要的原因，就是经验丧失了独特性，而经验的独特性又总是和细节的雕刻联系在一起的。

一个作家如果无法找到一些真实、动人的细节来承载他所要表达的东西，那么他所提供的经验就很可能是虚假和公共的。读黄咏梅笔下的日常生活，时有细节绵密、活色生香之感。就如同《献给克里斯蒂的一支歌》里的那条白色的耳机线、《给猫留门》里的那条白鱼、《病鱼》里的那条发财鱼、《证据》里的那条蓝鲨，她对细节的观察、复现、夸张、变形，赋予日常生活另外的可能性。细究起来，会觉得她笔下的日常生活虽然描写细腻甚至穷形尽相，但已然具有了不同寻常的新鲜面目，甚至会感到真实得有点可疑。在日常经验与极端经验的互见中，黄咏梅描摹出现实生活的镜像，进而发现整个世界的不同，依凭的是个人化的深切体验，是跳脱公共话语的独异判断。

四、超越性的写作伦理与形而上思辨

　　黄咏梅当然不满足仅仅精准复现庸常生活的本来面貌,她还要赋予自己的小说以思想的向度,也即形而上的超越和思辨。进入 21 世纪的第二个十年,超越意向在当代文学中渐渐敛去了应有的锋芒。很少看到有作家做出关于终极价值、神性、本源、生存意义这一类的迫切追问,或者可以说,这种追问的冲动几乎丧失了。黄咏梅对现实的超越,并不拘泥于夸张和变形,更重要的在于对现实问题的介入,并给出作家的判断。

　　《暖死亡》写的便是一种超现实的情境。小说从男主人公林求安清晨的梦境开始,办公室职员的感官被各种放大,却不失真。尤其是身体被四面八方的力量撕扯的段落,写得精彩极了。梦境终了,林求安所处的是失业之后的居家状态。小说并没有写生活的不如意对人物造成的伤害,反而以食物为中心来重新塑造人物关系和生活方式。从身体、性情到情感、精神、食物对人的改造是全方位的,不无颠覆性地重新确证了生命的存在和意义。妻子张小露痴迷于做饭,丈夫林求安痴迷于进食,都是一种瘾,是一种病。黄咏梅把抑郁症患者因病态而异常的肉身感官写得精准细腻,将夫妻间的爱意和依恋写得酸楚、深沉,进而在相互的吞噬中释放出彻骨的疼痛和寒意。小说结尾有着强烈的荒诞意味,林求安开始面对死亡,思考死亡,并执拗地去殡仪馆求证死亡。他关心火化炉能否装得下自己的身体,门卫老头儿的谎言让他安心、兴奋。走路回家的过程中,他又产生了幻觉,开始飞翔。他回到了精子的状态,飞向太阳,涅槃重生。事实上,荒诞也好,超现实也罢,黄咏梅探讨的是一种撕裂庸常生活的可能性。

　　超现实可以是一种艺术处理、一种技巧,或者是一种想象方式,甚至是一种看待世界的角度。超现实是一种美学意义上的异己入侵,是对极端经验的重新发现和倚重。《带你飞》写的就是一种极端经验。主人公嗑药后产生的幻觉和现实中的奇怪举动,令人难以区分现实还是超现实。小说中的超现实对应的是一种精神分裂的症候,无论是抑郁症还是精神分裂,都是现代社会人们必须直面的病症和问题。小说中的夫妻想方设法要摆脱庸常生活的束缚。结尾处,夫妻俩步行回家,严行进爬到叉车上,说要带米嘉欣飞。中年男女渴望找回失去的青春激情,不惜用一种分裂的方式,将肉身拉向天空。这种荒诞不经的变形,指向的依然是对庸常现实的不甘和反抗。

《三皮》使用了一个套嵌式的小说结构,开启了多重时空。三皮在与树的对话中,自己也变成了树;在与网友的聊天中,他是一个身形丑陋、自卑但渴望尊严和爱情的青年;在一桩激情杀人案里,他是不堪屈辱、残忍冷酷的杀人犯。网络游戏将他与正常的世界区隔开来。可笑也可悲的一幕出现在小说结尾,派出所所长韩及时给三皮安排了一场面试,结果三皮崩溃了,交代了杀人的事实。审讯室外,年轻的民警对着电脑看视频,看到三皮承认杀人后,激动地叫了起来,犹如在一场电子竞技比赛前观战。从现实到游戏,在一个无限衍生的世界里,悲剧、喜剧循环上演,而人的尊严却失落无地。

《杀死王老虎》则直接将网络生活与职场生活平行对位,写出了网络对现实生活无孔不入的渗透、侵蚀、影响和重新塑造。两重空间里的故事,互为镜像,而人物则处在精神分裂的状态中。日常生活中得不到的、排解不了的情绪转移到网络世界中,在游戏中解决。王朝阳就是王老虎,形同"双生"。虐人、被人虐,左右手互搏折射的是现代人的无聊与无奈。黑色幽默的故事表层之下,潜藏着现代职场的存在本相。

我们的日常生活究竟还有多少可能,是否只有经由病态和意外才能开启?黄咏梅的这一组小说中,大都有来自外部的戏剧性因素的介入。意外的事件,导致情节反转,打破日常平衡,预示着生活的复杂性和可能性。这让我想起了平行宇宙理论,这是量子物理学里面颇具争议的理论假想。世界是由量子构成,只要一个细节发生改变,也即一个量子不同,整个宇宙就不同了。平行宇宙是指从某个宇宙中分离出来,与原宇宙平行存在着的既相似又不同的其他宇宙。有学者描述平行宇宙时用了这样的比喻,它们可能处于同一空间体系,但时间体系不同,就好像同在一条铁路线上疾驰的先后两列火车;它们有可能处于同一时间体系,但空间体系不同,就好像同时行驶在立交桥上下两层通道中的小汽车。从这个意义上讲,我们习焉不察的日常经验,应该也有多重面相,差异性与更多的可能性取决于作家的独特发现和具有哲学意味的阐释。

当下的中国作家写小说时，多从社会、政治、历史和生存等集体性、物质性的层面展开叙事，黄咏梅则反其道行之。她的小说始于个人，也终于个人，皆从微观边缘处落笔，呈现人类微妙难言的心灵角落，体积纤小，声音轻细。以微观指喻整体，于殊相隐含共相，其妙不在证明公理，而在揭示幽微。黄咏梅的小说从日常经验里来，却最终超越了日常经验，总能写出别样的况味。日常经验宛若一个坚固的容器，里面装着她警惕的目光。

黄咏梅的微信头像就是一只慵懒的猫，卧在窗台上，双眼轻合。猫咪的心思小巧纤细，却也敏感多情，像极了黄咏梅的写作，灵动而警觉，屡有独特的发现。她总是心怀诗意和温情，却也有足够的爆发力和思辨力撕开庸常生活的口子，写出幽微无言的生活之深。